Tucholsky Wagner Zola Scott Sydow Freud Schlegel
Turgenev Wallace Fontane
Twain Walther von der Vogelweide Fouqué Friedrich II. von Preußen
Weber Freiligrath Frey
Fechner Weiße Rose von Fallersleben Kant Ernst Frommel
Fichte Richthofen
Engels Fielding Hölderlin Tacitus Dumas
Fehrs Faber Flaubert Eichendorff
Feuerbach Maximilian I. von Habsburg Fock Eliasberg Zweig Ebner Eschenbach
Ewald Eliot Vergil
Goethe Elisabeth von Österreich London
Mendelssohn Balzac Shakespeare Ganghofer
Lichtenberg Rathenau Dostojewski
Trackl Stevenson Doyle Gjellerup
Mommsen Thoma Lenz Hambruch Droste-Hülshoff
Dach Verne von Arnim Hanrieder Hauff Humboldt
Reuter Hägele
Karrillon Rousseau Hagen Hauptmann Gautier
Garschin
Damaschke Defoe Hebbel Baudelaire
Descartes Hegel Kussmaul Herder
Wolfram von Eschenbach Darwin Dickens Schopenhauer Rilke George
Bronner Melville Grimm Jerome Bebel
Campe Horváth Aristoteles Proust
Bismarck Vigny Barlach Voltaire Federer Herodot
Gengenbach Heine
Storm Casanova Tersteegen Gilm Grillparzer Georgy
Chamberlain Lessing Langbein Gryphius
Brentano Lafontaine
Strachwitz Claudius Schiller Kralik Iffland Sokrates
Bellamy Schilling
Katharina II. von Rußland Gerstäcker Raabe Gibbon Tschechow
Löns Hesse Hoffmann Gogol Wilde Gleim Vulpius
Luther Heym Hofmannsthal Morgenstern Goedicke
Roth Heyse Klopstock Klee Hölty Kleist
Luxemburg Puschkin Homer Mörike Musil
Machiavelli La Roche Horaz
Navarra Aurel Musset Kierkegaard Kraft Kraus
Nestroy Marie de France Lamprecht Kind Kirchhoff Hugo Moltke
Laotse Ipsen Liebknecht
Nietzsche Nansen Ringelnatz
Marx Lassalle Gorki Klett Leibniz
von Ossietzky May vom Stein Lawrence Irving
Petalozzi Knigge
Platon Pückler Michelangelo Kock Kafka
Sachs Poe Liebermann Korolenko
de Sade Praetorius Mistral Zetkin

La maison d'édition tredition, basée à Hambourg, a publié dans la série **TREDITION CLASSICS** des ouvrages anciens de plus de deux millénaires. Ils étaient pour la plupart épuisés ou uniquement disponible chez les bouquinistes.

La série est destinée à préserver la littérature et à promouvoir la culture. Elle contribue ainsi au fait que plusieurs milliers d'œuvres ne tombent plus dans l'oubli.

La figure symbolique de la série **TREDITION CLASSICS**, est Johannes Gutenberg (1400 - 1468), imprimeur et inventeur de caractères métalliques mobiles et de la presse d'impression.

Avec sa série **TREDITION CLASSICS**, tredition à comme but de mettre à disposition des milliers de classiques de la littérature mondiale dans différentes langues et de les diffuser dans le monde entier. Toutes les œuvres de cette série sont chacune disponibles en format de poche et en édition relié. Pour plus d'informations sur cette série unique de livres et sur l'éditeur tredition, visitez notre site: www.tredition.com

tredition a été créé en 2006 par Sandra Latusseck et Soenke Schulz. Basé à Hambourg, en Allemagne, tredition offre des solutions d'édition aux auteurs ainsi qu'aux maisons d'édition, en combinant à la fois édition et distribution du contenu du livre en imprimé et numérique et ce dans le monde entier. tredition est idéalement positionnée pour permettre aux auteurs et maisons d'édition de créer des livres dans leurs propres domaines et sujets sans prendre de risques de fabrication conventionnelles.

Pour plus d'informations nous vous invitons à visiter notre site: www.tredition.com

Contes merveilleux, Tome I

H. C. (Hans Christian) Andersen

Mentions légales

Cette œuvre fait partie de la série TREDITION CLASSICS.

Auteur: H. C. (Hans Christian) Andersen
Conception de couverture: toepferschumann, Berlin (Allemagne)

Editeur: tredition GmbH, Hambourg (Allemagne)
ISBN: 978-3-8491-4244-5

www.tredition.com
www.tredition.de

Toutes les œuvres sont du domaine public en fonction du meilleur de nos connaissances et sont donc plus soumis au droit d'auteur.

L'objectif de TREDITIONS CLASSICS est de mettre à nouveau à disposition des milliers d'œuvres de classiques français, allemands et d'autres langues disponible dans un format livre. Les œuvres ont été scannés et digitalisés. Malgré tous les soins apportés, des erreurs ne peuvent pas être complètement exclues. Nos partenaires et nous même, tredition, essayons d'aboutir aux meilleurs résultats. Toutefois, si des fautes subsistent, nous vous prions de nous en excuser. L'orthographe de l'œuvre originale a été reprise sans modification. Il se peut que ce dernier diffère de l'orthographe utilisée aujourd'hui.

Hans Christian Andersen

CONTES MERVEILLEUX

Tome I

Table des matières

L'aiguille à repriser
Les amours d'un faux col
Les aventures du chardon
La bergère et le ramoneur
Le bisaïeul
Le bonhomme de neige
Bonne humeur
Le briquet
Ce que le Père fait est bien fait
Chacun et chaque chose à sa place.
Le chanvre
Cinq dans une cosse de pois
La cloche
Le compagnon de route
Le concours de saut
Le coq de poulailler et le coq de girouette
Les coureurs
Le crapaud
Les cygnes sauvages
Le dernier rêve du chêne
L'escargot et le rosier
La fée du sureau
Les fleurs de la petite Ida
Le goulot de la bouteille
Grand Claus et petit Claus
Les habits neufs du grand-duc
Hans le balourd
L'heureuse famille
Le jardinier et ses maîtres
La malle volante
Le montreur de marionnettes
Une semaine du petit elfe Ferme-l'œil
  Lundi
  Mardi
  Mercredi
  Jeudi
  Vendredi
  Samedi

Dimanche

L'aiguille à repriser

Il y avait un jour une aiguille à repriser: elle se trouvait elle-même si fine qu'elle s'imaginait être une aiguille à coudre.

«Maintenant, faites bien attention, et tenez-moi bien, dit la grosse aiguille aux doigts qui allaient la prendre. Ne me laissez pas tomber; car, si je tombe par terre, je suis sûre qu'on ne me retrouvera jamais. Je suis si fine!

—Laisse faire, dirent les doigts, et ils la saisirent par le corps.

—Regardez un peu; j'arrive avec ma suite», dit la grosse aiguille en tirant après elle un long fil; mais le fil n'avait point de nœud.

Les doigts dirigèrent l'aiguille vers la pantoufle de la cuisinière: le cuir en était déchiré dans la partie supérieure, et il fallait le raccommoder.

«Quel travail grossier! dit l'aiguille; jamais je ne pourrai traverser: je me brise, je me brise». Et en effet elle se brisa.»Ne l'ai-je pas dit? s'écria-t-elle; je suis trop fine.

—Elle ne vaut plus rien maintenant», dirent les doigts. Pourtant ils la tenaient toujours. La cuisinière lui fit une tête de cire, et s'en servit pour attacher son fichu.

«Me voilà devenue broche! dit l'aiguille. Je savais bien que j'arriverais à de grands honneurs. Lorsqu'on est quelque chose, on ne peut manquer de devenir quelque chose.»

Et elle se donnait un air aussi fier que le cocher d'un carrosse d'apparat, et elle regardait de tous côtés.

«Oserai-je vous demander si vous êtes d'or? dit l'épingle sa voisine. Vous avez un bel extérieur et une tête extraordinaire! Seulement, elle est un peu trop petite; faites des efforts pour qu'elle devienne plus grosse, afin de n'avoir pas plus besoin de cire que les autres.»

Et là-dessus notre orgueilleuse se roidit et redressa si fort la tête, qu'elle tomba du fichu dans l'évier que la cuisinière était en train de laver.

«Je vais donc voyager, dit l'aiguille; pourvu que je ne me perde pas!»

Elle se perdit en effet.

«Je suis trop fine pour ce monde-là! dit-elle pendant qu'elle gisait sur l'évier. Mais je sais ce que je suis, et c'est toujours une petite satisfaction.»

Et elle conservait son maintien fier et toute sa bonne humeur.

Et une foule de choses passèrent au-dessus d'elle en nageant, des brins de bois, des pailles et des morceaux de vieilles gazettes.

«Regardez un peu comme tout ça nage! dit-elle. Ils ne savent pas seulement ce qui se trouve par hasard au-dessous d'eux: c'est moi pourtant! Voilà un brin de bois qui passe; il ne pense à rien au monde qu'à lui-même, à un brin de bois!... Tiens, voilà une paille qui voyage! Comme elle tourne, comme elle s'agite! Ne va donc pas ainsi sans faire attention; tu pourrais te cogner contre une pierre. Et ce morceau de journal! Comme il se pavane! Cependant il y a long-temps qu'on a oublié ce qu'il disait. Moi seule je reste patiente et tranquille; je sais ma valeur et je la garderai toujours.»

Un jour, elle sentit quelque chose à côté d'elle, quelque chose qui avait un éclat magnifique, et que l'aiguille prit pour un diamant. C'était un tesson de bouteille. L'aiguille lui adressa la parole, parce qu'il luisait et se présentait comme une broche.

«Vous êtes sans doute un diamant?

—Quelque chose d'approchant.»

Et alors chacun d'eux fut persuadé que l'autre était d'un grand prix. Et leur conversation roula principalement sur l'orgueil qui règne dans le monde.

«J'ai habité une boîte qui appartenait à une demoiselle, dit l'aiguille. Cette demoiselle était cuisinière. À chaque main elle avait cinq doigts. Je n'ai jamais rien connu d'aussi prétentieux et d'aussi fier que ces doigts; et cependant ils n'étaient faits que pour me sortir de la boîte et pour m'y remettre.

—Ces doigts-là étaient-ils nobles de naissance? demanda le tesson.

—Nobles! reprit l'aiguille, non, mais vaniteux. Ils étaient cinq frères... et tous étaient nés... doigts! Ils se tenaient orgueilleusement l'un à côté de l'autre, quoique de différente longueur. Le plus en dehors, le pouce, court et épais, restait à l'écart; comme il n'avait qu'une articulation, il ne pouvait s'incliner qu'en un seul endroit; mais il disait toujours que, si un homme l'avait une fois perdu, il ne serait plus bon pour le service militaire. Le second doigt goûtait des confitures et aussi de la moutarde; il montrait le soleil et la lune, et c'était lui qui appuyait sur la plume lorsqu'on voulait écrire. Le troisième regardait par-dessus les épaules de tous les autres. Le quatrième portait une ceinture d'or, et le petit dernier ne faisait rien du tout: aussi en était-il extraordinairement fier. On ne trouvait rien chez eux que de la forfanterie, et encore de la forfanterie: aussi je les ai quittés.

À ce moment, on versa de l'eau dans l'évier. L'eau coula par-dessus les bords et les entraîna.

«Voilà que nous avançons enfin!» dit l'aiguille.

Le tesson continua sa route, mais l'aiguille s'arrêta dans le ruisseau. »Là! je ne bouge plus; je suis trop fine; mais j'ai bien droit d'en être fière!»

Effectivement, elle resta là tout entière à ses grandes pensées.

«Je finirai par croire que je suis née d'un rayon de soleil, tant je suis fine! Il me semble que les rayons de soleil viennent me chercher jusque dans l'eau. Mais je suis si fine que ma mère ne peut pas me trouver. Si encore j'avais l'œil qu'on m'a enlevé, je pourrais pleurer du moins! Non, je ne voudrais pas pleurer: ce n'est pas digne de moi!»

Un jour, des gamins vinrent fouiller dans le ruisseau. Ils cherchaient de vieux clous, des liards et autres richesses semblables. Le travail n'était pas ragoûtant; mais que voulez-vous? Ils y trouvaient leur plaisir, et chacun prend le sien où il le trouve.

«Oh! la, la! s'écria l'un d'eux en se piquant à l'aiguille. En voilà une gueuse!

—Je ne suis pas une gueuse; je suis une demoiselle distinguée», dit l'aiguille.

Mais personne ne l'entendait. En attendant, la cire s'était détachée, et l'aiguille était redevenue noire des pieds à la tête; mais le noir fait paraître la taille plus svelte, elle se croyait donc plus fine que jamais.

«Voilà une coque d'œuf qui arrive», dirent les gamins; et ils attachèrent l'aiguille à la coque.

«À la bonne heure! dit-elle; maintenant je dois faire de l'effet, puisque je suis noire et que les murailles qui m'entourent sont toutes blanches. On m'aperçoit, au moins! Pourvu que je n'attrape pas le mal de mer; cela me briserait.» Elle n'eut pas le mal de mer et ne fut point brisée.

«Quelle chance d'avoir un ventre d'acier quand on voyage sur mer! C'est par là que je vaux mieux qu'un homme. Qui peut se flatter d'avoir un ventre pareil? Plus on est fin, moins on est exposé.»

Crac! fit la coque. C'est une voiture de roulier qui passait sur elle.

«Ciel! Que je me sens oppressée! dit l'aiguille; je crois que j'ai le mal de mer: je suis toute brisée.»

Elle ne l'était pas, quoique la voiture eût passé sur elle. Elle gisait comme auparavant, étendue de tout son long dans le ruisseau. Qu'elle y reste!

Les amours d'un faux col

Il y avait une fois un élégant cavalier, dont tout le mobilier se composait d'un tire-botte et d'une brosse à cheveux.—Mais il avait le plus beau faux col qu'on eût jamais vu. Ce faux col était parvenu à l'âge où l'on peut raisonnablement penser au mariage; et un jour, par hasard, il se trouva dans le cuvier à lessive en compagnie d'une jarretière. «Mille boutons! s'écria-t-il, jamais je n'ai rien vu d'aussi fin et d'aussi gracieux. Oserai-je, mademoiselle, vous demander votre nom?

—Que vous importe, répondit la jarretière.

—Je serais bien heureux de savoir où vous demeurez.» Mais la jarretière, fort réservée de sa nature, ne jugea pas à propos de répondre à une question si indiscrète. «Vous êtes, je suppose, une espèce de ceinture? continua sans se déconcerter le faux col, et je ne crains pas d'affirmer que les qualités les plus utiles sont jointes en vous aux grâces les plus séduisantes.

—Je vous prie, monsieur, de ne plus me parler, je ne pense pas vous en avoir donné le prétexte en aucune façon.

—Ah! mademoiselle, avec une aussi jolie personne que vous, les prétextes ne manquent jamais. On n'a pas besoin de se battre les flancs: on est tout de suite inspiré, entraîné.

—Veuillez vous éloigner, monsieur, je vous prie, et cesser vos importunités.

—Mademoiselle, je suis un gentleman, dit fièrement le faux col; je possède un tire-botte et une brosse à cheveux.» Il mentait impudemment: car c'était à son maître que ces objets appartenaient; mais il savait qu'il est toujours bon de se vanter.

«Encore une fois, éloignez-vous, répéta la jarretière, je ne suis pas habituée à de pareilles manières.

—Eh bien! vous n'êtes qu'une prude!» lui dit le faux col qui voulut avoir le dernier mot. Bientôt après on les tira l'un et l'autre de la lessive, puis ils furent empesés, étalés au soleil pour sécher, et enfin placés sur la planche de la repasseuse. La patine à repasser arriva [1]. «Madame, lui dit le faux col, vous m'avez positivement ranimé: je sens en moi une chaleur extraordinaire, toutes mes rides ont disparu. Daignez, de grâce, en m'acceptant pour époux, me permettre de vous consacrer cette nouvelle jeunesse que je vous dois.

—Imbécile!» dit la machine en passant sur le faux col avec la majestueuse impétuosité d'une locomotive qui entraîne des wagons sur le chemin de fer. Le faux col était un peu effrangé sur ses bords, une paire de ciseaux se présenta pour l'émonder.

«Oh! lui dit le faux col, vous devez être une première danseuse; quelle merveilleuse agilité vous avez dans les jambes! Jamais je n'ai rien vu de plus charmant; aucun homme ne saurait faire ce que vous faites.

—Bien certainement, répondit la paire de ciseaux en continuant son opération.

—Vous mériteriez d'être comtesse; tout ce que je possède, je vous l'offre en vrai gentleman (c'est-à-dire moi, mon tire-botte et ma brosse à cheveux).

—Quelle insolence! s'écria la paire de ciseaux; quelle fatuité!» Et elle fit une entaille si profonde au faux col, qu'elle le mit hors de service.

«Il faut maintenant, pensa-t-il, que je m'adresse à la brosse à cheveux.» «Vous avez, mademoiselle, la plus magnifique chevelure; ne pensez-vous pas qu'il serait à propos de vous marier?

—Je suis fiancée au tire-botte, répondit-elle.

—Fiancée!» s'écria le faux col.

Il regarda autour de lui, et ne voyant plus d'autre objet à qui adresser ses hommages, il prit, dès ce moment, le mariage en haine. Quelque temps après, il fut mis dans le sac d'un chiffonnier, et porté chez le fabricant de papier. Là, se trouvait une grande réunion de chiffons, les fins d'un côté, et les plus communs de l'autre. Tous ils avaient beaucoup à raconter, mais le faux col plus que pas un. Il n'y avait pas de plus grand fanfaron. «C'est effrayant combien j'ai eu d'aventures, disait il, et surtout d'aventures d'amour! mais aussi j'étais un gentleman des mieux posés; j'avais même un tire-botte et une brosse dont je ne me servais guère. Je n'oublierai jamais ma première passion: c'était une petite ceinture bien gentille et gracieuse au possible; quand je la quittai, elle eut tant de chagrin qu'elle alla se jeter dans un baquet plein d'eau. Je connus ensuite une certaine veuve qui était littéralement tout en feu pour moi; mais je lui trouvais le teint par trop animé, et je la laissai se désespérer si bien qu'elle en devint noire comme du charbon. Une première danseuse, véritable démon pour le caractère emporté, me fit une blessure terrible, parce que je me refusais à l'épouser. Enfin, ma brosse à cheveux s'éprit de moi si éperdument qu'elle en perdit tous ses crins. Oui, j'ai beaucoup vécu; mais ce que je regrette surtout, c'est la jarretière... je veux dire la ceinture qui se noya dans le baquet. Hélas! il n'est que trop vrai, j'ai bien des crimes sur la conscience; il est temps que je me purifie en passant à l'état de papier blanc.» Et le faux col fut, ainsi que les autres chiffons, transformé en papier.

Mais la feuille provenant de lui n'est pas restée blanche—c'est précisément celle sur laquelle a été d'abord retracée sa propre histoire. Tous ceux qui, comme lui, ont accoutumé de se glorifier de choses qui sont tout le contraire de la vérité, ne sont pas de même jetés au sac du chiffonnier, changés en papier et obligés, sous cette forme, de faire l'aveu public et détaillé de leurs hâbleries. Mais qu'ils ne se prévalent pas trop de cet avantage; car, au moment même où ils se vantent, chacun lit sur leur visage, dans leur air et dans leurs yeux, aussi bien que si c'était écrit: «Il n'y a pas un mot de vrai dans ce que je vous dis. Au lieu de grand vainqueur que je prétends être, ne voyez en moi qu'un chétif faux col dont un peu d'empois et de bavardage composent tout le mérite.»

Les aventures du chardon

Devant un riche château seigneurial s'étendait un beau jardin, bien tenu, planté d'arbres et de fleurs rares. Les personnes qui venaient rendre visite au propriétaire exprimaient leur admiration pour ces arbustes apportés des pays lointains pour ces parterres disposés avec tant d'art; et l'on voyait aisément que ces compliments n'étaient pas de leur part de simples formules de politesse. Les gens d'alentour, habitants des bourgs et des villages voisins venaient le dimanche demander la permission de se promener dans les magnifiques allées. Quand les écoliers se conduisaient bien, on les menait là pour les récompenser de leur sagesse. Tout contre le jardin, mais en dehors, au pied de la haie de clôture, on trouvait un grand et vigoureux chardon; de sa racine vivace poussait des branches de tous côtés, il formait à lui seul comme un buisson. Personne n'y faisait pourtant la moindre attention, hormis le vieil âne qui traînait la petite voiture de la laitière. Souvent la laitière l'attachait non loin de là, et la bête tendait tant qu'elle pouvait son long cou vers le chardon, en disant: «Que tu es donc beau!... Tu es à croquer!» Mais le licou était trop court, et l'âne en était pour ses tendres coups d'œil et pour ses compliments. Un jour une nombreuse société est réunie au château. Ce sont toutes personnes de qualité, la plupart arrivant de la capitale. Il y a parmi elles beaucoup de jolies jeunes filles. L'une d'elles, la plus jolie de toutes, vient de loin. Originaire d'Écosse, elle est d'une haute naissance et possède de vastes domaines, de grandes richesses. C'est un riche parti: «Quel bonheur de l'avoir pour fiancée!» disent les jeunes gens, et leurs mères disent de même. Cette jeunesse s'ébat sur les pelouses, joue au ballon et à divers jeux. Puis on se promène au milieu des parterres, et, comme c'est l'usage dans le Nord, chacune des jeunes filles cueille une fleur et l'attache à la boutonnière d'un des jeunes messieurs. L'étrangère met longtemps à choisir sa fleur; aucune ne paraît être à son goût. Voilà que ses regards tombent sur la haie, derrière laquelle s'élève le buisson de chardons avec ses grosses fleurs rouges et bleues. Elle sourit et prie le fils de la maison d'aller lui en cueillir une: «C'est la fleur de mon pays, dit-elle, elle figure dans les armes d'Écosse; donnez-la-moi, je vous prie.» Le jeune homme s'empresse d'aller cueillir la plus belle, ce qu'il ne fit pas sans se piquer fortement aux épines. La jeune Écossaise lui met à la boutonnière cette fleur vulgaire, et il s'en trouve singulièrement flatté. Tous les autres jeunes gens auraient volontiers échangé leurs fleurs rares contre celle offerte par la main de l'étrangère. Si le fils de la maison se rengorgeait, qu'était-ce donc du chardon? Il ne se sentait plus d'aise; il éprouvait une satisfaction, un bien-être, comme lorsque après une bonne rosée, les rayons du soleil venaient le réchauffer.» Je suis donc quelque chose de bien plus relevé que je n'en ai l'air, pensait-il en lui-même. Je m'en étais toujours douté. À bien dire, je devrais être en dedans de la haie et non pas au dehors. Mais, en ce monde, on ne se trouve pas toujours placé à sa vraie place. Voici du moins une de mes filles qui a franchi la haie et qui même se pavane à la boutonnière d'un beau cavalier.» Il raconta cet événement à toutes les pousses qui se développèrent sur son tronc fertile, à tous les boutons qui surgirent sur ses branches. Peu de jours s'étaient écoulés lorsqu'il apprit, non par les paroles des passants, non par les gazouillements des oiseaux, mais par ces mille échos qui lorsqu'on laisse les fenêtres ouvertes, répandent partout ce qui se dit dans l'intérieur des appartements, il apprit, disons-nous, que le jeune homme qui avait été décoré de la fleur de chardon par la belle Écossaise avait aussi obtenu son cœur et sa main.» C'est moi qui les ai unis, c'est moi qui ai fait ce mariage!» s'écria le chardon, et plus que jamais, il raconta le mémorable événement à toutes les fleurs nouvelles dont ses branches se couvraient.» Certainement, se dit-il encore, on va me transplanter dans le jardin, je l'ai bien mérité. Peut-être même serai-je mis précieusement dans un pot où mes racines seront bien serrées dans du bon fumier. Il paraît que c'est là le plus grand honneur que les plantes puissent recevoir. Le lendemain, il était tellement persuadé que les marques de distinction allaient pleuvoir sur lui, qu'à la moindre de ses fleurs, il promettait que bientôt on les mettrait tous dans un pot de faïence, et que pour elle, elle ornerait peut-être la boutonnière d'un élégant, ce qui était la plus rare fortune qu'une fleur de chardon pût rêver. Ces hautes espérances ne se réalisèrent nullement; point de pot de faïence ni de terre cuite; aucune boutonnière ne se fleurit plus aux dépens du buisson. Les fleurs continuèrent de respirer l'air et la lumière, de boire les rayons du soleil le jour, et la rosée la nuit; elles s'épanouirent et ne reçurent que la visite des abeilles et des frelons qui leur dérobaient leur suc.» Voleurs, brigands! s'écriait le chardon indigné, que ne puis-je vous transpercer de mes dards! Comment osez-vous ravir leur parfum à ces fleurs qui sont destinées à orner la boutonnière des galants!» Quoi qu'il pût dire, il n'y avait pas de changement dans sa situation. Les fleurs finissaient par laisser pencher leurs petites têtes. Elles pâlissaient, se fanaient; mais il en poussait toujours de nouvelles: à chacune qui naissait, le père disait avec une inaltérable confiance: «Tu viens comme marée en carême, impossible d'éclore plus à propos. J'attends à chaque minute le moment où nous passerons de l'autre côté de la haie.» Quelques marguerites innocentes, un long et maigre plantin qui poussaient dans le voisinage, entendaient ces discours, et y croyaient naïvement. Ils en conçurent une profonde admiration pour le chardon, qui, en retour, les considérait avec le plus complet mépris. Le vieil âne, quelque peu sceptique par nature, n'était pas aussi sûr de ce que proclamait avec tant d'assurance le chardon. Toutefois, pour parer à toute éventualité, il fit de nouveaux efforts pour attraper ce cher chardon avant qu'il fût transporté en des lieux inaccessibles. En vain il tira sur son licou; celui-ci était trop court et il ne put le rompre. À force de songer au glorieux chardon qui figure dans les armes d'Écosse, notre chardon se persuada que c'était un de ses ancêtres; qu'il descendait de cette illustre famille et était issu de quelque rejeton venu d'Écosse en des temps reculés. C'étaient là des pensées élevées, mais les grandes idées allaient bien au grand chardon qu'il était, et qui formait un buisson à lui tout seul. Sa voisine, l'ortie, l'approuvait fort....» Très souvent, dit-elle, on est de haute naissance sans le savoir; cela se voit tous les jours. Tenez, moi-même, je suis sûre de n'être pas une plante vulgaire. N'est-ce pas moi qui fournis la plus fine mousseline, celle dont s'habillent les reines?» L'été se passe, et ensuite l'automne. Les feuilles des arbres tombent. Les fleurs prennent des teintes plus foncées et ont moins de parfum. Le garçon jardinier, en recueillant les tiges séchées, chante à tue-tête: Amont, aval! En haut, en bas! C'est là tout le cours de la vie! Les jeunes sapins du bois recommencent à penser à Noël, à ce beau jour où on les décore de rubans, de bonbons et de petites bougies. Ils aspirent à ce brillant destin, quoiqu'il doive leur en coûter la vie.» Comment, je suis encore ici! dit le chardon, et voilà huit jours que les noces ont été célébrées! C'est moi pourtant qui ai fait ce mariage, et personne n'a l'air de penser à moi, pas plus que si je n'existais point. On me laisse pour reverdir. Je suis trop fier pour faire un pas vers ces ingrats, et d'ailleurs, le voudrais-je, je ne puis bouger. Je n'ai rien de mieux à faire qu'à patienter encore.» Quelques semaines se passèrent. Le chardon restait là, avec son unique et dernière fleur; elle était grosse et pleine, on eût presque dit une fleur d'artichaut; elle avait poussé près de la racine, c'était une fleur robuste. Le vent froid souffla sur elle; ses vives couleurs disparurent; elle devint comme un soleil argenté. Un jour le jeune couple, maintenant mari et femme, vint se promener dans le jardin. Ils arrivèrent près de la haie, et la belle Écossaise regarda par delà dans les champs: «Tiens! dit-elle, voilà encore le grand chardon, mais il n'a plus de fleurs!

—Mais si, en voilà encore une, ou du moins son spectre, dit le jeune homme en montrant le calice desséché et blanchi.

—Tiens, elle est fort jolie comme cela! reprit la jeune dame. Il nous la faut prendre, pour qu'on la reproduise sur le cadre de notre portrait à tous deux.»

Le jeune homme dut franchir de nouveau la haie et cueillir la fleur fanée. Elle le piqua de la bonne façon: ne l'avait-il pas appelée un spectre? Mais il ne lui en voulut pas: sa jeune femme était contente. Elle rapporta la fleur dans le salon. Il s'y trouvait un tableau représentant les jeunes époux: le mari était peint une fleur de chardon à sa boutonnière. On parla beaucoup de cette fleur et de l'autre, la dernière, qui brillait comme de l'argent et qu'on devait ciseler sur le cadre. L'air emporta au loin tout ce qu'on dit.» Ce que c'est que la vie, dit le chardon: ma fille aînée a trouvé place à une boutonnière, et mon dernier rejeton a été mis sur un cadre doré. Et moi, où me mettra-t-on?» L'âne était attaché non loin: il louchait vers le chardon: «Si tu veux être bien, tout à fait bien, à l'abri de la froidure, viens dans mon estomac, mon bijou. Approche; je ne puis arriver jusqu'à toi, ce maudit licou n'est pas assez long.» Le chardon ne répondit pas à ces avances grossières. Il devint de plus en plus songeur, et, à force de tourner et retourner ses pensées, il aboutit, vers Noël, à cette conclusion qui était bien au-dessus de sa basse condition: «Pourvu que mes enfants se trouvent bien là où ils sont, se dit-il; moi, leur père, je me résignerai à rester en dehors de la haie, à cette place où je suis né.

—Ce que vous pensez là vous fait honneur, dit le dernier rayon de soleil. Aussi vous en serez récompensé.

—Me mettra-t-on dans un pot ou sur un cadre? demanda le chardon.

—On vous mettra dans un conte», eut le temps de répondre le rayon avant de s'éclipser.

La bergère et le ramoneur

As-tu jamais vu une très vieille armoire de bois noircie par le temps et sculptée de fioritures et de feuillages? Dans un salon, il y en avait une de cette espèce, héritée d'une aïeule, ornée de haut en bas de roses, de tulipes et des plus étranges volutes entremêlées de têtes de cerfs aux grands bois. Au beau milieu de l'armoire se découpait un homme entier, tout à fait grotesque; on ne pouvait vraiment pas dire qu'il riait, il grimaçait; il avait des pattes de bouc, des cornes sur le front et une longue barbe. Les enfants de la maison l'appelaient le «sergentmajorgénéralcommandantenchefauxpiedsdebouc ».

Évidemment, peu de gens portent un tel titre et il est assez long à prononcer, mais il est rare aussi d'être sculpté sur une armoire.

Quoi qu'il en soit, il était là! Il regardait constamment la table placée sous la glace car sur cette table se tenait une ravissante petite bergère en porcelaine, portant des souliers d'or, une robe coquettement retroussée par une rose rouge, un chapeau doré et sa houlette de bergère. Elle était délicieuse! Tout près d'elle, se tenait un petit ramoneur, noir comme du charbon, lui aussi en porcelaine. Il était aussi propre et soigné que quiconque; il représentait un ramoneur, voilà tout, mais le fabricant de porcelaine aurait aussi bien pu faire de lui un prince, c'était tout comme.

Il portait tout gentiment son échelle, son visage était rose et blanc comme celui d'une petite fille, ce qui était une erreur, car pour la vraisemblance il aurait pu être un peu noir aussi de visage. On l'avait posé à côté de la bergère, et puisqu'il en était ainsi, ils s'étaient fiancés, ils se convenaient, jeunes tous les deux, de même porcelaine et également fragiles.

Tout près d'eux et bien plus grand, était assis un vieux Chinois en porcelaine qui pouvait hocher de la tête. Il disait qu'il était le grand-père de la petite bergère; il prétendait même avoir autorité sur elle, c'est pourquoi il inclinait la tête vers le «sergentmajorgénéralcommandantenchefauxpiedsdebouc» qui avait demandé la main de la bergère.

—Tu auras là, dit le vieux Chinois, un mari qu'on croirait presque fait de bois d'acajou, qui peut te donner un titre ronflant, qui possède toute l'argenterie de l'armoire, sans compter ce qu'il garde dans des cachettes mystérieuses.

—Je ne veux pas du tout aller dans la sombre armoire, protesta la petite bergère, je me suis laissé dire qu'il y avait là-dedans onze femmes en porcelaine!

—Eh bien! tu seras la douzième. Cette nuit, quand la vieille armoire se mettra à craquer, vous vous marierez, aussi vrai que je suis Chinois. Et il s'endormit.

La petite bergère pleurait, elle regardait le ramoneur de porcelaine, le chéri de son cœur.

—Je crois, dit-elle, que je vais te demander de partir avec moi dans le vaste monde. Nous ne pouvons plus rester ici.

—Je veux tout ce que tu veux, répondit-il; partons immédiatement, je pense que mon métier me permettra de te nourrir.

—Je voudrais déjà que nous soyons sains et saufs au bas de la table, dit-elle, je ne serai heureuse que quand nous serons partis.

Il la consola de son mieux et lui montra où elle devait poser son petit pied sur les feuillages sculptés longeant les pieds de la table; son échelle les aida du reste beaucoup.

Mais quand ils furent sur le parquet et qu'ils levèrent les yeux vers l'armoire, ils y virent une terrible agitation. Les cerfs avançaient la tête, dressaient leurs bois et tournaient le cou, le «sergentmajor-généralcommandantenchefauxpiedsdebouc» bondit et cria:

—Ils se sauvent! Ils se sauvent!

Effrayés, les jeunes gens sautèrent rapidement dans le tiroir du bas de l'armoire. Il y avait là quatre jeux de cartes incomplets et un petit théâtre de poupées, monté tant bien que mal. On y jouait la comédie, les dames de carreau et de cœur, de trèfle et de pique, assises au premier rang, s'éventaient avec leurs tulipes, les valets se tenaient debout derrière elles et montraient qu'ils avaient une tête en haut et une en bas, comme il sied quand on est une carte à jouer. La comédie racontait l'histoire de deux amoureux qui ne pouvaient pas être l'un à l'autre. La bergère en pleurait, c'était un peu sa propre histoire.

—Je ne peux pas le supporter, dit-elle, sortons de ce tiroir.

Mais dès qu'ils furent à nouveau sur le parquet, levant les yeux vers la table, ils aperçurent le vieux Chinois réveillé qui vacillait de tout son corps. Il s'effondra comme une masse sur le parquet.

—Voilà le vieux Chinois qui arrive, cria la petite bergère, et elle était si contrariée qu'elle tomba sur ses jolis genoux de porcelaine.

—Une idée me vient, dit le ramoneur. Si nous grimpions dans cette grande potiche qui est là dans le coin nous serions couchés sur les roses et la lavande y et pourrions lui jeter du sel dans les yeux quand il approcherait.

—Cela ne va pas, dit la petite. Je sais que le vieux Chinois et la potiche ont été fiancés, il en reste toujours un peu de sympathie. Non, il n'y a rien d'autre à faire pour nous que de nous sauver dans le vaste monde.

—As-tu vraiment le courage de partir avec moi, as-tu réfléchi combien le monde est grand, et que nous ne pourrons jamais revenir?

—J'y ai pensé, répondit-elle.

Alors, le ramoneur la regarda droit dans les yeux et dit:

—Mon chemin passe par la cheminée, as-tu le courage de grimper avec moi à travers le poêle, d'abord, le foyer, puis le tuyau où il fait nuit noire? Après le poêle, nous devons passer dans la cheminée elle-même; à partir de là, je m'y entends, nous monterons si haut qu'ils ne pourront pas nous atteindre, et tout en haut, il y a un trou qui ouvre sur le monde.

Il la conduisit à la porte du poêle.

—Oh! que c'est noir, dit-elle.

Mais elle le suivit à travers le foyer et le tuyau noirs comme la nuit.

—Nous voici dans la cheminée, cria le garçon. Vois, vois, là-haut brille la plus belle étoile.

Et c'était vrai, cette étoile semblait leur indiquer le chemin. Ils grimpaient et rampaient. Quelle affreuse route! Mais il la soutenait et l'aidait, il lui montrait les bons endroits où appuyer ses fins petits pieds, et ils arrivèrent tout en haut de la cheminée, où ils s'assirent épuisés. Il y avait de quoi.

Au-dessus d'eux, le ciel et toutes ses étoiles, en dessous, les toits de la ville; ils regardaient au loin, apercevant le monde. Jamais la bergère ne l'aurait imaginé ainsi. Elle appuya sa petite tête sur la poitrine du ramoneur et se mit à sangloter si fort que l'or qui garnissait sa ceinture craquait et tombait en morceaux.

—C'est trop, gémit-elle, je ne peux pas le supporter. Le monde est trop grand. Que ne suis-je encore sur la petite table devant la glace, je ne serai heureuse que lorsque j'y serai retournée. Tu peux bien me ramener à la maison, si tu m'aimes un peu.

Le ramoneur lui parla raison, lui fit souvenir du vieux Chinois, du «sergentmajorgénéralcommandantenchefauxpiedsdebouc », mais elle pleurait de plus en plus fort, elle embrassait son petit ramoneur chéri, de sorte qu'il n'y avait rien d'autre à faire que de lui obéir, bien qu'elle eût grand tort.

Alors ils rampèrent de nouveau avec beaucoup de peine pour descendre à travers la cheminée, le tuyau et le foyer; ce n'était pas du tout agréable. Arrivés dans le poêle sombre, ils prêtèrent l'oreille à ce qui se passait dans le salon. Tout y était silencieux; alors ils passèrent la tête et... horreur! Au milieu du parquet gisait le vieux Chinois, tombé en voulant les poursuivre et cassé en trois morceaux; il n'avait plus de dos et sa tête avait roulé dans un coin. Le sergent-major général se tenait là où il avait toujours été, méditatif.

—C'est affreux, murmura la petite bergère, le vieux grand-père est cassé et c'est de notre faute; je n'y survivrai pas. Et, de désespoir, elle tordait ses jolies petites mains.

—On peut très bien le requinquer, affirma le ramoneur. Il n'y a qu'à le recoller, ne sois pas si désolée. Si on lui colle le dos et si on lui met une patte de soutien dans la nuque, il sera comme neuf et tout prêt à nous dire de nouveau des choses désagréables.

—Tu crois vraiment?

Ils regrimpèrent sur la table où ils étaient primitivement.

—Nous voilà bien avancés, dit le ramoneur, nous aurions pu nous éviter le dérangement.

—Pourvu qu'on puisse recoller le grand-père. Crois-tu que cela coûterait très cher? dit-elle.

La famille fit mettre de la colle sur le dos du Chinois et un lien à son cou, et il fut comme neuf, mais il ne pouvait plus hocher la tête.

—Que vous êtes devenu hautain depuis que vous avez été cassé, dit le «sergentmajorgénéralcommandantenchefauxpiedsdebouc ». Il n'y a pas là de quoi être fier. Aurai-je ou n'aurai-je pas ma bergère?

Le ramoneur et la petite bergère jetaient un regard si émouvant vers le vieux Chinois, ils avaient si peur qu'il dise oui de la tête; mais il ne pouvait plus la remuer. Et comme il lui était très désagréable de raconter à un étranger qu'il était obligé de porter un lien à son cou, les amoureux de porcelaine restèrent l'un près de l'autre, bénissant le pansement du grand-père et cela jusqu'au jour où eux-mêmes furent cassés.

Le bisaïeul

Le conte n'est pas de moi. Je le tiens d'un de mes amis, à qui je donne la parole: Notre bisaïeul était la bonté même; il aimait à faire plaisir, il contait de jolies histoires; il avait l'esprit droit, la tête solide. À vrai dire il n'était que mon grand-père; mais lorsque le petit garçon de mon frère Frédéric vint au monde, il avança au grade de bisaïeul, et nous ne l'appelions plus qu'ainsi. Il nous chérissait tous et nous tenait en considération; mais notre époque, il ne l'estimait guère.» Le vieux temps, disait-il, c'était le bon temps. Tout marchait alors avec une sage lenteur, sans précipitation; aujourd'hui c'est une course universelle, une galopade échevelée; c'est le monde renversé.»

Quand le bisaïeul parlait sur ce thème, il s'animait à en devenir tout rouge; puis il se calmait peu à peu et disait en souriant: «Enfin, peut-être me trompé-je. Peut-être est-ce ma faute si je ne me trouve pas à mon aise dans ce temps actuel avec mes habitudes du siècle dernier. Laissons agir la Providence.»

Cependant il revenait toujours sur ce sujet, et comme il décrivait bien tout ce que l'ancien temps avait de pittoresque et de séduisant: les grands carrosses dorés et à glaces où trônaient les princes, les seigneurs, les châtelaines revêtues de splendides atours; les corporations, chacune en costume différent, traversant les rues en joyeux cortège, bannières et musiques en tête; chacun gardant son rang et ne jalousant pas les autres. Et les fêtes de Noël, comme elles étaient plus animées, plus brillantes qu'aujourd'hui, et le gai carnaval! Le vieux temps avait aussi ses vilains côtés: la loi était dure, il y avait la potence, la roue; mais ces horreurs avaient du caractère, provoquaient l'émotion. Et quant aux abus, on savait alors les abolir généreusement: c'est au milieu de ces discussions que j'appris que ce fut la noblesse danoise qui la première affranchit spontanément les serfs et qu'un prince danois supprima dès le siècle dernier la traite des noirs.

—Mais, disait-il, le siècle d'avant était encore bien plus empreint de grandeur; les hauts faits, les beaux caractères y abondaient.

—C'étaient des époques rudes et sauvages, interrompait alors mon frère Frédéric; Dieu merci, nous ne vivons plus dans un temps pareil.

Il disait cela au bisaïeul en face, et ce n'était pas trop gentil. Cependant il faut dire qu'il n'était plus un enfant; c'était notre aîné; il était sorti de l'Université après les examens les plus brillants. Ensuite notre père, qui avait une grande maison de commerce, l'avait pris dans ses bureaux et il était très content de son zèle et de son intelligence. Le bisaïeul avait tout l'air d'avoir un faible pour lui; C'est avec lui surtout qu'il aimait à causer; mais quand ils en arrivaient à ce sujet du bon vieux temps, cela finissait presque toujours par de vives discussions; aucun d'eux ne cédait; et cependant, quoique je ne fusse qu'un gamin, je remarquai bien qu'ils ne pouvaient pas se passer l'un de l'autre. Que de fois le bisaïeul écoutait l'oreille tendue, les yeux tout plein de feu, ce que Frédéric racontait sur les découvertes merveilleuses de notre époque, sur des forces de la nature, jusqu'alors inconnues, employées aux inventions les plus étonnantes!

—Oui, disait-il alors, les hommes deviennent plus savants, plus industrieux, mais non meilleurs. Quels épouvantables engins de destruction ils inventent pour s'entre-tuer!

—Les guerres n'en sont que plus vite finies, répondait Frédéric; on n'attend plus sept ou même trente ans avant le retour de la paix. Du reste, des guerres, il en faut toujours; s'il n'y en avait pas eu depuis le commencement du monde, la terre serait aujourd'hui tellement peuplée que les hommes se dévoreraient les uns les autres.

Un jour Frédéric nous apprit ce qui venait de se passer dans une petite ville des environs. À l'hôtel de ville se trouvait une grande et antique horloge; elle s'arrêtait parfois, puis retardait, pour ensuite avancer; mais enfin telle quelle, elle servait à régler toutes les montres de la ville. Voilà qu'on se mit à construire un chemin de fer qui passa par cet endroit; comme il faut que l'heure des trains soit indiquée de façon exacte, on plaça à la gare une horloge électrique qui ne variait jamais; et depuis lors tout le monde réglait sa montre d'après la gare; l'horloge de la maison de ville pouvait varier à son aise; personne n'y faisait attention, ou plutôt on s'en moquait.

—C'est grave tout cela, dit le bisaïeul d'un air très sérieux. Cela me fait penser à une bonne vieille horloge, comme on en fabrique à Bornholmy, qui était chez mes parents; elle était enfermée dans un meuble en bois de chêne et marchait à l'aide de poids. Elle non plus n'allait pas toujours bien exactement; mais on ne s'en préoccupait pas. Nous regardions le cadran et nous avions foi en lui. Nous n'apercevions que lui, et l'on ne voyait rien des roues et des poids. C'est de même que marchaient le gouvernement et la machine de l'État. On avait pleine confiance en elle et on ne regardait que le cadran. Aujourd'hui c'est devenu une horloge de verre; le premier venu observe les mouvements des roues et y trouve à redire; on entend le frottement des engrenages, on se demande si les ressorts ne sont pas usés et ne vont pas se briser. On n'a plus la foi; c'est là la grande faiblesse du temps présent.

Et le bisaïeul continua ainsi pendant longtemps jusqu'à ce qu'il arrivât à se fâcher complètement, bien que Frédéric finît par ne plus le contredire. Cette fois, ils se quittèrent en se boudant presque; mais il n'en fut pas de même lorsque Frédéric s'embarqua pour l'Amérique où il devait aller veiller à de grands intérêts de notre maison. La séparation fut douloureuse; s'en aller si loin, au-delà de l'océan, braver flots et tempêtes.

—Tranquillise-toi, dit Frédéric au bisaïeul qui retenait ses larmes; tous les quinze jours vous recevrez une lettre de moi, et je te réserve une surprise. Tu auras de mes nouvelles par le télégraphe; on vient de terminer la pose du câble transatlantique. En effet, lorsqu'il s'embarqua en Angleterre, une dépêche vint nous apprendre que son voyage se passait bien, et, au moment où il mit le pied sur le nouveau continent, un message de lui nous parvint traversant les mers plus rapidement que la foudre.

—Je n'en disconviendrai pas, dit le bisaïeul, cette invention renverse un peu mes idées; c'est une vraie bénédiction pour l'humanité, et c'est au Danemark qu'on a précisément découvert la force qui agit ainsi. Je l'ai connu, Christian Oersted, qui a trouvé le principe de l'électromagnétisme; il avait des yeux aussi doux, aussi profonds que ceux d'un enfant; il était bien digne de l'honneur que lui fit la nature en lui laissant deviner un de ses plus intimes secrets.

Dix mois se passèrent, lorsque Frédéric nous manda qu'il s'était fiancé là-bas avec une charmante jeune fille; dans la lettre se trouvait une photographie. Comme nous l'examinâmes avec empressement! Le bisaïeul prit sa loupe et la regarda longtemps.

—Quel malheur, s'écria le bisaïeul, qu'on n'ait pas depuis longtemps connu cet art de reproduire les traits par le soleil! Nous pourrions voir face à face les grands hommes de l'histoire. Voyez donc quel charmant visage; comme cette jeune fille est gracieuse! Je la reconnaîtrai dès qu'elle passera notre seuil.

Le mariage de Frédéric eut lieu en Amérique; les jeunes époux revinrent en Europe et atteignirent heureusement l'Angleterre d'où ils s'embarquèrent pour Copenhague. Ils étaient déjà en face des blanches dunes du Jutland, lorsque s'éleva un ouragan; le navire, secoué, ballotté, tout fracassé, fut jeté à la côte. La nuit approchait, le vent faisait toujours rage; impossible de mettre à la mer les chaloupes et on prévoyait que le matin le bâtiment serait en pièces.

Voilà qu'au milieu des ténèbres reluit une fusée; elle amène un solide cordage; les matelots s'en saisissent; une communication s'établit entre les naufragés et la terre ferme. Le sauvetage commence et, malgré les vagues et la tempête, en quelques heures tout le monde est arrivé heureusement à terre.

À Copenhague nous dormions tous bien tranquillement, ne songeant ni aux dangers, ni aux chagrins. Lorsque le matin la famille se réunit, joyeuse d'avance de voir arriver le jeune couple, le journal nous apprend, par une dépêche, que la veille un navire anglais a fait naufrage sur la côte du Jutland. L'angoisse saisit tous les cœurs; mon père court aux renseignements; il revient bientôt encore plus vite nous apprendre que, d'après une seconde dépêche, tout le monde est sauvé et que les êtres chéris que nous attendons ne tarderont pas à être au milieu de nous. Tous nous éclatâmes en pleurs; mais c'étaient de douces larmes; moi aussi, je pleurai, et le bisaïeul aussi; il joignit les mains et, j'en suis sûr, il bénit notre âge moderne. Et le même jour encore il envoya deux cents écus à la souscription pour le monument d'Oersted. Le soir, lorsque arriva Frédéric avec sa belle jeune femme, le bisaïeul lui dit ce qu'il avait fait; et ils s'embrassèrent de nouveau. Il y a de braves cœurs dans tous les temps.

Le bonhomme de neige

Quel beau froid il fait aujourd'hui! dit le Bonhomme de neige. Tout mon corps en craque de plaisir. Et ce vent cinglant, comme il vous fouette agréablement! Puis, de l'autre côté, ce globe de feu qui me regarde tout béat!

Il voulait parler du soleil qui disparaissait à ce moment.

—Oh! il a beau faire, il ne m'éblouira pas! Je ne lâcherai pas encore mes deux escarboucles.

Il avait, en effet, au lieu d'yeux, deux gros morceaux de charbon de terre brillant et sa bouche était faite d'un vieux râteau, de telle façon qu'on voyait toutes ses dents. Le bonhomme de neige était né au milieu des cris de joie des enfants.

Le soleil se coucha, la pleine lune monta dans le ciel; ronde et grosse, claire et belle, elle brillait au noir firmament.

—Ah! le voici qui réapparaît de l'autre côté, dit le Bonhomme de neige.

Il pensait que c'était le soleil qui se montrait de nouveau.

—Maintenant, je lui ai fait atténuer son éclat. Il peut rester suspendu là-haut et paraître brillant; du moins, je peux me voir moi-même. Si seulement je savais ce qu'il faut faire pour bouger de place! J'aurais tant de plaisir à me remuer un peu! Si je le pouvais, j'irais tout de suite me promener sur la glace et faire des glissades, comme j'ai vu faire aux enfants. Mais je ne peux pas courir.

—Ouah! ouah! aboya le chien de garde.

Il ne pouvait plus aboyer juste et était toujours enroué, depuis qu'il n'était plus chien de salon et n'avait plus sa place sous le poêle.

—Le soleil t'apprendra bientôt à courir. Je l'ai bien vu pour ton prédécesseur, pendant le dernier hiver. Ouah! ouah!

—Je ne te comprends pas, dit le Bonhomme de neige. C'est cette boule, là-haut (il voulait dire la lune), qui m'apprendra à courir? C'est moi plutôt qui l'ai fait filer en la regardant fixement, et maintenant elle ne nous revient que timidement par un autre côté.

—Tu ne sais rien de rien, dit le chien; il est vrai aussi que l'on t'a construit depuis peu. Ce que tu vois là, c'est la lune; et celui qui a disparu, c'est le soleil. Il reviendra demain et, tu peux m'en croire, il saura t'apprendre à courir dans le fossé. Nous allons avoir un changement de temps. Je sens cela à ma patte gauche de derrière. J'y ai des élancements et des picotements très forts.

—Je ne le comprends pas du tout, se dit à lui-même le Bonhomme de neige, mais j'ai le pressentiment qu'il m'annonce quelque chose de désagréable. Et puis, cette boule qui m'a regardé si fixement avant de disparaître, et qu'il appelle le soleil, je sens bien qu'elle aussi n'est pas mon amie.

—Ouah! ouah! aboya le chien en tournant trois fois sur lui-même.

Le temps changea en effet. Vers le matin, un brouillard épais et humide se répandit sur tout le pays, et, un peu avant le lever du soleil, un vent glacé se leva, qui fit redoubler la gelée. Quel magnifique coup d'œil, quand le soleil parut! Arbres et bosquets étaient couverts de givre et toute la contrée ressemblait à une forêt de blanc corail. C'était comme si tous les rameaux étaient couverts de blanches fleurs brillantes.

Les ramifications les plus fines, et que l'on ne peut remarquer en été, apparaissaient maintenant très distinctement. On eût dit que chaque branche jetait un éclat particulier, c'était d'un effet éblouissant. Les bouleaux s'inclinaient mollement au souffle du vent; il y avait en eux de la vie comme les arbres en ont en plein été. Quand le soleil vint à briller au milieu de cette splendeur incomparable, il sembla que des éclairs partaient de toutes parts, et que le vaste manteau de neige qui couvrait la terre ruisselait de diamants étincelants.

—Quel spectacle magnifique! s'écria une jeune fille qui se promenait dans le jardin avec un jeune homme. Ils s'arrêtèrent près du Bonhomme de neige et regardèrent les arbres qui étincelaient. Même en été, on ne voit rien de plus beau!

—Surtout on ne peut pas rencontrer un pareil gaillard! répondit le jeune homme en désignant le Bonhomme de neige. Il est parfait!

—Qui était-ce? demanda le Bonhomme de neige au chien de garde. Toi qui es depuis si longtemps dans la cour, tu dois certainement les connaître?

—Naturellement! dit le chien. Elle m'a si souvent caressé, et lui m'a donné tant d'os à ronger. Pas de danger que je les morde!

—Mais qui sont-ils donc?

—Des fiancés, répondit le chien. Ils veulent vivre tous les deux dans la même niche et y ronger des os ensemble. Ouah! ouah!

—Est-ce que ce sont des gens comme toi et moi?

—Ah! mais non! dit le chien. Ils appartiennent à la famille des maîtres! Je connais tout ici dans cette cour! Oui, il y a un temps où je n'étais pas dans la cour, au froid et à l'attache pendant que souffle le vent glacé. Ouah! ouah!

—Moi, j'adore le froid! dit le Bonhomme de neige. Je t'en prie, raconte. Mais tu pourrais bien faire moins de bruit avec ta chaîne. Cela m'écorche les oreilles.

—Ouah! ouah! aboya le chien. J'ai été jeune chien, gentil et mignon, comme on me le disait alors. J'avais ma place sur un fauteuil de velours dans le château, parfois même sur le giron des maîtres. On m'embrassait sur le museau, et on m'époussetait les pattes avec un mouchoir brodé. On m'appelait «Chéri». Mais je devins grand, et l'on me donna à la femme de ménage. J'allai demeurer dans le cellier; tiens! d'où tu es, tu peux en voir l'intérieur. Dans cette chambre, je devins le maître; oui, je fus le maître chez la femme de ménage. C'était moins luxueux que dans les appartements du dessus, mais ce n'en était que plus agréable. Les enfants ne venaient pas constamment me tirailler et me tarabuster comme là-haut. Puis j'avais un coussin spécial, et je me chauffais à un bon poêle, la plus belle invention de notre siècle, tu peux m'en croire. Je me glissais dessous et l'on ne me voyait plus. Tiens! j'en rêve encore.

—Est-ce donc quelque chose de si beau qu'un poêle? reprit le Bonhomme de neige après un instant de réflexion.

—Non, non, tout au contraire! C'est tout noir, avec un long cou et un cercle en cuivre. Il mange du bois au point que le feu lui en sort par la bouche. Il faut se mettre au-dessus ou au-dessous, ou à côté, et alors, rien de plus agréable. Du reste, regarde par la fenêtre, tu l'apercevras.

Le Bonhomme de neige regarda et aperçut en effet un objet noir, reluisant, avec un cercle en cuivre, et par-dessous lequel le feu brillait. Cette vue fit sur lui une impression étrange, qu'il n'avait encore jamais éprouvée, mais que tous les hommes connaissent bien.

—Pourquoi es-tu parti de chez elle? demanda le Bonhomme de neige.

Il disait: elle, car, pour lui, un être si aimable devait être du sexe féminin.

—Comment as-tu pu quitter ce lieu de délices?

—Il le fallait bon gré mal gré, dit le chien. On me jeta dehors et on me mit à l'attache, parce qu'un jour je mordis à la jambe le plus jeune des fils de la maison qui venait de me prendre un os. Les maîtres furent très irrités, et l'on m'envoya ici à l'attache. Tu vois, avec le temps, j'y ai perdu ma voix. J'aboie très mal.

Le chien se tut. Mais le Bonhomme de neige n'écoutait déjà plus ce qu'il lui disait. Il continuait à regarder chez la femme de ménage, où le poêle était posé.

—Tout mon être en craque d'envie, disait-il. Si je pouvais entrer! Souhait bien innocent, tout de même! Entrer, entrer, c'est mon vœu le plus cher; il faut que je m'appuie contre le poêle, dussé-je passer par la fenêtre!

—Tu n'entreras pas, dit le chien, et si tu entrais, c'en serait fait de toi.

—C'en est déjà fait de moi, dit le Bonhomme de neige; l'envie me détruit.

Toute la journée il regarda par la fenêtre. Du poêle sortait une flamme douce et caressante; un poêle seul, quand il a quelque chose à brûler, peut produire une telle lueur; car le soleil ou la lune, ce ne serait pas la même lumière. Chaque fois qu'on ouvrait la porte, la flamme s'échappait par-dessous. La blanche poitrine du Bonhomme de neige en recevait des reflets rouges.

—Je n'y puis plus tenir! C'est si bon lorsque la langue lui sort de la bouche!

La nuit fut longue, mais elle ne parut pas telle au Bonhomme de neige. Il était plongé dans les idées les plus riantes. Au matin, la fenêtre du cellier était couverte de givre, formant les plus jolies arabesques qu'un Bonhomme de neige pût souhaiter; seulement, elles cachaient le poêle. La neige craquait plus que jamais; un beau froid sec, un vrai plaisir pour un Bonhomme de neige.

Un coq chantait en regardant le froid soleil d'hiver. Au loin dans la campagne, on entendait résonner la terre gelée sous les pas des chevaux s'en allant au labour, pendant que le conducteur faisait gaiement claquer son fouet en chantant quelque ronde campagnarde que répétait après lui l'écho de la colline voisine.

Et pourtant le Bonhomme de neige n'était pas gai. Il aurait dû l'être, mais il ne l'était pas.

Aussi, quand tout concourt à réaliser nos souhaits, nous cherchons dans l'impossible et l'inattendu ce qui pourrait arriver pour troubler notre repos; il semble que le bonheur n'est pas dans ce que l'on a la satisfaction de posséder, mais tout au contraire dans l'imprévu d'où peut souvent sortir notre malheur.

C'est pour cela que le Bonhomme de neige ne pouvait se défendre d'un ardent désir de voir le poêle, lui l'homme du froid auquel la chaleur pouvait être si désastreuse. Et ses deux gros yeux de charbon de terre restaient fixés immuablement sur le poêle qui continue à brûler sans se douter de l'attention attendrie dont il était l'objet.

—Mauvaise maladie pour un Bonhomme de neige! pensait le chien. Ouah! ouah! Nous allons encore avoir un changement de temps!

Et cela arriva en effet: ce fut un dégel. Et plus le dégel grandissait, plus le Bonhomme de neige diminuait. Il ne disait rien; il ne se plaignait pas; c'était mauvais signe. Un matin, il tomba en morceaux, et il ne resta de lui qu'une espèce de manche à balai. Les enfants l'avaient planté en terre, et avaient construit autour leur Bonhomme de neige.

—Je comprends maintenant son envie, dit le chien. C'est ce qu'il avait dans le corps qui le tourmentait ainsi! Ouah! ouah!

Bientôt après, l'hiver disparut à son tour.

—Ouah! ouah! aboyait le chien; et une petite fille chantait dans la cour:

> *Ohé! voici l'hiver parti*
> *Et voici Février fini!*
> *Chantons: Coucou!*
> *Chantons! Cui... uitte!*
> *Et toi, bon soleil, viens vite!*

Personne ne pensait plus au Bonhomme de neige.

Bonne humeur

Mon père m'a fait hériter ce que l'on peut hériter de mieux: ma bonne humeur. Qui était-il, mon père? Ceci n'avait sans doute rien à voir avec sa bonne humeur! Il était vif et jovial, grassouillet et rondouillard, et son aspect extérieur ainsi que son for intérieur étaient en parfait désaccord avec sa profession. Quelle était donc sa profession, sa situation? Vous allez comprendre que si je l'avais écrit et imprimé tout au début, il est fort probable que la plupart des lecteurs auraient reposé mon livre après l'avoir appris, en disant: «C'est horrible, je ne peux pas lire cela!» Et pourtant, mon père n'était pas un bourreau ou un valet de bourreau, bien au contraire! Sa profession le mettait parfois à la tête de la plus haute noblesse de ce monde, et il s'y trouvait d'ailleurs de plein droit et parfaitement à sa place. Il fallait qu'il soit toujours devant—devant l'évêque, devant les princes et les comtes... et il y était. Mon père était cocher de corbillard!

Voilà, je l'ai dit. Mais écoutez la suite: les gens qui voyaient mon père, haut perché sur son siège de cocher de cette diligence de la mort, avec son manteau noir qui lui descendait jusqu'aux pieds et son tricorne à franges noires, et qui voyaient ensuite son visage rond, et souriant, qui ressemblait à un soleil dessiné, ne pensaient plus ni au chagrin, ni à la tombe, car son visage disait: «Ce n'est rien, cela ira beaucoup mieux que vous ne le pensez!»

C'est de lui que me vient cette habitude d'aller régulièrement au cimetière. C'est une promenade gaie, à condition que vous y alliez la joie dans le cœur—et puis je suis, comme mon père l'avait été, abonné au Courrier royal.

Je ne suis plus très jeune. Je n'ai ni femme, ni enfants, ni bibliothèque mais, comme je viens de le dire, je suis abonné au Courrier royal et cela me suffit. C'est pour moi le meilleur journal, comme il l'était aussi pour mon père. Il est très utile et salutaire car il y a tout ce qu'on a besoin de savoir: qui prêche dans telle église, qui sermonne dans tel livre, où l'on peut trouver une maison, une domestique, des vêtements et des vivres, les choses que l'on met à prix, mais aussi les têtes. Et puis, on y lit beaucoup à propos des bonnes œuvres et il y a tant de petites poésies anodines! On y parle également des mariages et de qui accepte ou n'accepte pas de rendez-vous. Tout y est si simple et si naturel! Le Courrier royal vous garantit une vie heureuse et de belles funérailles! À la fin de votre vie, vous avez tant de papier que vous pouvez vous en faire un lit douillet, si vous n'avez pas envie de dormir sur le plancher.

La lecture du Courrier royal et les promenades au cimetière enchantent mon âme plus que n'importe quoi d'autre et renforcent mieux que toute ma bonne humeur. Tout le monde peut se promener, avec les yeux, dans le Courrier royal, mais venez avec moi au cimetière! Allons-y maintenant, tant que le soleil brille et que les arbres sont verts. Promenons-nous entre les pierres tombales! Elles sont toutes comme des livres, avec leur page de couverture pour que l'on puisse lire le titre qui vous apprendra de quoi le livre va vous parler; et pourtant il ne vous dira rien. Mais moi, j'en sais un peu plus, grâce à mon père mais aussi grâce à moi. C'est dans mon «Livre» des tombes; je l'ai écrit moi-même pour instruire et pour amuser. Vous y trouverez tous les morts, et d'autres encore....

Nous voici au cimetière.

Derrière cette petite clôture peinte en blanc, il y avait jadis un rosier. Il n'est plus là depuis longtemps, mais le lierre provenant de la tombe voisine a rampé jusqu'ici pour égayer un peu l'endroit. Ci-gît un homme très malheureux. Il vivait bien, de son vivant, car il avait réussi et avait une très bonne paie et même un peu plus, mais il prenait le monde, c'est-à-dire l'art trop au sérieux. Le soir, il allait au théâtre et s'en réjouissait à l'avance, mais il devenait furieux, par exemple, aussitôt qu'un éclairagiste illuminait un peu plus une face de la lune plutôt que l'autre ou qu'une frise pendait devant le décor et non pas derrière le décor, ou lorsqu'il y voyait un palmier dans Amager, un cactus dans le Tyrol ou un hêtre dans le nord de la Norvège, au-delà du cercle polaire! Comme si cela avait de l'importance! Qui pense à cela? Ce n'est qu'une comédie, on y va pour s'amuser!... Le public applaudissait trop, ou trop peu.»Du bois humide, marmonnait-il, il ne va pas s'enflammer ce soir.» Puis, il se retournait, pour voir qui étaient ces gens-là. Et il entendait tout de suite qu'ils ne riaient pas au bon moment et qu'ils riaient en revanche là où il ne le fallait pas; tout cela le tourmentait au point de le rendre malheureux. Et maintenant, il est mort.

Ici repose un homme très heureux, ou plus précisément un homme d'origine noble. C'était d'ailleurs son plus grand atout, sans cela il n'aurait été personne. La nature sage fait si bien les choses que cela fait plaisir à voir. Il portait des chaussures brodées devant et derrière et vivait dans de beaux appartements. Il faisait penser au précieux cordon de sonnette brodé de perles avec lequel on sonnait les domestiques et qui est prolongé par une bonne corde bien solide qui, elle, fait tout le travail. Lui aussi avait une bonne corde solide, en la personne de son adjoint qui faisait tout à sa place, et le fait d'ailleurs toujours, pour un autre cordon de sonnette brodé, tout neuf. Tout est conçu avec tant de sagesse que l'on peut vraiment se réjouir de la vie.

Et ici repose l'homme qui a vécu soixante-sept ans et qui, pendant tout ce temps, n'a pensé qu'à une chose: trouver une belle et nouvelle idée. Il ne vivait que pour cela et un jour, en effet, il l'a eue, ou du moins, il l'a cru. Ceci l'a mis dans une telle joie qu'il en est mort. Il est mort de joie d'avoir trouvé la bonne idée. Personne ne l'a appris et personne n'en a profité! Je pense que même dans sa tombe, son idée ne le laisse pas reposer en paix. Car, imaginez un instant qu'il s'agisse d'une idée qu'il faut exprimer lors du déjeuner pour qu'elle soit vraiment efficace, alors que lui, en tant que défunt, ne peut, selon une opinion généralement répandue, apparaître qu'à minuit: son idée, à ce moment-là risque de ne pas être bien venue, ne fera rire personne et lui, il n'aura plus qu'à retourner dans sa tombe avec sa belle idée. Oui, c'est une tombe bien triste.

Ici repose une femme très avare. De son vivant elle se levait la nuit pour miauler afin que ses voisins pensent qu'elle avait un chat. Elle était vraiment avare!

Ici repose une demoiselle de bonne famille. Chaque fois qu'elle se trouvait en société, il fallait qu'elle parle de son talent de chanteuse et lorsqu'on avait réussi à la convaincre de chanter, elle commençait par: «*Mi manca la voce!*», ce qui veut dire: «Je n'ai aucune voix». Ce fut la seule vérité de sa vie.

Ici repose une fille d'un genre différent! Lorsque le cœur se met à piailler comme un canari, la raison se bouche les oreilles. La belle jeune fille était toujours illuminée de l'auréole du mariage, mais le sien n'a jamais eu lieu...!

Ici repose une veuve qui avait le chant du cygne sur les lèvres et de la bile de chouette dans le cœur. Elle rendait visite aux familles pour y pêcher tous leurs péchés, exactement comme l'ami de l'ordre dénonçait son prochain.

Ici c'est un caveau familial. C'était une famille très unie et chacun croyait tout ce que l'autre disait, à tel point que si le monde entier et les journaux disaient: «C'est ainsi!» et si le fils, rentrant de l'école, déclarait: «Moi, je l'ai entendu ainsi», c'était lui qui avait raison parce qu'il faisait partie de la famille. Et si dans cette famille il arrivait que le coq chante à minuit, c'était le matin, même si le veilleur de nuit et toutes les horloges de la ville annonçaient minuit.

Le grand Goethe termine son Faust en écrivant que cette histoire pouvait avoir une suite. On peut dire la même chose de notre promenade dans le cimetière. Je viens souvent ici. Lorsque l'un de mes amis ou ennemis fait de ma vie un enfer, je viens ici, je trouve un joli endroit gazonné et je le voue à celui ou à celle que j'aurais envie d'enterrer. Et je l'enterre aussitôt. Ils sont là, morts et impuissants, jusqu'à ce qu'ils reviennent à la vie, renouvelés et meilleurs. J'inscris leur vie, telle que je l'ai vue moi, dans mon «Livre «des tombes. Chacun devrait faire ainsi et au lieu de se morfondre, enterrer bel et bien celui qui vous met des bâtons dans les roues. Je recommande de garder sa bonne humeur et de lire le Courrier royal, journal d'ailleurs écrit par le peuple lui-même, même si, pour certains, quelqu'un d'autre guide la plume.

Lorsque mon temps sera venu et que l'on m'aura enterré dans une tombe avec l'histoire de ma vie, mettez sur elle cette inscription: «Bonne humeur.»

C'est mon histoire.

Le briquet

Un soldat s'en venait d'un bon pas sur la route. Une deux, une deux! sac au dos et sabre au côté. Il avait été à la guerre et maintenant, il rentrait chez lui. Sur la route, il rencontra une vieille sorcière. Qu'elle était laide! Sa lippe lui pendait jusque sur la poitrine.

—Bonsoir soldat, dit-elle. Ton sac est grand et ton sabre est beau, tu es un vrai soldat. Je vais te donner autant d'argent que tu voudras.

—Merci, vieille, dit le soldat.

—Vois-tu ce grand arbre? dit la sorcière. Il est entièrement creux. Grimpe au sommet, tu verras un trou, tu t'y laisseras glisser jusqu'au fond. Je t'attacherai une corde autour du corps pour te remonter quand tu m'appelleras.

—Mais qu'est-ce que je ferai au fond de l'arbre?

—Tu y prendras de l'argent, dit la sorcière. Quand tu seras au fond, tu te trouveras dans une grande galerie éclairée par des centaines de lampes. Devant toi il y aura trois portes. Tu pourras les ouvrir, les clés sont dessus. Si tu entres dans la première chambre, tu verras un grand chien assis au beau milieu sur un coffre. Il a des yeux grands comme des soucoupes, mais ne t'inquiète pas de ça. Je te donnerai mon tablier à carreaux bleus que tu étendras par terre, tu saisiras le chien et tu le poseras sur mon tablier. Puis tu ouvriras le coffre et tu prendras autant de pièces que tu voudras. Celles-là sont en cuivre.... Si tu préfères des pièces d'argent, tu iras dans la deuxième chambre! Un chien y est assis avec des yeux grands comme des roues de moulin. Ne t'inquiète encore pas de ça. Pose-le sur mon tablier et prends des pièces d'argent, autant que tu en veux. Mais si tu préfères l'or, je peux aussi t'en donner—et combien!—tu n'as qu'à entrer dans la troisième chambre. Ne t'inquiète toujours pas du chien assis sur le coffre. Celui-ci a les yeux grands comme la Tour Ronde de Copenhague et je t'assure que pour un chien, c'en est un. Pose-le sur mon tablier et n'aie pas peur, il ne te fera aucun mal. Prends dans le coffre autant de pièces d'or que tu voudras.

—Ce n'est pas mal du tout ça, dit le soldat. Mais qu'est-ce qu'il faudra que je te donne à toi la vieille? Je suppose que tu veux quelque chose.

—Pas un sou, dit la sorcière. Rapporte-moi le vieux briquet que ma grand-mère a oublié la dernière fois qu'elle est descendue dans l'arbre.

—Bon, dit le soldat, attache-moi la corde autour du corps.

—Voilà—et voici mon tablier à carreaux bleus.

Le soldat grimpa dans l'arbre, se laissa glisser dans le trou, et le voilà, comme la sorcière l'avait annoncé, dans la galerie où brillaient des centaines de lampes. Il ouvrit la première porte. Oh! le chien qui avait des yeux grands comme des soucoupes le regardait fixement.

—Tu es une brave bête, lui dit le soldat en le posant vivement sur le tablier de la sorcière.

Il prit autant de pièces de cuivre qu'il put en mettre dans sa poche, referma le couvercle du coffre, posa le chien dessus et entra dans la deuxième chambre.

Brrr!! le chien qui y était assis avait, réellement, les yeux grands comme des roues de moulin.

—Ne me regarde pas comme ça, lui dit le soldat, tu pourrais te faire mal.

Il posa le chien sur le tablier, mais en voyant dans le coffre toutes ces pièces d'argent, il jeta bien vite les sous en cuivre et remplit ses poches et son sac d'argent. Puis il passa dans la troisième chambre.

Mais quel horrible spectacle! Les yeux du chien qui se tenait là étaient vraiment grands chacun comme la Tour Ronde de Copenhague et ils tournaient dans sa tête comme des roues.

—Bonsoir, dit le soldat en portant la main à son képi, car de sa vie, il n'avait encore vu un chien pareil et il l'examina quelque peu. Mais bientôt il se ressaisit, posa le chien sur le tablier, ouvrit le coffre.

Dieu!... que d'or! Il pourrait acheter tout Copenhague avec ça, tous les cochons en sucre des pâtissiers et les soldats de plomb et les fouets et les chevaux à bascule du monde entier. Quel trésor!

Il jeta bien vite toutes les pièces d'argent et prit de l'or. Ses poches, son sac, son képi et ses bottes, il les remplit au point de ne presque plus pouvoir marcher. Eh bien! il en avait de l'argent cette fois! Vite il replaça le chien sur le coffre, referma la porte et cria dans le tronc de l'arbre:

—Remonte-moi, vieille.

—As-tu le briquet? demanda-t-elle.

—Ma foi, je l'avais tout à fait oublié, fit-il, et il retourna le prendre.

Puis la sorcière le hissa jusqu'en haut et le voilà sur la route avec ses poches, son sac, son képi, ses bottes pleines d'or!

—Qu'est-ce que tu vas faire de ce briquet? demanda-t-il.

—Ça ne te regarde pas, tu as l'argent, donne-moi le briquet!

—Taratata, dit le soldat. Tu vas me dire tout de suite ce que tu vas faire de ce briquet ou je tire mon sabre et je te coupe la tête.

—Non, dit la vieille sorcière.

Alors, il lui coupa le cou. La pauvre tomba par terre et elle y resta. Mais lui serra l'argent dans le tablier, en fit un baluchon qu'il lança sur son épaule, mit le briquet dans sa poche et marcha vers la ville.

Une belle ville c'était. Il alla à la meilleure auberge, demanda les plus belles chambres, commanda ses plats favoris. Puisqu'il était riche....

Le valet qui cira ses chaussures se dit en lui-même que pour un monsieur aussi riche, il avait de bien vieilles bottes. Mais dès le lendemain, le soldat acheta des souliers neufs et aussi des vêtements convenables.

Alors il devint un monsieur distingué. Les gens ne lui parlaient que de tout ce qu'il y avait d'élégant dans la ville et de leur roi, et de sa fille, la ravissante princesse.

—Où peut-on la voir? demandait le soldat.

—On ne peut pas la voir du tout, lui répondait-on. Elle habite un grand château aux toits de cuivre entouré de murailles et de tours.

Seul le roi peut entrer chez elle à sa guise car on lui a prédit que sa fille épouserait un simple soldat; et un roi n'aime pas ça du tout.

—Que je voudrais la connaître! dit le soldat, mais il savait bien que c'était tout à fait impossible.

Alors il mena une joyeuse vie, alla à la comédie, roula carrosse dans le jardin du roi, donna aux pauvres beaucoup d'argent—et cela de grand cœur—se souvenant des jours passés et sachant combien les indigents ont de peine à avoir quelques sous.

Il était riche maintenant et bien habillé, il eut beaucoup d'amis qui, tous, disaient de lui: «Quel homme charmant, quel vrai gentilhomme!» Cela le flattait. Mais comme il dépensait tous les jours beaucoup d'argent et qu'il n'en rentrait jamais dans sa bourse, le moment vint où il ne lui resta presque plus rien. Il dut quitter les belles chambres, aller loger dans une mansarde sous les toits, brosser lui-même ses chaussures, tirer l'aiguille à repriser. Aucun ami ne venait plus le voir... trop d'étages à monter.

Par un soir très sombre—il n'avait même plus les moyens de s'acheter une chandelle—il se souvint qu'il en avait un tout petit bout dans sa poche et aussi le briquet trouvé dans l'arbre creux où la sorcière l'avait fait descendre. Il battit le silex du briquet et au moment où l'étincelle jaillit, voilà que la porte s'ouvre. Le chien aux yeux grands comme des soucoupes est devant lui.

—Qu'ordonne mon maître? demande le chien.

—Quoi! dit le soldat. Voilà un fameux briquet s'il me fait avoir tout ce que je veux. Apporte-moi un peu d'argent. Hop! voilà l'animal parti et hop! le voilà revenu portant, dans sa gueule, une bourse pleine de pièces de cuivre.

Alors le soldat comprit quel briquet miraculeux il avait là. S'il le battait une fois, c'était le chien assis sur le coffre aux monnaies de cuivre qui venait, s'il le battait deux fois, c'était celui qui gardait les pièces d'argent et s'il battait trois fois son briquet, c'était le gardien des pièces d'or qui apparaissait. Notre soldat put ainsi redescendre dans les plus belles chambres, remettre ses vêtements luxueux. Ses amis le reconnurent immédiatement et même ils avaient beaucoup d'affection pour lui.

Cependant un jour, il se dit:

«C'est tout de même dommage qu'on ne puisse voir cette princesse. On dit qu'elle est si charmante... À quoi bon si elle doit toujours rester prisonnière dans le grand château aux toits de cuivre avec toutes ces tours? Est-il vraiment impossible que je la voie? Où est mon briquet?»

Il fit jaillir une étincelle et le chien aux yeux grands comme des soucoupes apparut.

—Il est vrai qu'on est au milieu de la nuit, lui dit le soldat, mais j'ai une envie folle de voir la princesse. En un clin d'œil, le chien était dehors, et l'instant d'après, il était de retour portant la princesse couchée sur son dos. Elle dormait et elle était si gracieuse qu'en la voyant, chacun aurait reconnu que c'était une vraie princesse. Le jeune homme n'y tint plus, il ne put s'empêcher de lui donner un baiser car, lui, c'était un vrai soldat.

Vite le chien courut ramener la jeune fille au château, mais le lendemain matin, comme le roi et la reine prenaient le thé avec elle, la princesse leur dit qu'elle avait rêvé la nuit d'un chien et d'un soldat et que le soldat lui avait donné un baiser. Eh bien! en voilà une histoire! dit la reine.

Une des vieilles dames de la cour reçut l'ordre de veiller toute la nuit suivante auprès du lit de la princesse pour voir si c'était vraiment un rêve ou bien ce que cela pouvait être!

Le soldat se languissait de revoir l'exquise princesse! Le chien revint donc la nuit, alla la chercher, courut aussi vite que possible... mais la vieille dame de la cour avait mis de grandes bottes et elle courait derrière lui et aussi vite. Lorsqu'elle les vit disparaître dans la grande maison, elle pensa: «Je sais maintenant où elle va «et, avec un morceau de craie, elle dessina une grande croix sur le portail. Puis elle rentra se coucher.

Le chien, en revenant avec la princesse, vit la croix sur le portail et traça des croix sur toutes les portes de la ville. Et ça, c'était très malin de sa part; ainsi la dame de la cour ne pourrait plus s'y reconnaître.

Au matin, le roi, la reine, la vieille dame et tous les officiers sortirent pour voir où la princesse avait été.

—C'est là, dit le roi dès qu'il aperçut la première porte avec une croix.

—Non, c'est ici mon cher époux, dit la reine en s'arrêtant devant la deuxième porte.

—Mais voilà une croix... en voilà une autre, dirent-ils tous, il est bien inutile de chercher davantage.

Cependant, la reine était une femme rusée, elle savait bien d'autres choses que de monter en carrosse. Elle prit ses grands ciseaux d'or et coupa en morceaux une pièce de soie, puis cousit un joli sachet qu'elle remplit de farine de sarrasin très fine. Elle attacha cette bourse sur le dos de sa fille et perça au fond un petit trou afin que la farine se répande tout le long du chemin que suivrait la princesse.

Le chien revint encore la nuit, amena la princesse sur son dos auprès du soldat qui l'aimait tant et qui aurait voulu être un prince pour l'épouser. Mais le chien n'avait pas vu la farine répandue sur le chemin depuis le château jusqu'à la fenêtre du soldat. Le lendemain, le roi et la reine n'eurent aucune peine à voir où leur fille avait été.

Le soldat fut saisi et jeté dans un cachot lugubre!... Oh! qu'il y faisait noir!

—Demain, tu seras pendu, lui dit-on. Ce n'est pas une chose agréable à entendre, d'autant plus qu'il avait oublié son briquet à l'auberge.

Derrière les barreaux de fer de sa petite fenêtre, il vit le matin suivant les gens qui se dépêchaient de sortir de la ville pour aller le voir pendre. Il entendait les roulements de tambours, les soldats défilaient au pas cadencé. Un petit apprenti cordonnier courait à une telle allure qu'une de ses savates vola en l'air et alla frapper le mur près des barreaux au travers desquels le soldat regardait.

—Hé! ne te presse pas tant. Rien ne se passera que je ne sois arrivé. Mais si tu veux courir à l'auberge où j'habitais et me rapporter mon briquet, je te donnerai quatre sous. Mais en vitesse.

Le gamin ne demandait pas mieux que de gagner quatre sous. Il prit ses jambes à son cou, trouva le briquet....

En dehors de la ville, on avait dressé un gibet autour duquel se tenaient les soldats et des centaines de milliers de gens. Le roi, la reine étaient assis sur de superbes trônes et en face d'eux, les juges et tout le conseil.

Déjà le soldat était monté sur l'échelle, mais comme le bourreau allait lui passer la corde au cou, il demanda la permission — toujours accordée, dit-il à un condamné à mort avant de subir sa peine — d'exprimer un désir bien innocent, celui de fumer une pipe, la dernière en ce monde.

Le roi ne voulut pas le lui refuser et le soldat se mit à battre son briquet: une fois, deux fois, trois fois! et hop! voilà les trois chiens: celui qui avait des yeux comme des soucoupes, celui qui avait des yeux comme des roues de moulin et celui qui avait des yeux grands chacun comme la Tour Ronde de Copenhague.

— Empêchez-moi maintenant d'être pendu! leur cria le soldat.

Alors les chiens sautèrent sur les juges et sur tous les membres du conseil, les prirent dans leur gueule, l'un par les jambes, l'autre par le nez, les lancèrent en l'air si haut qu'en tombant, ils se brisaient en mille morceaux.

— Je ne tolérerai pas... commença le roi.

Mais le plus grand chien le saisit ainsi que la reine et les lança en l'air à leur tour.

Les soldats en étaient épouvantés et la foule cria:

— Petit soldat, tu seras notre roi et tu épouseras notre délicieuse princesse. On fit monter le soldat dans le carrosse royal et les trois chiens gambadaient devant en criant «bravo». Les jeunes gens sifflaient dans leurs doigts, les soldats présentaient les armes.

La princesse fut tirée de son château aux toits de cuivre et elle devint reine, ce qui lui plaisait beaucoup.

La noce dura huit jours, les chiens étaient à table et roulaient de très grands yeux.

Ce que le Père fait est bien fait

Cette histoire, je l'ai entendue dans mon enfance. Chaque fois que j'y pense, je la trouve plus intéressante. Il en est des histoires comme de bien des gens: avec l'âge, ils attirent de plus en plus l'attention. Vous avez certainement été déjà à la campagne, et vous avez vu de vieilles maisons de paysans.

Sur le toit de chaume, il y a des mauvaises herbes, de la mousse et un nid de cigognes. Ce sont les cigognes surtout qui ne doivent pas manquer. Les murs penchent, les fenêtres sont basses et une seule peut s'ouvrir. Le four ressemble à un ventre rebondi, les branches d'un sureau tombent sur une haie, et le sureau se trouve à une mare où nagent des canards. Il y a encore là un chien à l'attache, qui aboie après tout le monde, sans distinction.

Dans une de ces maisons de paysans habitaient deux vieilles gens, un paysan et sa femme. Ils n'avaient presque rien, et pourtant ils se trouvaient avoir quelque chose de trop, un cheval, qu'ils laissaient paître dans le fossé près de la grand-route. Le paysan l'enfourchait pour aller à la ville, et de temps en temps le prêtait à des voisins qui, en retour, lui rendaient quelques services.

Mais les vieux pensaient qu'il serait meilleur pour eux de vendre le cheval ou de l'échanger contre quelque objet plus utile. Mais contre quoi?

— Fais pour le mieux, mon vieux, disait la femme. Il y a une foire à la ville. Vas-y et vends le cheval, ou fais un échange; ce que tu feras sera bien fait.

Là-dessus, elle lui fit un beau nœud au mouchoir qu'il avait autour du cou, bien mieux que lui-même n'eût su le faire. Puis elle lissa son chapeau avec la main pour que la poussière s'y attachât moins et l'embrassa. Le voilà parti sur son cheval, pour le vendre ou l'échanger.

— Oui, oui, le vieux s'y entend, murmurait la vieille mère.

Le soleil brillait dans un ciel sans nuage. Il y avait beaucoup de poussière sur la route, car il passait beaucoup de gens qui se rendaient au marché en voiture, à cheval ou à pied. Nulle ombre sur le chemin. Parmi ceux qui marchaient à pied, il y avait un homme qui poussait devant lui une vache. Le vieux pensait:

—Elle doit donner du bon lait! Cheval contre vache, ce serait un bon échange.

—Écoute, l'homme à la vache. Je veux te proposer quelque chose. Un cheval est plus dur qu'une vache, n'est-ce pas? Mais cela ne me fait rien, car une vache me serait plus utile. Veux-tu que nous troquions?

—Avec plaisir, dit l'homme à la vache.

Et ils firent l'échange. Quand ce fut fait, le paysan eût pu revenir, puisqu'il avait obtenu ce qu'il voulait. Mais, comme il était parti pour aller au marché, il voulut s'y rendre, ne fût-ce que pour y jeter un coup d'œil. Il poussa donc sa vache devant lui. Il marchait très vite. Peu de temps après il vit un homme tenant un mouton par une corde. C'était un mouton bien gras.

—Il ferait rudement mon affaire, pensa notre homme. Nous aurions bien assez de nourriture pour lui sur le bord du fossé, et en hiver nous pourrions le garder dans notre chambre. Au fond, un mouton vaudrait mieux pour nous qu'une vache.

Veux-tu troquer avec moi? demanda-t-il.

—Parfaitement, dit l'autre.

On troqua donc et notre paysan continua sa route avec son mouton. Tout à coup il vit, dans un petit sentier, un homme portant une grosse oie sous le bras.

—Diable! voilà une fameuse oie! S'écria-t-il. Elle a beaucoup de plumes et est bien grasse. Ça ferait bien l'affaire de la mère! Elle pourrait lui donner nos restes, car elle dit souvent: «Tiens! si nous avions une oie pour manger ça!» Veux-tu changer ton oie pour mon mouton?

L'autre ne demanda pas mieux. Notre paysan prit donc son oie.

Il était alors tout près de la ville. Il y avait foule sur la grand route. Le champ de foire était plein de gens et d'animaux; on se pressait tellement que des gens passaient dans les champs de pommes de terre à côté.

Il y avait là une poule attachée par les pattes. Elle manquait d'être écrasée à chaque instant. C'était une très belle poule, avec des plumes très courtes sur la queue. Elle clignait des yeux et faisait: Glouk! glouk! Je ne puis vous dire ce qu'elle voulait dire par là, mais le paysan s'écria:

—Jamais je n'ai vu si belle poule. Elle est plus belle même que la poule du pharmacien! Je serais heureux de l'avoir. Une poule trouve toujours à se nourrir sans qu'on s'occupe d'elle. Ce serait un bon échange.

—Voulez-vous changer votre poule pour mon oie? demanda-t-il au receveur de l'octroi, à qui appartenait la poule.

—Comment donc! dit l'autre. Le paysan prit la poule, et le receveur prit l'oie. Notre homme avait bien employé son temps. Il avait chaud et se sentait fatigué. Un verre d'eau-de-vie et un peu de pain lui étaient bien dus. Justement il était devant une auberge. Il entra.

Mais au même moment arriva un garçon portant un sac plein sur le dos.

—Qu'as-tu là-dedans? demanda notre paysan.

—Des pommes gâtées, dit l'autre; tout un sac, pour les cochons.

—Tout un sac plein de pommes? Quelle richesse! Voilà ce que je voudrais bien apporter à ma femme. L'an dernier, nous n'avons eu qu'une pomme sur notre vieux pommier; nous l'avons laissée sur notre commode jusqu'à ce qu'elle pourrît.» Cela prouve qu'on est à son aise», disait la mère. Mais, cette fois, je pourrais lui montrer quelque chose de mieux.

—Que m'en donnerais-tu? dit le garçon.

—Donne, dit le paysan. Je change ma poule pour ton sac.

L'échange fait, ils entrèrent à l'auberge. Là notre homme mit son sac près du four qui était brûlant. L'hôtesse n'y prit pas garde.

Dans la salle il y avait beaucoup de gens: des maquignons, des marchands de bœufs, pas mal de gens de la campagne, quelques ouvriers qui jouaient entre eux dans un coin et enfin à un bout de la table, deux Anglais moitié touristes, moitié marchands, et qui étaient venus à la ville pour voir si quelque occasion ne se présenterait pas de trouver une bonne affaire. N'ayant rien rencontré, ils étaient attablés et regardaient avec indifférence le reste de la salle. On sait que les Anglais sont presque toujours si riches que leurs poches sont bondées d'or. De plus ils aiment à parier, à propos de n'importe quoi, rien que pour se créer une émotion passagère qui les change un instant de leur froideur continuelle.

Or, voici ce qui arriva:

—Psiii, psiii! entendirent-ils près du four.

—Qu'est-ce? demandèrent-ils.

Le paysan leur conta l'histoire du cheval échangé contre une vache et ainsi de suite jusqu'aux pommes.

—Tu vas être battu à ton retour, dirent les Anglais. Tu peux t'y attendre.

—Battu? Non, non! J'aurai un baiser et l'on me dira: «Ce que le père fait est toujours bien fait.»

—Nous parierions bien un boisseau d'or que tu te trompes; cent livres, si tu veux.

—Un boisseau me suffit, dit le paysan. Mais moi, je ne puis parier qu'un boisseau de pommes, et je l'emplirai jusqu'au bord.

—Allons, topons-là! cent livres contre un boisseau de pommes.

Et le pari fut fait.

La carriole de l'aubergiste fut commandée, et tous les trois y montèrent avec le sac de pommes. Les voici arrivés.

—Bonsoir, la mère!

—Dieu te garde, mon vieux!

—L'échange est fait.

—Ah! tu t'y entends, dit la paysanne pendant que son mari l'embrassait.

—Oui, j'ai troqué notre cheval contre une vache.

—Dieu soit loué! dit la mère. Je pourrai désormais faire des laitages, du beurre, du fromage. Excellent échange!

—Oui, mais j'ai ensuite échangé la vache contre une brebis.

—C'est encore mieux. Nous avons juste assez de nourriture pour une brebis. Nous aurons du lait, du fromage, des bas de laine et des gilets. Une vache ne donne pas de laine. Comme tu penses à tout!

—Ensuite j'ai troqué le mouton contre une oie.

—Est-ce vrai? Alors, nous pourrons manger de l'oie rôtie à Noël! Tu penses à tout ce qui peut me faire plaisir, mon bon vieux. C'est bien à toi. Nous pourrons attacher notre oie dehors avec une ficelle pour qu'elle ait le temps d'engraisser.

—Oui, mais j'ai troqué mon oie contre une poule.

—Une poule! Oh! la bonne affaire. Elle nous donnera des œufs. Nous les ferons couver et nous aurons des poussins. J'ai toujours rêvé d'en avoir.

—Oui, oui, mais j'ai échangé la poule contre un sac de pommes pourries.

—Cette fois, il faut que je t'embrasse, dit la paysanne ravie. Je te remercie, mon cher homme. Et il faut que je te raconte tout de suite quelque chose. Après que tu as été parti ce matin, je me suis demandé ce que je pourrais te faire de bon pour ton retour. Des œufs au jambon, naturellement. J'avais des œufs mais il fallait bien aussi de la civette. J'allais donc chez le maître d'école en face. Je savais qu'il en avait. Mais sa femme est très riche, sans en avoir l'air. Je lui demandai de me prêter un peu de civette.» Prêter, me dit-elle. Il n'y a rien dans notre jardin, pas même une pomme pourrie!» Maintenant, c'est moi qui pourrais lui en prêter, et tout un sac, même. Tu penses si j'en suis contente, mon petit père!

—Bravo! dirent les deux anglais à la fois. La dégringolade ne lui a pas enlevé sa gaieté. Cela vaut bien l'argent.

Ils comptèrent au paysan l'or sur la table.

C'est ce qui prouve que la femme doit toujours trouver que son mari est le plus avisé de tous les hommes, et que ce qu'il fait est toujours parfait.

Voilà mon histoire. Je l'ai entendue dans mon enfance. Vous la connaissez à votre tour. Dites donc toujours que: CE QUE LE PÈRE FAIT EST BIEN FAIT.

Chacun et chaque chose à sa place.

C'était il y a plus de cent ans.

Il y avait derrière la forêt, près du grand lac, un vieux manoir entouré d'un fossé profond où croissaient des joncs et des roseaux. Tout près du pont qui conduisait à la porte cochère, il y avait un vieux saule qui penchait ses branches au-dessus du fossé.

Dans le ravin retentirent soudain le son du cor et le galop des chevaux.

La petite gardeuse d'oies se dépêcha de ranger ses oies et de laisser le pont libre à la chasse qui arrivait à toute bride. Ils allaient si vite, que la fillette dut rapidement sauter sur une des bornes du pont pour ne pas être renversée. C'était encore une enfant délicate et mince, mais avec une douce expression de visage et deux yeux clairs ravissants. Le seigneur ne vit pas cela; dans sa course rapide, il faisait tournoyer la cravache qu'il tenait à la main. Il se donna le brutal plaisir de lui en donner en pleine poitrine un coup qui la renversa.

—Chacun à sa place! cria-t-il.

Puis il rit de son action comme d'une chose fort amusante, et les autres rirent également. Toute la société menait un grand vacarme, les chiens aboyaient et on entendait des bribes d'une vieille chanson:

De beaux oiseaux viennent avec le vent!

La pauvre gardeuse d'oies versa des larmes en tombant; elle saisit de la main une des branches pendantes du saule et se tint ainsi suspendue au-dessus du fossé.

Quand la chasse fut passée, elle travailla à sortir de là, mais la branche se rompit et la gardeuse d'oies allait tomber à la renverse dans les roseaux, quand une main robuste la saisit.

C'était un cordonnier ambulant qui l'avait aperçue de loin et s'était empressé de venir à son secours.

—Chacun à sa place! dit-il ironiquement, après le seigneur, en la déposant sur le chemin.

Il remit alors la branche cassée à sa place.»À sa place», c'est trop dire. Plus exactement il la planta dans la terre meuble.

—Pousse si tu peux, lui dit-il, et fournis leur une bonne flûte aux gens de là haut! Puis il entra dans le château, mais non dans la grande salle, car il était trop peu de chose pour cela. Il se mêla aux gens de service qui regardèrent ses marchandises et en achetèrent.

À l'étage au-dessus, à la table d'honneur, on entendait un vacarme qui devait être du chant, mais les convives ne pouvaient faire mieux. C'étaient des cris et des aboiements; on faisait ripaille. Le vin et la bière coulaient dans les verres et dans les pots; les chiens de chasse étaient aussi dans la salle. Un jeune homme les embrassa l'un après l'autre, après avoir essuyé la bave de leurs lèvres avec leurs longues oreilles.

On fit monter le cordonnier avec ses marchandises, mais seulement pour s'amuser un peu de lui. Le vin avait tourné les têtes. On offrit au malheureux de boire du vin dans un bas.

—Presse-toi! lui cria-t-on.

C'était si drôle qu'on éclata de rire! Puis ce fut le tour des cartes; troupeaux entiers, fermes, terres étaient mis en jeu.

—Chacun à sa place! s'écria le cordonnier, quand il fut sorti de cette Sodome et de cette Gomorrhe, selon ses propres termes. Le grand chemin, voilà ma vraie place. Là-haut je n'étais pas dans mon assiette.

Et la petite gardeuse d'oies lui faisait du sentier un signe d'approbation.

Des jours passèrent et des semaines. La branche cassée que le cordonnier avait planté ça sur le bord du fossé était fraîche et verte, et à son tour produisait de nouvelles pousses. La petite gardeuse d'oies s'aperçut qu'elle avait pris racine; elle s'en réjouit extrêmement, car c'était son arbre, lui semblait-il.

Mais si la branche poussait bien, au château, en revanche, tout allait de mal en pis, à cause du jeu et des festins: ce sont là deux mauvais bateaux sur lesquels il ne vaut rien de s'embarquer.

Dix ans ne s'étaient point écoulés que le seigneur dut quitter le château pour aller mendier avec un bâton et une besace. La propriété fut achetée par un riche cordonnier, celui justement que l'on avait raillé et bafoué et à qui on avait offert du vin dans un bas. La probité et l'activité sont de bons auxiliaires; du cordonnier, ils firent le maître du château. Mais à partir de ce moment, on n'y joua plus aux cartes.

—C'est une mauvaise invention, disait le maître. Elle date du jour où le diable vit la Bible. Il voulut faire quelque chose de semblable et inventa le jeu de cartes.

Le nouveau maître se maria; et avec qui? Avec la petite gardeuse d'oies qui était toujours demeurée gentille, humble et bonne. Dans ses nouveaux habits, elle paraissait aussi élégante que si elle était née de haute condition. Comment tout cela arriva-t-il? Ah! c'est un peu trop long à raconter; mais cela eut lieu et, encore, le plus important nous reste à dire.

On menait une vie très agréable au vieux manoir. La mère s'occupait elle-même du ménage; le père prenait sur lui toutes les affaires du dehors. C'était une vraie bénédiction; car, là où il y a déjà du bien-être, tout changement ne fait qu'en apporter un peu plus. Le vieux château fut nettoyé et repeint; on cura les fossés, on planta des arbres fruitiers. Tout prit une mine attrayante. Le plancher lui-même était brillant comme du cuivre poli. Pendant les longs soirs d'hiver, la maîtresse de la maison restait assise dans la grande salle avec toutes ses servantes, et elle filait de la laine et du lin. Chaque dimanche soir, on lisait tout haut un passage de la Bible. C'était le conseiller de justice qui lisait, et le conseiller n'était autre que le cordonnier colporteur, élu à cette dignité sur ses vieux jours. Les enfants grandissaient, car il leur était né des enfants; s'ils n'avaient pas tous des dispositions remarquables, comme cela arrive dans chaque famille, du moins tous avaient reçu une excellente éducation.

Le saule, lui, était devenu un arbre magnifique qui grandissait libre et non taillé.

—C'est notre arbre généalogique! disaient les vieux maîtres; il faut l'honorer et le vénérer, enfants.

Et même les moins bien doués comprenaient un tel conseil.

Cent années passèrent.

C'était de nos jours. Le lac était devenu un marécage; le vieux château était en ruines. On ne voyait là qu'un petit abreuvoir ovale et un coin des fondations à côté; c'était ce qui restait des profonds fossés de jadis. Il y avait là aussi un vieil et bel arbre qui laissait tomber ses branches. C'était l'arbre généalogique. On sait combien un saule est superbe quand on le laisse croître à sa guise. Il était bien rongé au milieu du tronc, de la racine jusqu'au faîte; les orages l'avaient bien un peu abîmé, mais il tenait toujours, et dans les fentes où le vent avait apporté de la terre, poussaient du gazon et des fleurs. Tout en haut du tronc, là où les grandes branches prenaient naissance, il y avait tout un petit jardin avec des framboisiers et des aubépines. Un petit arbousier même avait poussé, mince et élancé, sur le vieil arbre qui se reflétait dans l'eau noire de l'abreuvoir. Un petit sentier abandonné traversait la cour tout près de là. Le nouveau manoir était sur le haut de la colline, près de la forêt. On avait de là une vue superbe.

La demeure était grande et magnifique, avec des vitres si claires qu'on pouvait croire qu'il n'y en avait pas.

Rien n'était en discordance.»Tout à sa place!» était toujours le mot d'ordre. C'est pourquoi tous les tableaux qui, jadis, avaient eu la place d'honneur dans le vieux manoir étaient suspendus maintenant dans un corridor. N'étaient-ce pas des «croûtes», à commencer par deux vieux portraits représentant, l'un, un homme en habit rouge, coiffé d'une perruque, l'autre, une dame poudrée, les cheveux relevés, une rose à la main? Une grande couronne de feuilles de saule les entourait. Il y avait de grands trous ronds dans la toile; ils avaient été faits par les jeunes barons qui, tirant à la carabine, prenaient pour cible les deux pauvres vieux, le conseiller de justice et sa femme, les deux ancêtres de la maison. Le fils du pasteur était précepteur au château. Il mena un jour les petits barons et leur sœur aînée, qui venait d'être confirmée, par le petit sentier qui conduisait au vieux saule.

Quand on fut au pied de l'arbre, le plus jeune des barons voulut se tailler une flûte comme il l'avait déjà fait avec d'autres saules, et le précepteur arracha une branche.

— Oh! ne faites pas cela! s'écria, mais trop tard, la petite fille. C'est notre illustre vieux saule! Je l'aime tant! On se moque de moi pour cela, à la maison, mais cela m'est égal. Il y a une légende sur le vieil arbre....

Elle conta alors tout ce que nous venons de dire au sujet de l'arbre, du vieux château, de la gardeuse d'oies et du colporteur dont la famille illustre et la jeune baronne elle-même descendait.

Ces braves gens ne voulaient pas se laisser anoblir, dit-elle.»Chacun et chaque chose à sa place» était leur devise. L'argent ne leur semblait pas un titre suffisant pour qu'on les élevât au-dessus de leur rang. Ce fut leur fils, mon grand-père, qui devint baron. Il avait de grandes connaissances et était très considéré et très aimé du prince et de la princesse qui l'invitaient à toutes leurs fêtes. C'était lui que la famille révérait le plus, mais je ne sais pourquoi, il y a en moi quelque chose qui m'attire surtout vers les deux ancêtres. Ils devaient être si affables, dans leur vieux château où la maîtresse de la maison filait assise au milieu de ses servantes et où le maître lisait la Bible tout haut.

Le précepteur prit la parole:

—Il est à la mode dit-il, chez nombre de poètes, de dénigrer les nobles, en disant que c'est chez les pauvres, et, de plus en plus, à mesure qu'on descend dans la société, que brille la vraie noblesse. Ce n'est pas mon avis; c'est chez les plus nobles qu'on trouve les plus nobles traits. Ma mère m'en a conté un, et je pourrais en ajouter plusieurs. Elle faisait visite dans une des premières maisons de la ville où ma grand-mère avait, je crois, été gouvernante de la maîtresse de la maison. Elle causait dans le salon avec le vieux maître, un homme de la plus haute noblesse. Il aperçut dans la cour une vieille femme qui venait, appuyée sur des béquilles. Chaque semaine, on lui donnait quelques shillings.

—La pauvre vieille! Elle a bien du mal à marcher! dit-il.

«Et, avant que ma mère s'en fût rendu compte, il était en bas, à la porte; ainsi lui, le vieux seigneur octogénaire, sortait pour épargner quelques pas à la vieille et lui remettre ses shillings. Ce n'est qu'un simple trait; mais, comme l'aumône de la veuve, il va droit au cœur et le fait vibrer. C'est ce but que devraient poursuivre les poètes de notre temps; pourquoi ne chantent-ils pas ce qui est bon et doux, ce qui réconcilie?»

Mais il est vrai qu'il y a un autre genre de nobles.

—Cela sent la roture, ici! disent-ils aux bourgeois.

«Ces nobles-là, oui, ce sont de faux nobles, et l'on ne peut qu'applaudir à ceux qui les raillent dans leurs satires.»

Ainsi parla le précepteur. C'était un peu long, mais aussi, l'enfant avait eu le temps de tailler sa flûte.

Il y avait grande réunion au château: hôtes venus de la capitale ou des environs, dames vêtues avec goût ou sans goût. La grande salle était pleine d'invités. Le fils du pasteur se tenait modestement dans un coin.

On allait donner un grand concert. Le petit baron avait apporté sa flûte de saule, mais il ne savait pas souffler dedans, ni son père non plus.

Il y eut de la musique et du chant. S'y intéressèrent surtout ceux qui exécutèrent. C'était bien assez, du reste.

—Mais vous êtes aussi un virtuose! dit au précepteur un des invités. Vous jouez de la flûte. Vous nous jouerez bien quelque chose?

En même temps, il tendit au précepteur la petite flûte taillée près de l'abreuvoir. Puis il annonça très haut et très distinctement que le précepteur du château allait exécuter un morceau sur la flûte.

Le précepteur, comprenant qu'on allait se moquer de lui, ne voulait pas jouer, bien qu'il sût. Mais on le pressa, on le força, et il finit par prendre la flûte et la porter à sa bouche.

Le merveilleux instrument! Il émit un son strident comme celui d'une locomotive; on l'entendit dans tout le château, et par-delà la forêt. En même temps s'élevait une tempête de vent qui sifflait:

—Chacun à sa place!

Le maître de la maison, comme enlevé par le vent, fut transporté à l'étable. Le bouvier fut emmené, non dans la grande salle, mais à l'office, au milieu des laquais en livrée d'argent. Ces messieurs furent scandalisés de voir cet intrus s'asseoir à leur table!

Dans la grande salle, la petite baronne s'envola à la place d'honneur, où elle était digne de s'asseoir. Le fils du pasteur prit place près d'elle; tous deux semblaient être deux mariés. Un vieux comte, de la plus ancienne noblesse du pays, fut maintenu à sa place, car la flûte était juste, comme on doit l'être.

L'aimable cavalier à qui l'on devait ce jeu de flûte, celui qui était fils de son père, alla droit au poulailler.

La terrible flûte! Mais, fort heureusement, elle se brisa, et c'en fut fini du: «Chacun à sa place!»

Le jour suivant, on ne parlait plus de tout ce dérangement. Il ne resta qu'une expression proverbiale: «ramasser la flûte».

Tout était rentré dans l'ancien ordre. Seuls, les deux portraits de la gardeuse d'oies et du colporteur pendaient maintenant dans la grande salle, où le vent les avait emportés. Un connaisseur ayant dit qu'ils étaient peints de main de maître, on les restaura.

«Chacun et chaque chose à sa place!» On y vient toujours. L'éternité est longue, plus longue que cette histoire.

Le chanvre

Le chanvre était en fleur. Ses fleurs sont bleues, admirablement belles, molles comme les ailes d'un moucheron et encore plus fines. Le soleil répandait ses rayons sur le chanvre, et les nuages l'arrosaient, ce qui lui faisait autant de plaisir qu'une mère en fait à son enfant lorsqu'elle le lave et lui donne un baiser. L'un et l'autre n'en deviennent que plus beaux.

«J'ai bien bonne mine, à ce qu'on dit, murmura le chanvre; je vais atteindre une hauteur étonnante, et je deviendrai une magnifique pièce de toile. Ah! Que je suis heureux! Il n'y a personne qui soit plus heureux que moi! Je me porte à merveille, et j'ai un bel avenir! La chaleur du soleil m'égaye, et la pluie me charme en me rafraîchissant! Oui, je suis heureux, heureux on ne peut plus!

—Oui, oui, oui, dirent les bâtons de la haie, vous ne connaissez pas le monde; mais nous avons de l'expérience, nous.»

Et ils craquèrent lamentablement, et chantèrent:

Cric, crac! cric, crac! crac!

C'est fini! C'est fini! C'est fini!

«Pas sitôt, répondit le chanvre; voilà une bonne matinée, le soleil brille, la pluie me fait du bien, je me sens croître et fleurir. Ah! je suis bien heureux!»

Mais un beau jour il vint des gens qui prirent le chanvre par le toupet, l'arrachèrent avec ses racines, et lui firent bien mal. D'abord on le mit dans l'eau comme pour le noyer, puis on le mit au feu comme pour le rôtir. Ô cruauté!

«On ne saurait être toujours heureux, pensa le chanvre; il faut souffrir, et souffrir c'est apprendre.»

Mais tout alla de pis en pis. Il fut brisé, peigné, cardé; sans y comprendre un mot. Puis on le mit à la quenouille, et rrrout! Il perdit tout à fait la tête.

«J'ai été trop heureux, pensait-il au milieu des tortures; les biens qu'on a perdus, il faut encore s'en réjouir, s'en réjouir». Et il répétait: «s'en réjouir», que déjà il était, hélas! mis au métier, et devenait une magnifique pièce de toile. Les mille pieds de chanvre ne faisaient qu'un morceau.

«Vraiment! C'est prodigieux; je ne l'aurais jamais cru; quelle chance pour moi! Que chantaient donc les bâtons de la haie avec leur:

Cric, crac! Cric, crac! Crac!

C'est fini! C'est fini! C'est fini!

«Mais... je commence à peine à vivre. C'est prodigieux! Si j'ai beaucoup souffert, me voilà maintenant plus heureux que jamais; Je suis si fort, si doux, si blanc, si long! C'est une autre condition que la condition de plante, même avec les fleurs. Personne ne vous soigne, et vous n'avez d'autre eau que celle de la pluie. Maintenant, au contraire, que d'attentions! Tous les matins les filles me retournent, et tous les soirs on m'administre un bain avec l'arrosoir. La ménagère de M. le curé a même fait un discours sur moi, et a prouvé parfaitement que je suis le plus beau morceau de la paroisse. Je ne saurais être plus heureux!»

La toile fut portée à la maison et livrée aux ciseaux. On la coupait, on la coupait, on la piquait avec l'aiguille. Ce n'était pas très agréable; mais en revanche elle fit bientôt douze morceaux de linge, douze belles chemises.

«C'est à partir d'aujourd'hui seulement que je suis quelque chose. Voilà ma destinée; je suis béni, car je suis utile dans le monde. Il faut cela pour être content soi-même. Nous sommes douze morceaux, c'est vrai, mais nous formons un seul corps, une douzaine. Quelle incomparable félicité!»

Les années s'écoulèrent; c'en était fait de la toile.

«Il faut que toute chose ait sa fin, murmura chaque pièce. J'étais bien disposée à durer encore mais pourquoi demander l'impossible?»

Et elles furent réduites en lambeaux et en chiffons, et crurent cette fois que c'était leur fin finale, car elles furent encore hachées, broyées et cuites, le tout sans y rien comprendre. Et voilà qu'elles étaient devenues du superbe papier blanc.

«O surprise! ô surprise agréable! s'écria le papier, je suis plus fin qu'autrefois, et l'on va me charger d'écritures. Que n'écrira-t-on pas sur moi? Ma chance est sans égale.»

Et l'on y écrivit les plus belles histoires, qui furent lues devant de nombreux auditeurs et les rendirent plus sages. C'était un grand bienfait pour le papier que cette écriture.

«Voilà certes plus que je n'y ai rêvé lorsque je portais mes petites fleurs bleues dans les champs. Comment deviner que je servirais un jour à faire la joie et l'instruction des hommes? je n'y comprends vraiment rien, et c'est pourtant la vérité. Dieu sait si j'ai jamais rien entrepris: je me suis contenté de vivre, et voilà que de degrés en degrés il m'a élevé à la plus grande gloire. Toutes les fois que je songe au refrain menaçant: «C'est fini! C'est fini!» Tout prend au contraire un aspect plus beau, plus radieux. Sans doute je vais voyager, je vais parcourir le monde entier pour que tous les hommes puissent me lire! Autrefois je portais de petites fleurs bleues; mes fleurs maintenant sont de sublimes pensées. Je suis heureux, incomparablement heureux.»

Mais le papier n'alla pas en voyage, il fut remis à l'imprimeur, et tout ce qu'il portait d'écrit fut imprimé pour faire un livre, des centaines de livres qui devaient être une source de joie et de profit pour une infinité de personnes. Notre morceau de papier n'aurait pas rendu le même service, même en faisant le tour du monde. À moitié route il aurait été usé.

«C'est très juste, ma foi!» dit le papier; «Je n'y avais pas pensé. Je reste à la maison et j'y suis honoré comme un vieux grand-père! C'est moi qui ai reçu l'écriture, les mots ont découlé directement de la plume sur moi, je reste à ma place, et les livres vont par le monde; leur tâche est belle assurément, et moi je suis content, je suis heureux!»

Le papier fut mis dans un paquet et jeté sur une planche.»Il est bon de se reposer après le travail, pensa-t-il. C'est en se recueillant de la sorte que l'on apprend à se connaître. D'aujourd'hui seulement je sais ce que je contiens, et se connaître soi-même, voilà le véritable progrès. Que m'arrivera-t-il encore? Je vais sans nul doute avancer, on avance toujours.»

Quelque temps après, le papier fut mis sur la cheminée pour être brûlé, car on ne voulait pas le vendre au charcutier ou à l'épicier pour habiller des saucissons ou du sucre. Et tous les enfants de la maison se mirent à l'entourer; ils voulaient le voir flamber, et voir aussi, après la flamme, ces milliers d'étincelles rouges qui ont l'air de se sauver et s'éteignent si vite l'une après l'autre. Tout le paquet de papier fut jeté dans le feu.

Oh! Comme il brûlait! Ouf! Ce n'est plus qu'une grande flamme. Elle s'élevait la flamme, tellement, tellement que jamais le chanvre n'avait porté si haut ses petites fleurs bleues; elle brillait comme jamais la toile blanche n'avait brillé. Toutes les lettres, pendant un instant, devinrent toutes rouges. Tous les mots, toutes les pensées s'en allèrent en langues de feu.

«Je vais monter directement jusqu'au soleil,» disait une voix dans la flamme, et on eût dit mille voix réunies en une seule. La flamme sortit par le haut de la cheminée, et au milieu d'elle voltigeaient de petits êtres invisibles à l'œil des hommes. Ils égalaient justement en nombre les fleurs qu'avait portées le chanvre. Plus légers que la flamme qui les avait fait naître, quand celle-ci fut dissipée, quand il ne resta plus du papier que la cendre noire, ils dansaient encore sur cette cendre, et formaient en l'effleurant des étincelles rouges.

Les enfants de la maison chantaient autour de la cendre inanimée:

Cric, crac! Cric, crac! Crac!

C'est fini! C'est fini! C'est fini!

Mais chacun des petits êtres disait: «Non, ce n'est pas fini; voici précisément le plus beau de l'histoire! Je le sais, et je suis bien heureux.»

Les enfants ne purent ni entendre ni comprendre ces paroles; du reste, ils n'en avaient pas besoin: les enfants ne doivent pas tout savoir.

Cinq dans une cosse de pois

Il y avait cinq petits pois dans une cosse, ils étaient verts, la cosse était verte, ils croyaient que le monde entier était vert et c'était bien vrai pour eux!

La cosse poussait, les pois grandissaient, se conformant à la taille de leur appartement, ils se tenaient droit dans le rang....

Le soleil brillait et chauffait la cosse, la pluie l'éclaircissant, il y faisait tiède et agréable, clair le jour, sombre la nuit comme il sied, les pois devenaient toujours plus grands et plus réfléchis, assis là en rang, il fallait bien qu'ils s'occupent.

—Me faudra-t-il toujours rester fixé ici? disaient-ils tous, pourvu que ce ne soit pas trop long, que je ne durcisse pas. N'y a-t-il pas au-dehors quelque chose, j'en ai comme un pressentiment.

Les semaines passèrent, les pois jaunirent, les cosses jaunirent.

—Le monde entier jaunit, disaient-ils.

Et ça, ils pouvaient le dire.

Soudain, il y eut une secousse sur la cosse, quelqu'un l'arrachait et la mettait dans une poche de veste avec plusieurs autres cosses pleines.

—On va ouvrir bientôt, pensaient-ils, et ils attendaient....

—Je voudrais bien savoir lequel de nous arrivera le plus loin, dit le plus petit pois. Nous serons bientôt fixés.

—À la grâce de Dieu! dit le plus gros.

Crac! voilà la cosse déchirée et tous les cinq roulèrent dehors au gai soleil dans la main d'un petit garçon qui les déclara bons pour son fusil de sureau, et il en mit un tout de suite dans son fusil... et tira.

—Me voilà parti dans le vaste monde cria le pois. M'attrape qui pourra.... Et le voilà parti.

—Moi, dit le second, je vole jusqu'au soleil. Voilà un pois qui me convient... et le voilà parti.

—Je m'endors où je tombe, dirent les deux suivants, mais je roulerai sûrement encore. Ils roulèrent d'abord sur le parquet avant d'être placés dans le fusil.

—C'est nous qui irons le plus loin.

—Arrive que pourra, dit le dernier lorsqu'il fut tiré dans l'espace.

Il partit jusqu'à la vieille planche au-dessous de la fenêtre de la mansarde, juste dans une fente où il y avait de la mousse et de la terre molle—la mousse se referma sur lui et il resta là caché... mais Notre-Seigneur ne l'oubliait pas.

—Arrive que pourra, répétait-il.

Dans la mansarde habitait une pauvre femme qui le jour sortait pour nettoyer des poêles et même pour scier du bois à brûler et faire de gros ouvrages, car elle était forte et travailleuse, mais cela ne l'enrichissait guère. Dans la chambre sa fillette restait couchée, toute mince et maigriotte, elle gardait le lit depuis un an et semblait ne pouvoir ni vivre, ni mourir.

—Elle va rejoindre sa petite sœur, disait la femme. J'avais deux filles et bien du mal à pourvoir à leurs besoins alors le Bon Dieu a partagé avec moi, il en a pris une auprès de lui et maintenant je voudrais bien conserver l'autre, mais il ne veut peut-être pas qu'elles restent séparées, alors celle-ci va sans doute monter auprès de sa sœur.

Cependant la petite fille malade restait là, elle restait couchée, patiente et silencieuse tout le jour tandis que sa mère était dehors pour gagner un peu d'argent.

Un matin de bonne heure, au printemps, au moment où la mère allait partir à son travail, le soleil brillait gaiement à la petite fenêtre et sur le parquet, la petite fille malade regardait la vitre d'en bas.

—Qu'est-ce donc que cette verdure qui pointe vers le carreau? Ça remue au vent.

La mère alla vers la fenêtre et l'entrouvrit.

—Tiens, dit-elle, c'est un petit pois qui a poussé là avec ses feuilles vertes. Comment est-il arrivé dans cette fente? Te voilà avec un petit jardin à regarder.

Le lit de la malade fut traîné plus près de la fenêtre pour qu'elle puisse voir le petit pois qui germait et la mère partit à son travail.

—Maman, je crois que je vais guérir, dit la petite fille le soir à sa mère. Le petit pois vient si bien, et moi je vais sans doute me porter bien aussi, me lever et sortir au soleil.

—Je le voudrais bien, dit la mère, mais elle ne le croyait pas.

Cependant, elle mit un petit tuteur près du germe qui avait donné de joyeuses pensées à son enfant afin qu'il ne soit pas brisé par le vent et elle attacha une ficelle à la planche d'un côté et en haut du chambranle de la fenêtre de l'autre, pour que la tige eût un support pour s'appuyer et s'enrouler à mesure qu'elle pousserait. Et c'est ce qu'elle fit, on la voyait s'allonger tous les jours.

—Non, voilà qu'elle fleurit! s'écria la femme un matin.

Et elle-même se prit à espérer et même à croire que sa petite fille malade allait guérir. Il lui vint à l'esprit que dans les derniers temps la petite lui avait parlé avec plus d'animation, que ces derniers matins elle s'était assise dans son lit et avait regardé, les yeux rayonnants de plaisir, son petit potager d'un seul pois. La semaine suivante, elle put lever la malade pour la première fois et pendant plus d'une heure.

Elle était assise au soleil, la fenêtre ouverte, et là, dehors, une fleur de pois rose était éclose.

La petite fille pencha sa tête en avant et posa un baiser tout doucement sur les fins pétales. Ce jour-là, fut un jour de fête.

—C'est le Bon Dieu qui a lui-même planté ce pois et l'a fait pousser afin de te donner de l'espoir et de la joie, mon enfant bénie. Et à moi aussi, dit la mère tout heureuse.

Elle sourit à la fleur comme à un ange de Dieu.

Mais les autres pois? direz-vous, oui, ceux qui se sont envolés dans le vaste monde.

«Attrape-moi si tu peux» est tombé dans la gouttière et de là dans le jabot d'un pigeon, comme Jonas dans la baleine. Les deux paresseux arrivèrent aussi loin puisqu'ils furent aussi mangés par un pigeon, ils se rendirent donc bien utiles. Mais le quatrième qui voulait monter jusqu'au soleil, il tomba dans le ruisseau et il resta là des jours et des semaines dans l'eau rance où il gonfla terriblement.

—Je deviens gros délicieusement, disait-il. J'en éclaterai et je crois qu'aucun pois ne peut aller, ou n'ira jamais plus loin. Je suis le plus remarquable des cinq de la cosse.

Le ruisseau lui donna raison. Là-haut, à la fenêtre sous le toit, la petite fille les yeux brillants la rose de la santé aux joues, joignait les mains au-dessus de la fleur de pois et remerciait Dieu.

Moi, je tiens pour mon pois, disait cependant le ruisseau.

La cloche

   Le soir, dans les rues étroites de la grande ville, vers le faubourg, lorsque le soleil se couchait et que les nuages apparaissaient comme un fond d'or sur les cheminées noires, tantôt l'un, tantôt l'autre entendait un son étrange, comme l'écho lointain d'une cloche d'église; mais le son ne durait qu'un instant: le bruit des passants, des voitures, des charrettes l'étouffait aussitôt. Un peu hors de la ville, là où les maisons sont plus écartées les unes des autres et où il y a moins de mouvement, on voyait beaucoup mieux le beau ciel enflammé par les rayons du soleil couchant, et on percevait bien le son de la cloche, qui semblait provenir de la vaste forêt qui s'étendait au loin. C'est de ce côté que les gens tendaient l'oreille; ils se sentaient pris d'un doux sentiment de religieuse piété. On finit par se demander l'un à l'autre: «Il y a donc une église au fond de la forêt? Quel son sublime elle a, cette cloche! N'irons-nous pas l'entendre de plus près?» Et, un beau jour, on se mit en route: les gens riches en voiture, les pauvres à pied; mais, aux uns comme aux autres, le chemin parut étonnamment long, et lorsque, arrivés à la lisière du bois, ils aperçurent un talus tapissé d'herbe et de mousse et planté de beaux saules, ils s'y précipitèrent et s'y étendirent à leur aise. Un pâtissier de la ville avait élevé là une tente; on se régala chez lui; mais le monde affluait surtout chez un pâtissier rival qui au-dessus de sa boutique, avait placé une belle cloche qui faisait un vacarme du diable. Après avoir bien mangé et s'être reposée, la bande reprit le chemin de la ville; tous étaient enchanté de leur journée et disaient que cela avait été for romantique. Trois personnages graves, des savants de mérite, prétendirent avoir exploré la forêt dans tous les sens, et racontaient qu'ils avaient fort bien entendu le son de la cloche, mais qu'il leur avait semblé provenir de la ville. L'un d'eux, qui avait du talent pour la poésie, fit une pièce habilement rimée, où il comparait la mélodie de la cloche au doux chant d'une mère qui berce son enfant. La chose fut imprimée et tomba sous les yeux du roi. Sa Majesté se fit mettre au fait et déclama alors que celui qui découvrirait d'où venait ce son recevrait le titre de sonneur du roi et de la cour, et cela même si le son n'était pas produit par une cloche. Une bonne pension serait assurée à cette nouvelle dignité. Alléchés par cette perspective, bien des gens se risquèrent dans la forêt sauvage; il n'y en eut qu'un seul qui en rapporta une manière d'explication du phénomène. Il ne s'était guère avancé plus loin que les autres; mais, d'après son récit, il avait aperçu niché dans le tronc d'un grand arbre un hibou, qui, de temps en temps, cognait l'écorce pour attraper des araignées ou d'autres insectes qu'il mangeait pour son dessert. C'est là, pensait il, ce qui produisait le bruit, à moins que ce ne fût le cri de l'oiseau de Minerve, répercuté dans le tronc creux. On loua beaucoup la sagacité du courageux explorateur; il reçut le titre de sonneur du roi et de la cour, avec la pension. Tous les ans, il publia depuis, sur beau papier, une dissertation pour faire valoir sa découverte, et tout était pour le mieux. Survint le grand jour de la confirmation. Le sermon du pasteur fut plein d'onction et de sentiment; tous ces jeunes adolescents en furent vivement émus; ils avaient compris qu'ils venaient de sortir de l'enfance et qu'ils devaient commencer à penser aux devoirs sérieux de la vie. Il faisait un temps délicieux; le soleil resplendissait; aussi, tous ensemble, ils allèrent se promener du côté de la forêt. Voilà que le son de la cloche retentit plus fort, plus mélodieux que jamais; entraînés par un puissant charme, ils décident de s'en rapprocher le plus possible.» Assurément, ce n'est pas un hibou, se dirent ils, qui fait ce bruit.» Trois d'entre eux, cependant, rebroussèrent chemin. D'abord une jeune fille évaporée, qui attendait à la maison la couturière et devait essayer la robe qu'elle aurait à mettre au prochain bal, le premier où elle devait paraître de sa vie.» Impossible, dit elle, de négliger une affaire si importante.» Puis, ce fut un pauvre garçon qui avait emprunté son habit de cérémonie et ses bottines vernies au fils de son patron; il avait promis de rendre le tout avant le soir, et, en tout cas, il ne voulait pas aventurer au milieu des broussailles la propriété d'autrui. Le troisième qui rentra en ville, c'était un garçon qui déclara qu'il n'allait jamais au loin sans ses parents, et que les bienséances le commandaient ainsi. On se mit à sourire; il prétendit que c'était fort déplacé; alors, les autres rirent aux éclats; mais il ne s'en retourna pas moins, très fier de sa belle et sage conduite. Les autres trottinèrent en avant et s'engagèrent sur la grande route plantée de tilleuls. Le soleil pénétrait en rayons dorés à travers le feuillage; les oiseaux entonnaient un joyeux concert et toute la bande chantait en chœur avec eux, se tenant par la main, riches et pauvres, roturiers et nobles; ils étaient encore jeunes et ne regardaient pas trop à la distinction des rangs; du reste, ce jour là, ne s'étaient-ils pas sentis tous égaux devant Dieu? Mais bientôt, deux parmi les plus petits se dirent fatigués et retournèrent en arrière; puis, trois jeunes filles s'abattirent sur un champ de bleuets et de coquelicots, s'amusèrent à tresser des couronnes et ne pensèrent plus à la cloche. Lorsqu'on fut sur le talus planté de saules, on se débanda et, par groupes, ils allèrent s'attabler chez les pâtissiers.» Oh! qu'il fait charmant ici! disaient la plupart. Restons assis et reposons-nous. La cloche, il est probable qu'elle n'existe pas, et que tout cela n'est que fantasmagorie.» Voilà qu'au même instant le son retentit au fond de la forêt, si plein, si majestueux et solennel, que tous en furent saisis. Cependant il n'y en eut que cinq, tous des garçons, qui résolurent de tenter l'aventure et de s'engager sous bois. C'est aussi qu'il était difficile d'y pénétrer: les arbres étaient serrés, entremêlés de ronces et de hautes fougères; de longues guirlandes de liserons arrêtaient encore la marche; il y avait aussi des cailloux pointus, et de gros quartiers de roches, et des marécages. Ils avançaient péniblement, lorsque toute une nichée de rossignols fit entendre un ravissant concert; ils marchent dans cette direction et arrivent à une charmante clairière, tapissée de mousses de toutes nuances, de muguets, d'orchidées et autres jolies fleurs; au milieu, une source fraîche et abondante sortait d'un rocher; son murmure faisait comme: «Glouk! glouk!» «Ne serait-ce pas là la fameuse cloche? dit l'un d'eux, en mettant son oreille contre terre pour mieux entendre. Je m'en vais rester pour tirer la chose au clair.» Un second lui tint compagnie pour qu'il n'eût pas seul l'honneur de la découverte. Les trois autres reprirent leur marche en avant. Ils atteignirent un amour de petite hutte, construite en écorce et couverte d'herbes et de branchages; le toit était abrité par la couronne d'un pommier sauvage, tout chargé de fleurs roses et blanches; au-dessus de la porte était suspendue une clochette.» Voilà donc le mystère!» s'écria l'un d'eux, et l'autre l'approuva aussitôt. Mais le troisième déclara que cette cloche n'était pas assez grande pour être entendue de si loin et pour produire des sons qui remuaient tous les cœurs; que ce n'était là qu'un joujou. Celui qui disait cela, c'était le fils d'un roi; les deux autres se dirent que les princes voulaient toujours tout mieux savoir que le reste du monde; ils gardèrent leur idée, et s'assirent pour attendre que le vent agitât la petite cloche. Lui s'en fut tout seul, mais il était plein de courage et d'espoir; sa poitrine se gonflait sous l'impression de la solitude solennelle où il se trouvait. De loin, il entendit le gentil carillon de la clochette, et le vent lui apportait aussi parfois le son de la cloche du pâtissier. Mais la vraie cloche, celle qu'il cherchait, résonnait tout autrement; par moments, il l'entendait sur la gauche, «du côté du cœur», se dit-il; maintenant qu'il approchait, cela faisait l'effet de tout un jeu d'orgue. Voilà qu'un bruit se fait entendre dans les broussailles-, et il en sort un jeune garçon en sabots et portant une jaquette trop petite pour sa taille, et qui laissait bien voir quelles grosses mains il avait. Ils se reconnurent; c'était celui des nouveaux confirmés qui avait dû rentrer à la maison, pour remettre au fils de son patron le bel habit et les bottines vernies qu'on lui avait prêtés. Mais, son devoir accompli, il avait endossé ses pauvres vêtements, mis ses sabots, et il était reparti, à la hâte, à la recherche de la cloche, qui avait si délicieusement fait vibrer son cœur.» C'est charmant, dit le fils du roi; nous allons Marcher ensemble à la découverte. Dirigeons-nous Par la gauche.» Le pauvre garçon était tout honteux de sa chaussure et des manches trop courtes de sa jaquette.

—«Avec ces sabots, dit-il, je ne pourrais vous suivre assez vite. Et, de plus, il me semble que la cloche doit être à droite; n'est-ce pas là la place réservée à tout ce qui est magnifique et excellent?

—Je crains bien qu'alors nous ne nous rencontrions plus», dit le fils du roi, et il fit un gracieux signe d'adieu au pauvre garçon qui s'enfonça au plus épais de la forêt, où les épines écorchèrent son visage et déchirèrent sa jaquette, à laquelle il tenait quelque minable qu'elle fût, parce qu'il n'en avait point d'autre. Le fils du roi rencontra aussi bien des obstacles; il fit quelques chutes et eut les mains en sang; mais il était brave.» J'irai jusqu'au bout du monde, s'il le faut, se dit-il; mais je trouverai la cloche.» Tout à coup, il aperçut juchés dans les arbres une bande de vilains singes qui lui firent d'affreuses grimaces et l'assourdirent de leurs cris discordants.» Battons-le, rossons-le, se disaient-ils; c'est un fils de roi, mais il est seul.» Lui s'avançait toujours, et ils n'osèrent pas l'attaquer. Bientôt il fut récompensé de ses peines. Il arriva sur une hauteur d'où il aperçut un merveilleux spectacle. D'un côté, les plus belles pelouses vertes où s'ébattaient des cerfs et des daims; de place en place, de vastes touffes de lis, d'une blancheur éclatante, et de tulipes rouges, bleues et or; au milieu, des boules de neige et autres arbustes dont les fleurs aux mille couleurs brillaient au soleil comme des bulles de savon; tout autour, des chênes et des hêtres séculaires s'étendaient en cercle; dans le fond, un grand lac sur lequel nageaient avec majesté les plus beaux cygnes. Le fils du roi s'était arrêté et restait en extase; il entendit de nouveau la cloche; elle ne paraissait pas bien éloignée. Il crut d'abord qu'elle était près du lac, il écouta avec attention; non, le son ne venait pas de là. Le soleil approchait de son déclin; le ciel était tout rouge, comme enflammé; un grand silence se fit. Le fils du roi se mit à genoux et dit sa prière du soir.» Oh! Dieu, dit-il, ne me ferez-vous pas trouver ce que je cherche avec tant d'ardeur? Voilà la nuit, la sombre nuit. Mais je vois là-bas un rocher élevé, qui dépasse les cimes des arbres les plus hauts. Je vais y monter; peut-être, avant que le soleil disparaisse de l'horizon, atteindrai-je le but de mes efforts.» Et, s'accrochant aux racines, aux branches, aux angles des roches, au milieu des couleuvres, des crapauds et autres vilaines bêtes, il grimpa et il arriva au sommet, haletant, épuisé. Quelle splendeur se découvrit à ses yeux! La mer, la mer immense et magnifique s'étendait à perte de vue, roulant ses longues vagues contre la falaise. À l'horizon, le soleil, pareil à un globe de feu, couvrait de flammes rouges le ciel qui semblait s'étendre comme une vaste coupole sur ce sanctuaire de la nature; les arbres de la forêt en étaient les piliers; les pelouses fleuries formaient comme un riche tapis couvrant le chœur. Le soleil disparut lentement; des millions de lumières étincelèrent bientôt au firmament, la lune parut, et le spectacle était toujours grandiose et émouvant. Le fils du roi s'agenouilla et adora le créateur de ces merveilles. Voilà que sur la droite, apparaît le pauvre garçon aux sabots; lui aussi, à sa façon, il avait trouvé le chemin du temple. Tous deux, ils se saisirent par la main et restèrent perdus dans l'admiration de toute cette poésie enivrante. Et, de toutes parts, ils se sentaient entourés des sons de la cloche divine; c'étaient les bruits des vagues, des arbres, du vent; c'était le mouvement qui animait cette nature simple et grandiose. Au-dessus d'eux, ils croyaient entendre les alléluias des anges du ciel.

Le compagnon de route

Le pauvre Johannès était très triste, son père était très malade et rien ne pouvait le sauver. Ils étaient seuls tous les deux dans la petite chambre, la lampe, sur la table, allait s'éteindre, il était tard dans la soirée.

—Tu as été un bon fils! dit le malade. Notre-Seigneur t'aidera sûrement à faire ta vie.

Il le regarda de ses yeux graves et doux, respira profondément et mourut: on aurait dit qu'il dormait. Mais Johannès pleurait, il n'avait plus personne au monde maintenant, ni père, ni mère, ni sœur, ni frère. Pauvre Johannès! Agenouillé près du lit, il baisait la main de son père, pleurait encore amèrement mais à la fin ses yeux se fermèrent et il s'endormit la tête contre le dur bois du lit.

Alors il fit un rêve étrange, il voyait le soleil et la lune s'incliner devant lui et il voyait son père, frais et plein de santé, il l'entendait rire comme il avait toujours ri quand il était de très bonne humeur. Une ravissante jeune fille portant une couronne sur ses beaux cheveux longs lui tendait la main et son père lui disait:

—Tu vois, Johannès, voici ta fiancée, elle est la plus charmante du monde.

Il s'éveilla et toutes ces beautés avaient disparu, son père gisait mort et glacé dans le lit, personne n'était auprès d'eux, pauvre Johannès!

La semaine suivante le père fut enterré. Johannès suivait le cercueil, il ne pourrait plus jamais voir ce bon père qui l'aimait tant, il entendait les pelletées de terre tomber sur la bière dont il n'apercevait plus qu'un dernier coin, à la pelletée suivante elle avait entièrement disparu, il lui sembla que son cœur allait se briser tant il avait de chagrin. Autour de lui on chantait un cantique si beau que les yeux de Johannès se mouillèrent encore de larmes. Il pleura et cela lui fit du bien. Le soleil brillait sur les arbres verdoyants comme s'il voulait lui dire:

—Ne sois pas si triste, Johannès, vois comme le ciel bleu est beau, c'est là-haut qu'est ton père et il prie le Bon Dieu que tout aille toujours bien pour toi.

«Je serai toujours bon! pensa Johannès, afin de monter au ciel auprès de mon père, quelle joie ce sera de nous revoir.

Johannès se représentait cette félicité si nettement qu'il en souriait.

Dans les marronniers les oiseaux gazouillaient. Quiqui! Quiqui! Ils étaient gais quoique ayant assisté à l'enterrement parce qu'ils savaient bien que le mort était maintenant là-haut dans le ciel, qu'il avait des ailes bien plus belles et plus grandes que les leurs et qu'il était un bienheureux pour avoir toujours vécu dans le bien—et les petits oiseaux s'en réjouissaient. Johannès les vit quitter les arbres à tire-d'aile et s'en aller dans le vaste monde, il eut une grande envie de s'envoler avec eux. Mais auparavant il tailla une grande croix de bois pour la placer sur la tombe et quand vers le soir il l'y apporta, la tombe avait été sablée et plantée de fleurs par des étrangers qui avaient voulu marquer ainsi leur attachement à son cher père qui n'était plus.

De bonne heure le lendemain Johannès fit son petit baluchon, cacha dans sa ceinture tout son héritage—une cinquantaine de *riksdalers* et quelques *skillings* d'argent—avec cela il voulait parcourir le monde. Mais il se rendit d'abord au cimetière et devant la tombe de son père récita son Pater et dit:

—Au revoir, mon père bien-aimé! Je te promets d'être toujours un homme de devoir, ainsi tu peux prier le Bon Dieu que tout aille bien pour moi.

Dans la campagne où marchait Johannès, les fleurs dressaient leurs têtes fraîches et gracieuses que la brise caressait. Elles semblaient dire au jeune homme:

—Sois le bienvenu dans la verdure de la campagne. N'est-ce pas joli, ici?

Sur la route, Johannès se retourna pour voir encore une fois la vieille église où, petit enfant, il avait été baptisé, où chaque dimanche avec son père il avait chanté des psaumes et alors, tout en haut dans les ajours du clocher, il aperçut le petit génie de l'église coiffé de son bonnet rouge pointu. Il s'abritait les yeux du soleil avec son bras replié. Johannès lui fit un signe d'adieu et le petit génie agita son bonnet rouge, mit la main sur son cœur et lui envoya de ses doigts mille baisers.

Johannès, tout en marchant, songeait à ce qu'il allait voir dans le monde vaste et magnifique. Il ne connaissait pas les villes qu'il traversait, ni les gens qu'il rencontrait, il était vraiment parmi des étrangers.

La première nuit, il dut se coucher pour dormir dans une meule de foin mais il trouva cela charmant, le roi lui-même n'aurait pu être mieux logé. Le champ avec le ruisseau et la meule de foin sous le bleu du ciel, n'était-ce pas là une très jolie chambre à coucher? Le gazon vert constellé de petites fleurs rouges et blanches en était le tapis, et comme cuvette il avait toute l'eau fraîche et cristalline du ruisseau où les roseaux ondulants lui disaient bonjour et bonsoir. La lune était une grande veilleuse suspendue dans l'air bleu et qui ne mettait pas le feu aux rideaux. Johannès pouvait dormir bien tranquille et c'est ce qu'il fit: il ne s'éveilla qu'au lever du soleil, lorsque les petits oiseaux tout autour se mirent à chanter: «Bonjour, bonjour, comment, tu n'es pas encore levé!»

Les cloches appelaient à l'église, c'était dimanche, les gens allaient entendre le prêtre et Johannès y alla avec eux chanter un cantique et entendre la parole de Dieu. Il se crut dans sa propre église où il avait été baptisé et avait chanté avec son père. Au cimetière il y avait tant de tombes, sur certaines poussaient de mauvaises herbes déjà hautes, il pensa à celle de son père qui viendrait à leur ressembler maintenant qu'il n'était plus là pour la sarcler et la garnir de fleurs. Alors il se baissa, arracha les mauvaises herbes, releva les croix de bois renversées, remit en place les couronnes que le vent avait fait tomber, il pensait que quelqu'un ferait cela pour la tombe de son père.

Devant le cimetière se tenait un vieux mendiant appuyé sur sa béquille, il lui donna ses petites pièces d'argent, puis repartit heureux et content.

Vers le soir, le temps devint mauvais, Johannès se hâtait pour se mettre à l'abri mais bientôt il fit nuit noire. Enfin il parvint à une petite église tout à fait isolée sur une hauteur. Heureusement la porte était entrebâillée.

«Je vais m'asseoir dans un coin, pensa-t-il, je suis fatigué et j'ai bien besoin de me reposer un peu.» Il s'assit, joignit les mains pour faire sa prière et bientôt s'endormit et fit un rêve tandis que l'orage grondait au-dehors, que les éclairs luisaient.

À son réveil, au milieu de la nuit, l'orage était passé et la lune brillait à travers les fenêtres. Au milieu de l'église il y avait à terre une bière ouverte où était couché un mort qui n'était pas encore enterré. Johannès n'avait pas peur ayant bonne conscience, il savait bien que les morts ne font aucun mal, ce sont les vivants, s'ils sont méchants, qui font le mal. Et justement deux mauvais garçons bien vivants se tenaient près du mort qui attendait là dans l'église d'être enseveli, ces deux-là lui voulaient du mal, ils voulaient le jeter hors de l'église.

—Pourquoi faire cela? dit Johannès, c'est bas et méchant, laissez-le dormir en paix au nom du Christ.

—Tu parles! répondirent les deux autres. Il nous a roulés, il nous devait de l'argent, il n'a pas pu payer et, par-dessus le marché, il est mort et nous n'aurons pas un sou. On va se venger, il attendra comme un chien à la porte de l'église.

—Je n'ai que cinquante *riksdalers*, dit Johannès, c'est tout mon héritage, mais je vous les donnerai volontiers si vous me promettez sur l'honneur de laisser ce pauvre mort en paix. Je me débrouillerai bien sans cet argent, je suis sain et vigoureux, le Bon Dieu me viendra en aide.

—Bien, dirent les deux voyous, si tu veux payer sa dette nous ne lui ferons rien, tu peux y compter.

Ils empochèrent l'argent de Johannès, riant à grands éclats de sa bonté naïve et s'en furent. Johannès replaça le corps dans la bière, lui joignit les mains, dit adieu et s'engagea satisfait dans la grande forêt.

Tout autour de lui, là où la lune brillait à travers les arbres, il voyait de ravissants petits elfes jouer gaiement. Certains d'entre eux n'étaient pas plus grands qu'un doigt, leurs longs cheveux blonds relevés par des peignes d'or, ils se balançaient deux par deux sur les grosses gouttes d'eau que portaient les feuilles et l'herbe haute. Ce qu'ils s'amusaient! ils chantaient et Johannès reconnaissait tous les jolis airs qu'il avait chantés enfant. De grandes araignées bigarrées, une couronne d'argent sur la tête, tissaient d'un buisson à l'autre des ponts suspendus et des palais qui, sous la fine rosée, semblaient faits de cristal scintillant dans le clair de lune. Le jeu dura jusqu'au lever du jour. Alors, les petits elfes se glissèrent dans les fleurs en boutons et le vent emporta les ponts et les bateaux qui volèrent en l'air comme de grandes toiles d'araignées.

Johannès était sorti du bois quand une forte voix d'homme cria derrière lui:

—Holà! camarade, où ton voyage te mène-t-il?

—Dans le monde! répondit Johannès. Je n'ai ni père ni mère. Je suis un pauvre gars, mais le Seigneur me viendra en aide.

—Moi aussi je veux voir le monde! dit l'étranger, faisons route ensemble.

—Ça va! dit Johannès. Et les voilà partis.

Très vite ils se prirent en amitié car ils étaient de braves garçons tous les deux. Mais Johannès s'aperçut que l'étranger était bien plus malin que lui-même, il avait presque fait le tour du monde et savait parler de tout.

Le soleil était déjà haut lorsqu'ils s'assirent sous un grand arbre pour déjeuner. À ce moment, vint à passer une vieille femme. Oh! qu'elle était vieille! Elle marchait toute courbée, s'appuyait sur sa canne et portait sur le dos un fagot ramassé dans le bois. Dans son tablier relevé Johannès aperçut trois grandes verges faites de fougères et de petites branches de saule qui en dépassaient. Lorsqu'elle fut tout près d'eux, le pied lui manqua, elle tomba et poussa un grand cri. Elle s'était cassée la jambe, la pauvre vieille.

Johannès voulait tout de suite la porter chez elle, aidé de son compagnon, mais celui-ci ouvrant son sac à dos, en sortit un pot et déclara qu'il avait là un onguent qui guérirait sa jambe en moins de rien. Mais en échange il demandait qu'elle leur fasse cadeau des trois verges qu'elle avait dans son tablier.

—C'est cher payé! dit la vieille en hochant la tête d'un air bizarre.

Elle ne tenait pas du tout à se séparer des trois verges mais il n'était pas non plus agréable d'être là par terre, la jambe brisée. Elle lui donna donc les trois verges et dès qu'il lui eut frotté la jambe avec l'onguent, la vieille se mit debout et marcha, elle était même bien plus leste qu'avant.

—Que veux-tu faire de ces verges? demanda Johannès à son compagnon.

—Ça fera trois jolies plantes en pots, répondit-il; elles me plaisent.

Ils marchèrent encore un bon bout de chemin.

—Comme le temps se couvre, dit Johannès en montrant du doigt les épais nuages. C'est inquiétant.

—Mais non, dit le compagnon de voyage, ce ne sont pas des nuages mais d'admirables montagnes très hautes, où l'on arrive très au-dessus des nuages, dans l'air le plus pur et le plus frais. Un paysage de toute beauté, tu peux m'en croire! Demain nous y atteindrons sans doute.

Ce n'était pas aussi près qu'il y paraissait, ils marchèrent une journée entière avant d'arriver aux montagnes où les sombres forêts poussaient droit dans l'azur et où il y avait des rocs grands comme un village entier. Ce serait une rude excursion que d'arriver là-haut; aussi Johannès et son compagnon entrèrent-ils dans une auberge pour s'y bien reposer et rassembler des forces.

En bas, dans la grande salle où l'on buvait, il y avait beaucoup de monde, un homme y donnait un spectacle de marionnettes. Il venait d'installer son petit théâtre et le public s'était assis tout autour pour voir la comédie; au premier rang un gros vieux boucher avait pris place—la meilleure du reste—, son énorme bouledogue—oh! qu'il avait l'air féroce—assis à côté de lui ouvrait de grands yeux comme tous les autres spectateurs. La comédie commença. C'était une histoire tout à fait bien avec un roi et une reine assis sur un trône de velours. De jolies poupées de bois aux yeux de verre et portant la barbe se tenaient près des portes qu'elles ouvraient de temps en temps afin d'aérer la salle.

C'était vraiment une jolie comédie, mais à l'instant où la reine se levait et commençait à marcher, le chien fit un bond jusqu'au milieu de la scène, happa la reine par sa fine taille. On entendit: cric! crac! C'était affreux!

Le pauvre directeur de théâtre fut tout effrayé et désolé pour sa reine, la plus ravissante de ses marionnettes, à laquelle le vilain bouledogue avait coupé la tête d'un coup de dents. Mais ensuite, tandis que le public s'écoulait, le compagnon de voyage de Johannès déclara qu'il pourrait réparer et, sortant son pot, il la graissa avec l'onguent qui avait guéri la pauvre vieille femme à la jambe cassée. Aussitôt graissée, la poupée fut en bon état, bien plus, elle pouvait remuer elle-même ses membres délicats—on n'avait nul besoin de tenir sa ficelle—, elle était semblable à une personne vivante, à la parole près. Le propriétaire du théâtre était enchanté, il n'avait plus besoin de manœuvrer cette poupée, elle dansait parfaitement toute seule ce dont les autres étaient bien incapables.

La nuit venue, tout le monde étant couché dans l'auberge, quelqu'un se mit à pousser des soupirs si profonds et pendant si longtemps que tout le monde se releva pour voir qui pouvait bien se plaindre ainsi. L'homme qui avait donné la comédie alla vers son petit théâtre d'où provenaient les soupirs. Toutes les marionnettes—le roi, les gardes—, gisaient là, pêle-mêle, et c'étaient elles qui soupiraient si lamentablement, dardant leurs gros yeux de verre, elles désiraient si fort être un peu graissées comme la reine afin de pouvoir remuer toutes seules. La reine émue tomba sur ses petits genoux élevant sa ravissante couronne d'or, supplia:

— Prenez-la, au besoin, mais graissez mon mari et les gens de ma cour

cette prière, le pauvre propriétaire du théâtre et de la troupe de marionnettes ne put retenir ses larmes tant il avait de la peine, il promit au compagnon de route de lui donner toute la recette du lendemain soir s'il voulait seulement graisser quatre ou cinq de ses plus belles poupées. Le compagnon cependant affirma ne rien demander si ce n'est le grand sabre que l'autre portait à son côté et dès qu'il l'eut obtenu, il graissa six poupées, lesquelles se mirent aussitôt à danser et cela avec tant de grâce que toutes les jeunes filles, les vivantes, qui les regardaient, se mirent à danser aussi. Le cocher dansait avec la cuisinière, le valet avec la femme de chambre, et la pelle à feu avec la pincette, mais ces deux dernières s'écroulèrent dès le premier saut. Quelle joyeuse nuit!

Le lendemain Johannès partit avec son camarade. Quittant toute la compagnie, ils grimpèrent sur les montagnes et traversèrent les grandes forêts de sapins. Ils montèrent si haut qu'à la fin les clochers d'églises au-dessous d'eux semblaient de petites baies rouges perdues dans la verdure et la vue s'étendait loin.

Johannès n'avait encore jamais vu d'un coup une si grande et si belle étendue de merveilles de ce monde, le soleil brillait et réchauffait dans la fraîcheur de l'air bleu, le son des cors de chasse à travers les monts était si beau que des larmes d'heureuse émotion montaient à ses yeux et qu'il ne pouvait que répéter:

—Notre-Seigneur miséricordieux, je voudrais t'embrasser. Toi si bon pour nous tous qui nous fais don de tout ce bonheur et de ces délices!

Le camarade, debout, joignait aussi les mains, admirant les forêts et les villes.

À cet instant, ils entendirent une musique exquise et étrange et, levant les yeux, ils virent un grand cygne blanc planant dans l'air. Il était si beau et chantait comme ils n'avaient encore jamais entendu chanter un oiseau mais il s'affaiblissait de plus en plus, il pencha sa tête et vint tomber mort à leurs pieds.

—Deux ailes magnifiques, si blanches et si grandes, cela vaut de l'argent, je vais les emporter, dit le compagnon de route.

Il trancha d'un coup les deux ailes du cygne mort, il voulait les conserver. Leur voyage les mena encore des lieues et des lieues par-dessus les montagnes, enfin ils virent devant eux une grande ville aux cent tours qui étincelaient dit le compagnon de route comme de l'argent sous les rayons du soleil. Au centre de la ville s'élevait un magnifique palais de marbre, à la toiture d'or rouge. Là vivait le roi.

Johannès et son camarade s'arrêtèrent hors des portes à une auberge pour faire un brin de toilette et avoir bonne apparence en arrivant dans les rues. L'hôtelier leur raconta que le roi était un brave homme mais que sa fille était une très méchante princesse.

Belle, elle l'était certainement, mais à quoi bon puisqu'elle était si mauvaise, une véritable sorcière responsable de la mort de tant de beaux princes.

Elle avait donné permission à tout le monde de prétendre à sa main. Chacun pouvait venir, prince ou gueux, qu'importe! Mais il leur fallait répondre à trois questions qu'elle posait. Celui qui donnerait la bonne réponse deviendrait son époux et il régnerait sur le pays après la mort de son père, mais celui qui ne répondrait pas était pendu ou avait la tête tranchée.

Son père, le roi, en était profondément affligé, mais il ne pouvait lui défendre d'être si mauvaise car il avait dit une fois pour toutes qu'il n'aurait jamais rien à faire avec ses prétendants et qu'elle pouvait, à ce sujet, agir à sa guise. Chaque fois que venait un prince qui briguait la main de la princesse, il ne réussissait jamais et il était pendu ou avait la tête tranchée quoiqu'on l'eût averti à temps et qu'il eût pu renoncer à sa demande. Le vieux roi était si malheureux de toute cette désolation qu'il restait, tous les ans, une journée entière à genoux avec tous ses soldats, à prier pour que la princesse devînt bonne, mais elle ne changeait en rien. Les vieilles femmes qui buvaient de l'eau-de-vie la coloraient en noir avant de boire pour marquer ainsi leur deuil... elles ne pouvaient faire davantage.

—Quelle vilaine princesse! dit Johannès, elle mériterait d'être fouettée, cela lui ferait du bien. Si j'étais le vieux roi elle en verrait de belles.

À cet instant, on entendit le peuple crier: «Hourra!» La princesse passait et elle était si parfaitement belle que tous oubliaient sa méchanceté et l'acclamaient. Douze ravissantes demoiselles vêtues de robes de soie blanche, montées sur des chevaux d'un noir de jais, l'accompagnaient. La princesse elle-même avait un cheval tout blanc paré de diamants et de rubis, son costume d'amazone était tissé d'or pur et la cravache qu'elle tenait à la main était comme un rayon de soleil. Le cercle d'or de sa couronne semblait serti de petites étoiles du ciel et sa cape cousue de milliers d'ailes de papillons.

Lorsque Johannès l'aperçut, son visage devint rouge comme un sang qui coule, il put à peine articuler un mot. La princesse ressemblait exactement à cette adorable jeune fille couronnée d'or dont il avait rêvé la nuit de la mort de son père. Il la trouvait si belle qu'il ne put se défendre de l'aimer. Il pensait qu'il n'était certainement pas vrai qu'elle pût être une méchante sorcière faisant pendre ou décapiter les gens s'ils ne devinaient pas l'énigme.

—Chacun a le droit de prétendre à sa main, même le plus pauvre des gueux, moi je monterai au château, c'est plus fort que moi.

Tout le monde lui déconseilla de le faire. Le compagnon de route l'en détourna également mais Johannès était d'avis que tout irait bien, il brossa ses chaussures et son habit, lava son visage et ses mains, peigna avec soin ses beaux cheveux blonds et partit tout seul vers la ville pour monter au château.

—Entrez, dit le vieux roi lorsque Johannès frappa à la porte.

Le jeune homme ouvrit et le vieux roi, en robe de chambre et pantoufles brodées, vint à sa rencontre, couronne d'or sur la tête, sceptre dans une main et pomme d'or dans l'autre.

—Attendez! fit-il prenant la pomme d'or sous le bras pour pouvoir tendre la main.

Mais quand il eut appris que c'était encore un prétendant, il se mit à pleurer si fort que le sceptre et la pomme roulèrent à terre, il dut s'essuyer les yeux.

—Renonce, disait-il, ça tournera mal pour toi comme pour tous les autres. Viens voir ici.

Il conduisit le jeune homme dans le jardin de la princesse, absolument terrifiant. Dans les branches des arbres pendaient trois, quatre fils de rois qui avaient sollicité la main de la princesse mais n'avaient pu résoudre l'énigme qu'elle leur proposait. Chaque fois que le vent soufflait, leurs squelettes s'entrechoquaient et les petits oiseaux épouvantés n'osaient plus venir là, des ossements humains servaient de tuteurs pour les fleurs et, dans tous les pots, grimaçaient des têtes de morts. Quel jardin pour une princesse!

—Tu vois, dit le vieux roi, il en ira de toi comme des autres, maintenant que tu sais, abandonne! Tu me rends vraiment malheureux, tout ceci me fend le cœur.

Johannès baisa la main du vieux roi affirmant que tout irait bien puisqu'il était si amoureux de la ravissante princesse.

À ce moment, la princesse à cheval, suivie de ses dames d'honneur, entra dans la cour du château. Ils allèrent donc au-devant d'elle pour la saluer. Charmante, elle tendit la main au jeune homme qui l'en aima encore davantage. Bien sûr il était impossible qu'elle fût une sorcière vilaine et méchante ce dont tout le monde l'accusait.

Ils montèrent dans le grand salon, de petits pages offrirent des confitures et des croquignoles, mais le vieux roi était si triste qu'il ne pouvait rien manger. Il fut alors décidé que Johannès monterait au château le lendemain matin, les juges et tout le conseil y siégeraient et entendraient comment il se tirerait de l'épreuve. S'il en triomphait, il lui faudrait revenir deux fois, mais personne encore n'avait donné de réponse à la première question, c'est pourquoi ils avaient tous perdu la vie. Johannès n'était nullement inquiet de ce qu'il lui arriverait, il était au contraire joyeux, ne pensait qu'à la belle princesse et demeurait convaincu que le bon Dieu l'aiderait. Comment? Il n'en avait aucune idée et, de plus, ne voulait pas y penser. Il dansait tout au long de la route en retournant à l'auberge où l'attendait son camarade.

Là, il ne tarit pas sur la façon charmante dont la princesse l'avait reçu et sur sa beauté. Il avait hâte d'être au lendemain, de monter au château, de tenter sa chance. Mais son camarade hochait la tête tout triste.

—J'ai tant d'amitié pour toi, disait-il, nous aurions pu rester ensemble longtemps encore et il me faut déjà te perdre. Pauvre cher garçon. J'ai envie de pleurer mais je ne veux pas troubler ta joie en cette dernière soirée qui nous reste. Soyons gais, très gais, demain quand tu seras parti, je pourrai pleurer.

Dans la ville, le peuple avait très vite appris qu'il y avait un nouveau prétendant et il y régnait une grande désolation.

Le théâtre était fermé, dans les pâtisseries on avait noué un crêpe noir autour des petits cochons en sucre, le roi et les prêtres étaient à genoux dans l'église.

Le soir, le compagnon de route prépara un grand bol de punch et dit à son ami que maintenant il fallait être très gai et boire à la santé de la princesse. Quand Johannès eut bu les deux verres de punch, il fut pris d'un grand sommeil. Son camarade le prit doucement sur sa chaise et le porta au lit, puis il prit les grandes ailes qu'il avait coupées au cygne, les fixa fermement à ses épaules, mit dans sa poche la plus grande des verges que lui avait données la vieille femme à la jambe cassée, ouvrit la fenêtre et s'envola par-dessus la ville, tout droit au château.

Le silence régnait sur la ville. Quand l'horloge sonna minuit moins le quart, la fenêtre s'ouvrit et la princesse s'envola en grande cape blanche avec de longues ailes noires par-dessus la ville, vers une haute montagne. Le camarade de route se rendit invisible de sorte qu'elle ne pouvait pas du tout le voir, il vola derrière elle et la fouetta jusqu'au sang tout au long de la route. Quelle course à travers les airs! Le vent s'engouffrait dans sa cape qui s'étalait de tous côtés.

—Quelle grêle! Quelle grêle! soupirait la princesse à chaque coup de fouet qu'elle recevait. Mais c'était bien fait pour elle.

Elle atteignit enfin la montagne et frappa. Un roulement de tonnerre se fit entendre quand la montagne s'ouvrit et la princesse entra suivie du compagnon que personne ne pouvait voir puisqu'il était invisible. Ils traversèrent un long corridor aux murs étincelant étrangement. C'étaient des milliers d'araignées phosphorescentes. Ils arrivèrent ensuite dans une grande salle construite d'argent et d'or, des fleurs rouges et bleues larges comme des tournesols flamboyaient sur les murs, mais on ne pouvait pas les cueillir car leurs tiges étaient d'ignobles serpents venimeux et les fleurs du feu sortaient de leurs gueules.

Tout le plafond était tapissé de vers luisants et de chauves-souris bleu de ciel qui battaient de leurs ailes translucides. L'aspect en était fantastique.

Au milieu du parquet un trône était placé, porté par quatre squelettes de chevaux dont les harnais étaient faits d'araignées rouge feu. Le trône lui-même était de verre très blanc, les coussins pour s'y asseoir de petites souris noires se mordant l'une l'autre la queue et, au-dessus un dais de toiles d'araignées roses s'ornait de jolies petites mouches vertes scintillant comme des pierres précieuses. Un vieux sorcier, couronne d'or sur sa vilaine tête et sceptre en main, était assis sur le trône. Il baisa la princesse au front, la fit asseoir auprès de lui sur ce siège précieux, et la musique commença.

De grosses sauterelles noires jouaient de la guimbarde et le hibou n'ayant pas de tambour se tapait sur le ventre. Drôle de concert! De tout petits lutins, un feu follet à leur bonnet, dansaient la ronde dans la salle, personne ne pouvait voir le compagnon de route placé derrière le trône qui, lui, voyait et entendait tout. Les courtisans qui entraient maintenant semblaient gens convenables et distingués mais pour celui qui savait regarder, il voyait bien ce qu'ils étaient vraiment: des manches à balai surmontés de têtes de choux auxquels la magie avait donné la vie et des vêtements richement brodés. Cela n'avait du reste aucune importance, ils étaient là pour le décor.

Lorsqu'on eut un peu dansé, la princesse raconta au sorcier qu'elle avait un nouveau prétendant. Que devait-elle demander de deviner?

—Écoute, fit le sorcier, je vais te dire: tu vas prendre quelque chose de très facile, alors il n'en aura pas l'idée. Pense à l'un de tes souliers, il ne devinera jamais, tu lui feras couper la tête, mais n'oublie pas, en revenant demain, de m'apporter ses yeux, je veux les manger.

La princesse fit une profonde révérence et promit de ne pas oublier les yeux. Alors le sorcier ouvrit la montagne et elle s'envola. Mais le compagnon de route suivait et il la fouettait si vigoureusement qu'elle soupirait et se lamentait tout haut sur cette affreuse grêle, elle se dépêcha tant qu'elle put rentrer par la fenêtre dans sa chambre à coucher. Quant au camarade, il vola jusqu'à l'auberge où Johannès dormait encore, détacha ses ailes et se jeta sur son lit.

Johannès s'éveilla de bonne heure le lendemain matin, son ami se leva également et raconta qu'il avait fait la nuit un rêve bien singulier à propos de la princesse et de l'un de ses souliers. C'est pourquoi il le priait instamment de répondre à la question de la princesse en lui demandant si elle n'avait pas pensé à l'un de ses souliers.

—Autant ça qu'autre chose, fit Johannès. Tu as peut-être rêvé juste. En tout cas j'espère toujours que le bon Dieu m'aidera. Je vais tout de même te dire adieu car si je réponds de travers, je ne te reverrai plus jamais.

Tous deux s'embrassèrent et Johannès partit à la ville, monta au château. La grande salle était comble. Le vieux roi, debout, s'essuyait les yeux dans un mouchoir blanc. Lorsque la princesse fit son entrée, elle était encore plus belle que la veille et elle salua toute l'assemblée si affectueusement, mais à Johannès elle tendit la main en lui disant seulement: «Bonjour, toi!»

Et voilà! maintenant Johannès devait deviner à quoi elle avait pensé. Dieu, comme elle le regardait gentiment!... Mais à l'instant où parvint à son oreille ce seul mot: soulier, elle blêmit et se mit à trembler de tout son corps, cependant, elle n'y pouvait rien, il avait deviné juste. Morbleu! Comme le vieux roi fut content, il fit une culbute, il fallait voir ça! Tout le monde les applaudit.

Le camarade de voyage ne se tint pas de joie lorsqu'il apprit que tout avait bien marché. Quant à Johannès, il joignit les mains et remercia Dieu qui l'aiderait sûrement encore les deux autres fois. Le lendemain déjà il faudrait recommencer une nouvelle épreuve.

La soirée se passa comme la veille. Une fois Johannès endormi, son ami vola derrière la princesse jusqu'à la montagne et la fouetta encore plus fort qu'au premier voyage, car cette fois il avait pris deux verges. Personne ne le vit et il entendit tout. La princesse devait penser à son gant, il raconta donc cela à Johannès comme s'il s'agissait d'un rêve. Le lendemain le jeune homme devina juste encore une fois et la joie fut générale au château. Tous les courtisans faisaient des culbutes comme ils avaient vu faire le roi la veille, mais la princesse restait étendues sur un sofa, refusant de prononcer une parole.

Et maintenant, est-ce que Johannès pourrait deviner juste pour la troisième fois? Si tout allait bien, il épouserait l'adorable princesse, hériterait du royaume à la mort du vieux roi, mais sinon, il perdrait la vie et le sorcier mangerait ses beaux yeux bleus.

Le soir Johannès se mit au lit de bonne heure, il fit sa prière et s'endormit tout tranquille tandis que le compagnon de route fixait les ailes sur son dos, le sabre à son côté, prenait avec lui les trois verges avant de s'envoler vers le château.

La nuit était très sombre, la tempête arrachait les tuiles des toits, les arbres dans le jardin où pendaient les squelettes ployaient comme des joncs.

La fenêtre s'ouvrit et la princesse s'envola. Elle était pâle comme une morte mais riait au mauvais temps, ne trouvait même pas le vent assez violent, sa cape blanche tournoyait dans l'air, mais le camarade la fouettait de ses trois verges si fort que le sang tombait en gouttes sur la terre et qu'elle n'avait presque plus la force de voler. Enfin elle atteignit la montagne.

—Il grêle et il vente, dit-elle, je ne suis jamais sortie dans une pareille tempête.

—Des meilleures choses on a parfois de trop, répondit le sorcier.

Elle lui raconta que Johannès avait encore deviné juste la deuxième fois, s'il en était de même demain, il aurait gagné et elle ne pourrait plus jamais venir voir le sorcier dans la montagne, jamais plus réussir de ces tours de magie qui lui plaisaient. Elle en était toute triste et inquiète.

—Il ne faut pas qu'il devine, répliqua le sorcier. Je vais trouver une chose à laquelle il n'aura jamais pensé, ou alors il est un magicien plus fort que moi. Mais d'abord soyons gais.

Il prit la princesse par les deux mains et la fit virevolter à travers la salle avec tous les petits lutins et les feux follets qui se trouvaient là, les rouges araignées couraient aussi joyeuses le long des murs, les fleurs de feu étincelaient, le hibou battait son tambour, les grillons crissaient et les sauterelles noires soufflaient dans leur guimbarde. Ça, ce fut un bal diabolique.

Lorsqu'ils eurent assez dansé, le temps était venu pour la princesse de rentrer au château où l'on pourrait s'apercevoir de son absence, le sorcier voulut l'accompagner afin de rester ensemble jusqu'au bout.

Alors ils s'envolèrent à travers l'orage et le compagnon de route usa ses trois verges sur leur dos. Jamais le sorcier n'était sorti sous une pareille grêle. Devant le château, il dit adieu à la princesse et lui murmura tout doucement à l'oreille: «Pense à ma tête», mais le compagnon l'avait entendu et à l'instant où la princesse se glissait par la fenêtre dans sa chambre et que le sorcier s'apprêtait à s'en retourner, il le saisit par sa longue barbe noire et trancha de son sabre sa hideuse tête de sorcier au ras des épaules, si bien que le sorcier lui-même n'y vit rien. Il jeta le corps aux poissons dans le lac mais la tête, il la trempa seulement dans l'eau puis la noua dans son grand mouchoir de soie, l'apporta à l'auberge et se coucha.

Le lendemain matin, il donna à Johannès le mouchoir, mais le pria de ne pas l'ouvrir avant que la princesse ne demande à quoi elle avait pensé.

Il y avait foule dans la grande salle du château où les gens étaient serrés comme radis liés en botte. Le conseil siégeait dans les fauteuils toujours garnis de leurs coussins moelleux, le vieux roi portait des habits neufs, le sceptre et la couronne avaient été astiqués, toute la scène avait grande allure mais la princesse, toute pâle, vêtue d'une robe toute noire, semblait aller à un enterrement.

—À quoi ai-je pensé? demanda-t-elle à Johannès.

Il s'empressa d'ouvrir le mouchoir et recula lui-même très effrayé en apercevant la hideuse tête du sorcier. Un frémissement courut dans l'assistance.

Quant à la princesse, assise immobile comme une statue, elle ne pouvait prononcer une parole. Finalement elle se leva et tendit sa main au jeune homme. Sans regarder à droite ni à gauche, elle soupira faiblement:

—Maintenant tu es mon seigneur et maître! Ce soir nous nous marierons.

—Ah! que je suis content, dit le roi. C'est ainsi que nous ferons.

Tout le peuple criait: «Hourra!» La musique de la garde parcourait les rues, les cloches sonnaient et les marchandes enlevaient le crêpe noir du cou de leurs cochons de sucre puisqu'on était maintenant tout à la joie. Trois bœufs rôtis entiers fourrés de canards et de poulets, furent servis au milieu de la grand-place. Chacun pouvait s'en découper un morceau, des fontaines publiques jaillissait, à la place de l'eau, un vin délicieux, et si l'on achetait un craquelin chez le boulanger, il vous donnait en prime six grands pains mollets.

Le soir toute la ville fut illuminée, les soldats tirèrent le canon, les gamins faisaient partir des pétards, on but et on mangea, on trinqua et on dansa au château. Les nobles seigneurs et les jolies demoiselles dansaient ensemble, on les entendait chanter de très loin:

On voit ici tant de belles filles
Qui ne demandent qu'à danser
Au son de la marche du tambour.
Tournez jolies filles, tournez encore
Dansez et tapez des pieds
Jusqu'à en user vos souliers.

Cependant la princesse était encore une sorcière, elle n'aimait pas Johannès le moins du monde, le compagnon de route s'en souvint heureusement. Il donna trois plumes de ses ailes de cygne à Johannès avec une petite fiole contenant quelques gouttes et il lui recommanda de faire placer un grand baquet plein d'eau auprès du lit nuptial. Lorsque la princesse voudrait monter dans son lit, il lui conseilla de la pousser un peu pour la faire tomber dans l'eau où il devrait la plonger trois fois, après y avoir jeté les trois plumes et les gouttes. Alors elle serait délivrée du sortilège et l'aimerait de tout son cœur.

Johannès fit tout ce que le compagnon lui avait conseillé. La princesse cria très fort lorsqu'il la plongea sous l'eau: la première fois, elle se débattait dans ses mains sous la forme d'un grand cygne noir aux yeux étincelants, lorsque pour la deuxième fois il la plongea dans le baquet, elle devint un cygne blanc avec un seul cercle noir autour du cou. Johannès pria Dieu et, pour la troisième fois, il plongea complètement l'oiseau. À l'instant, elle redevint une charmante princesse encore plus belle qu'auparavant. Elle le remercia avec des larmes dans ses beaux yeux de l'avoir délivrée de l'ensorcellement.

Le lendemain matin, le vieux roi vint avec toute sa cour et le défilé des félicitations dura toute la journée. En tout dernier s'avança le compagnon de voyage, son bâton à la main et son sac au dos. Johannès l'embrassa mille fois, lui demanda instamment de ne pas s'en aller, de rester auprès de lui puisque c'était à lui qu'il devait tout son bonheur.

Le compagnon de route secoua la tête et lui répondit doucement, avec grande amitié:

—Non, non, maintenant mon temps est terminé, je n'ai fait que payer ma dette. Te souviens-tu du mort que deux mauvais garçons voulaient maltraiter? Tu leur as donné alors tout ce que tu possédais pour qu'ils le laissent en repos dans sa tombe. Ce mort, c'était moi.

Ayant parlé, il disparut.

Le mariage dura tout un mois. Johannès et la princesse s'aimaient d'amour tendre, le vieux roi vécut de longs jours heureux, il laissait leurs tout petits enfants monter à cheval sur son genou et même jouer avec le sceptre. Et Johannès régnait sur tout le pays.

Le concours de saut

La puce, la sauterelle et l'oie sauteuse voulurent une fois voir laquelle savait sauter le plus haut. Elles invitèrent à cette compétition le monde entier et tous les autres qui avaient envie de venir, et ce furent trois sauteurs de premier ordre qui se présentèrent.

—Je donnerai ma fille à celui qui sautera le plus haut, dit le roi, il serait mesquin de faire sauter ces personnes pour rien. La puce s'avança la première; elle se présentait bien et saluait à la ronde, car elle avait en elle du sang de demoiselle et l'habitude de ne fréquenter que des humains, ce qui donne de l'aisance. Ensuite vint la sauterelle, sensiblement plus lourde, mais qui avait tout de même de l'allure et portait un uniforme vert qu'elle avait de naissance. Elle disait de plus qu'elle était d'une très ancienne famille d'Égypte et qu'elle était fort considérée ici. On l'avait prise dans les champs et déposée directement dans un château de cartes à trois étages, tous les trois bâtis de cartes à figures, l'envers tourné vers l'intérieur, on y avait découpé des portes et des fenêtres, même dans le corps de la dame de cœur.

—Je chante si bien, dit-elle, que seize grillons du pays qui crient depuis l'enfance et qui n'ont même pas eu de châteaux de cartes, en m'entendant, en ont encore maigri de dépit. Toutes les deux, aussi bien la puce que la sauterelle, se faisaient valoir de leur mieux et pensaient bien pouvoir épouser une princesse. L'oie sauteuse ne dit rien, mais on assurait qu'elle n'en pensait pas moins, et quand le chien de la cour l'eut seulement flairée, il se porta garant qu'elle était de bonne famille. Le vieux conseiller qui avait reçu trois décorations uniquement pour se taire affirma que l'oie sauteuse avait un don divinatoire, que l'on pouvait voir sur son dos si l'hiver serait doux ou rigoureux, ce que l'on ne peut même pas voir sur le dos du rédacteur de l'almanach qui prédit l'avenir.

—Bon, bon, je ne dis rien, dit le vieux roi, mais j'ai quand même ma petite idée. Maintenant, c'était le moment de sauter.... La puce sauta si haut que personne ne put la voir; le public soutint qu'elle n'avait pas sauté du tout, ce qui était une calomnie. La sauterelle sauta moitié moins haut, mais en plein dans la figure du roi qui dit que c'était dégoûtant. L'oie sauteuse resta longtemps immobile, elle hésitait. Chacun pensait qu'elle ne savait pas sauter du tout.

—Pourvu qu'elle n'ait pas pris mal, dit le chien de cour, et il la flaira encore un peu. Alors, paf! elle fit un petit saut maladroit, droit sur les genoux de la princesse, laquelle était assise sur un tabouret bas en or. Alors le roi déclara:

—Le saut le plus élevé, c'est de sauter sur les genoux de ma fille car cela dénote une certaine finesse et il faut de la tête pour en avoir eu l'idée. L'oie sauteuse a montré qu'elle avait de la tête et du ressort sous le front. Et elle eut la princesse.

—C'est pourtant moi qui aie sauté le plus haut, dit la puce. Mais peu importe! Qu'elle garde sa carcasse d'oie avec sa baguette et sa boulette de poix. J'ai sauté le plus haut, mais il faut en ce monde un corps énorme pour que les gens puissent vous voir. Et la puce alla prendre du service dans une armée étrangère en guerre où l'on dit qu'elle fut tuée. La sauterelle alla se poser dans le fossé et médita sur la façon dont vont les choses en ce monde. Elle aussi se disait:

—Il faut du corps, il faut du corps…. Elle reprit sa chanson si particulière et si triste où nous avons puisé cette histoire, qui n'est peut-être que mensonge, même si elle est imprimée dans un livre. L'oie sauteuse n'est pas un animal, c'est un jouet. Les enfants danois, à l'époque d'Andersen, s'amusaient à prendre la carcasse d'une oie que l'on avait mangée en famille. Ils reliaient les deux côtés du sternum par une ficelle double dans laquelle ils inséraient un bâtonnet. Plus ils tournaient le bâtonnet, plus les deux ficelles se tordaient, et, lorsqu'au bout d'un moment, ils lâchaient le bâtonnet, les ficelles, en se détordant subitement, faisaient sauter la carcasse plus ou moins haut.

Le coq de poulailler et le coq de girouette

Il était une fois deux coqs, un sur le tas de fumier, l'autre sur le toit, et ils étaient aussi prétentieux l'un que l'autre. Mais lequel des deux était le plus utile? Dites ce que vous en pensez... nous ne changerons pas d'avis pour autant.

La basse-cour était séparée du reste de la cour par un grillage. Là il y avait un tas de fumier et là poussait un grand concombre. Il savait bien qu'il était en fait une plante de serre.

—Cela dépend des origines, se disait le concombre. Tout le monde ne peut pas être un concombre, d'autres créatures doivent également exister. Les poules, les canards et tous les habitants de la cour voisine sont aussi des êtres vivants. J'observe le coq du poulailler lorsqu'il est assis sur la clôture. Il est autrement plus important que le coq de girouette qui est, il est vrai, très haut perché, mais ne sait même pas piailler et encore moins coqueriquer. Il n'a ni poules ni poussins, ne pense qu'à lui et transpire en plus le vert-de-gris. Par contre, notre coq, lui est un coq! Regardez-le comment il marche, c'est presque de la danse! Et on l'entend partout. Quel clairon! Oh, s'il voulait venir ici, s'il voulait me manger tout entier, avec les feuilles et la tige, ce serait une bien belle mort.

La nuit, un terrible orage arriva. La poule avec ses poussins ainsi que le coq s'abritèrent. La bourrasque fit tomber avec fracas la clôture entre les deux cours. Des tuiles tombèrent du toit mais le coq de girouette était bien assis et ne tourna même pas. Il ne tournait pas, malgré son jeune âge. C'était un coq fraîchement coulé mais très pondéré et réfléchi. Il était né vieux. Il n'était pas comme tous ces oiseaux du ciel, les moineaux et les hirondelles qu'il méprisait, «oiseaux qui piaulent et sont, de surcroît, très ordinaires».

—Les pigeons sont grands, luisants et brillants comme la nacre, ils ressemblent même à des coqs de girouette. Mais ils sont gros et bêtes, né pensent qu'à s'empiffrer et sont très ennuyeux, disait le coq de girouette.

Les oiseaux migrateurs lui rendaient parfois visite. Ils lui parlaient des pays lointains, des vols en bandes, lui racontaient des histoires de brigands et leurs aventures avec les rapaces. La première fois, c'était nouveau et intéressant, mais plus tard le coq comprit qu'ils se répétaient et racontaient toujours la même chose. Ils l'ennuyaient, tout l'ennuyait, on ne pouvait parler avec personne, tout le monde était inintéressant et lassant.

—Le monde ne vaut rien! déclarait-il. Tout cela n'a aucun sens!

Le coq de girouette était, comme on dit, blasé et c'est pourquoi il aurait été certainement un ami plus intéressant pour le concombre s'il s'en était douté. Mais celui-ci n'avait d'yeux que pour le coq de poulailler, qui justement marchait à ce moment vers lui.

La clôture gisait par terre et l'orage était passé.

—Comment avez-vous trouvé mon cri de coq? demanda le coq aux poules et aux poussins; il était un peu rauque et manquait d'élégance.

Les poules et les poussins passèrent sur le tas de fumier et le coq les suivit.

—Œuvre de la Nature! dit-il au concombre. Ces quelques mots convainquirent le concombre que le coq avait de l'éducation et il en oublia même que le coq était en train de le picorer et de le manger. —Quelle belle mort!

Les poules accoururent, les poussins accoururent et vous le savez bien, dès que l'un se met à courir les autres font de même. Les poules caquetaient, les poussins caquetaient et regardaient le coq avec admiration. Ils en étaient fiers, il était de leur famille.

—Cocorico! chanta-t-il. Les poussins deviendront bientôt de grandes poules, il me suffit d'en parler à la basse-cour du monde.

Et les poules caquetèrent et les poussins piaillèrent.

Le coq leur annonça la grande nouvelle.

—Un coq peut pondre un œuf! Et savez-vous ce qu'il y a dans un tel œuf? Un basilic! Personne ne supporte le regard d'un basilic! Les hommes le savent, vous le savez aussi, et maintenant vous savez tout ce que j'ai en moi! Je suis un gaillard, je suis le meilleur coq de toutes les basses-cours du monde!

Et le coq agita ses ailes, secoua sa crête et chanta. Toutes les poules et tous les poussins en eurent froid dans le dos. Et ils étaient très fiers d'avoir un tel gaillard dans la famille, le meilleur coq de toutes les basses-cours du monde. Les poules caquetèrent, les poussins piaillèrent pour que même le coq de girouette les entende. Et il les entendit, mais cela ne le fit même pas bouger.

—Tout cela n'a aucun sens, se dit le coq de girouette. Jamais le coq de girouette ne pondra un œuf et je n'en ai pas envie. Si je voulais, je pourrais pondre un œuf de vent, un œuf pourri, mais le monde n'en vaut même pas la peine. Tout cela est inutile!... Maintenant, je n'ai même plus envie d'être perché là!

Et le coq se détacha du toit. Mais il ne tua pas le coq de poulailler même si «c'était ce qu'il voulait», affirmèrent les poules. Et quel enseignement en tirerons-nous?

—Il vaut mieux chanter que d'être blasé et se briser!

Les coureurs

Un prix, deux prix même, un premier et un second, furent un jour proposés pour ceux qui montreraient la plus grande vélocité.

C'est le lièvre qui obtint le premier prix.

—Justice m'a été rendue, dit-il; du reste, j'avais assez de parents et d'amis parmi le jury, et j'étais sûr de mon affaire. Mais que le colimaçon ait reçu le second prix, cela, je trouve que c'est presque une offense pour moi.

—Du tout, observa le poteau, qui avait figuré comme témoin lors de la délibération du jury; il fallait aussi prendre en considération la persévérance et la bonne volonté: c'est ce qu'ont affirmé plusieurs personnes respectables, et j'ai bien compris que c'était équitable. Le colimaçon, il est vrai, a mis six mois pour se traîner de la porte au fond du jardin, et les autres six mois pour revenir jusqu'à la porte; mais, pour ses forces c'est déjà une extrême rapidité; aussi dans sa précipitation s'est-il rompu une corne en heurtant une racine. Toute l'année, il n'a pensé qu'à la course et, songez donc, il avait le poids de sa maison sur son dos. Tout cela méritait récompense et voilà pourquoi on lui a donné le second prix.

—On aurait bien pu m'admettre au concours, interrompit l'hirondelle. Je pense que personne ne fend l'air, ne vire, ne tourne avec autant d'agilité que moi. J'ai été au loin, à l'extrémité de la terre. Oui, je vole vite, vite, vite.

—Oui, mais c'est là votre malheur, répliqua le poteau. Vous êtes trop vagabonde, toujours par monts et par vaux. Vous filez comme une flèche à l'étranger quand il commence à geler chez nous. Vous n'avez pas de patriotisme.

—Mais, dit l'hirondelle, si je me niche pendant l'hiver dans les roseaux des tourbières, pour y dormir comme la marmotte tout le temps froid, serai-je une autre fois admise à concourir?

—Oh, certainement! déclara le poteau. Mais il vous faudra apporter une attestation de la vieille sorcière qui règne sur les tourbières, comme quoi vous aurez passé réellement l'hiver dans votre pays et non dans les pays chauds à l'étranger.

—J'aurais bien mérité le premier prix et non le second, grommela le colimaçon. Je sais une chose: ce qui faisait courir le lièvre comme un dératé, c'est la pure couardise; partout, il voit des ennemis et du danger. Moi, au contraire, j'ai choisi la course comme but de ma vie, et j'y ai gagné une cicatrice honorable. Si, donc, quelqu'un était digne du premier prix, c'était bien moi. Mais je ne sais pas me faire valoir, flatter les puissants.

—Écoutez, dit la vieille borne qui avait été membre du jury, les prix ont été adjugés avec équité et discernement. C'est que je procède toujours avec ordre et après mûre réflexion. Voilà déjà sept fois que je fais partie du jury, mais ce n'est qu'aujourd'hui que j'ai fait admettre mon avis par la majorité.

«Cependant chaque fois je basais mon jugement sur des principes. Tenez, admirez mon système. Cette fois, comme nous étions le 12 du mois, j'ai suivi les lettres de l'alphabet depuis l'*a*, et j'ai compté jusqu'à douze; j'étais arrivé à *l*: C'était donc au lièvre que revenait le premier prix. Quant au second, j'ai recommencé mon petit manège; et, comme il était trois heures au moment du vote, je me suis arrêté au *c* et j'ai donné mon suffrage au colimaçon. La prochaine fois, si on maintient les dates fixées, ce sera l'*f* qui remportera le premier prix et le *d* le second. En toutes choses, il faut de la régularité et un point de départ fixe.

—Je suis bien de votre avis, dit le mulet; et si je n'avais pas été parmi le jury, je me serais donné ma voix à moi-même. Car enfin, la vélocité n'est pas tout; il y a encore d'autres qualités, dont il faut tenir compte: par exemple, la force musculaire qui me permet de porter un lourd fardeau tout en trottant d'un bon pas. De cela, il n'était pas question étant donné les concurrents. Je n'ai pas non plus pris en considération la prudence, la ruse du lièvre, son adresse.

«Ce qui m'a surtout préoccupé, c'était de tenir compte de la beauté, qualité si essentielle. À mérite égal, m'étais-je dit, je donnerai le prix au plus beau. Or qu'y a-t-il au monde de plus beau que les longues oreilles du lièvre, si mobiles, si flexibles? C'est un vrai plaisir que de les voir retomber jusqu'au milieu du dos; il me semblait que je me revoyais tel que j'étais aux jours de ma plus tendre enfance. De cela, il n'était pas question étant donné les concurrents. Je n'ai pas non plus pris en considération la prudence, la ruse du lièvre, son adresse.

—Pst! dit la mouche, permettez-moi une simple observation. Des lièvres, moi qui vous parle, j'en ai rattrapé pas mal à la course. Je me place souvent sur la locomotive des trains; on y est à son aise pour juger de sa propre vélocité. Naguère, un jeune levraut des plus ingambes, galopait en avant du train; j'arrive et il est bien forcé de se jeter de côté et de me céder la place. Mais il ne se gare pas assez vite et la roue de la locomotive lui enlève l'oreille droite. Voilà ce que c'est que de vouloir lutter avec moi. Votre vainqueur, vous voyez bien comme je le battrais facilement; mais je n'ai pas besoin de prix, moi.

—Il me semble cependant, pensa l'églantine, il me semble que c'est le rayon de soleil qui aurait mérité de recevoir le premier prix d'honneur et aussi le second. En un clin d'œil, il fait l'immense trajet du soleil à la terre, et il y perd si peu de sa force que c'est lui qui anime toute la nature. C'est à lui que moi, et les roses, mes sœurs, nous devons notre éclat et notre parfum. La haute et savante commission du jury ne paraît pas s'en être doutée. Si j'étais rayon de soleil, je leur lancerais un jet de chaleur qui les rendrait tout à fait fous. Mais je n'irai pas critiquer tout haut leur arrêt. Du reste, le rayon de soleil aura sa revanche; il vivra plus longtemps qu'eux tous.

—En quoi consiste donc le premier prix? Fit tout à coup le ver de terre.

—Le vainqueur, répondit le mulet, a droit, sa vie durant, d'entrer librement dans un champ de choux et de s'y régaler à bouche que veux-tu. C'est moi qui ai proposé ce prix. J'avais bien deviné que ce serait le lièvre qui l'emporterait, et alors j'ai pensé tout de suite qu'il fallait une récompense qui lui fût de quelque utilité. Quant au colimaçon, il a le droit de rester tant que cela lui plaira sur cette belle haie et de se gorger d'aubépine, fleurs et feuilles. De plus, il est dorénavant membre du jury; c'est important pour nous d'avoir dans la commission quelqu'un qui, par expérience connaisse les difficultés du concours. Et, à en juger d'après notre sagesse, certainement l'histoire parlera de nous.

Le crapaud

Le puits était très profond et par conséquent la corde était longue, qui servait à monter le seau plein d'eau. Quand ce seau arrivait jusqu'à la margelle, on avait bien du mal à l'y poser, tant le vent était violent. Jamais le soleil ne descendait assez bas dans ce puits pour se mirer dans l'eau, mais aussi loin qu'atteignaient ses rayons, les pierres étaient couvertes d'une maigre verdure.

Une famille de crapauds vivait dans le puits. Ils étaient nouveaux venus, puisque c'est la vieille grand-mère — encore vivante — qui y était arrivée, la tête la première. Les grenouilles vertes, établies là depuis bien plus longtemps, et qui nageaient de tous côtés dans l'eau, les considéraient comme des invités de passage, mais voyaient bien qu'ils étaient un peu de leur espèce.

Les crapauds avaient décidé de rester là, ils se plaisaient à vivre «au sec», comme ils disaient des pierres humides.

La mère crapaude avait fait un vrai voyage, et elle s'était trouvée justement dans le seau au moment où quelqu'un le remontait, mais la subite lumière du jour l'éblouit; elle tomba du seau, droit dans l'eau, avec un «plouf» si terrifiant qu'elle dut rester trois jours couchée, les reins presque brisés. C'est ainsi qu'elle était arrivée là. Elle ne pouvait raconter grand-chose sur le monde extérieur, mais elle savait — et elle le fit savoir à tous — que le puits n'était pas le monde entier. Mère crapaude aurait pu raconter davantage, mais si les grenouilles la questionnaient, elle ne répondait jamais, alors elles ne questionnaient plus.

— Comme elle est grosse et horrible, laide et répugnante, disaient les jeunes grenouilles vertes, et ses petits deviendront exactement comme elle.

— C'est possible, répondait la mère crapaude, mais l'un d'eux a une pierre précieuse dans la tête, ou bien je l'ai moi-même.

Les grenouilles vertes écoutaient ce propos, les yeux ronds de surprise, mais comme elles ne désiraient pas en savoir davantage, elles tournèrent le dos à la vieille et plongèrent jusqu'au fond de l'eau.

Les jeunes crapauds, au contraire, allongeaient leurs pattes de derrière par pure fierté, chacun d'eux croyant avoir la pierre précieuse, ils tenaient la tête raide et parfaitement immobile. Ils finirent cependant par se demander de quoi ils devaient être fiers et ce que c'était au juste qu'une pierre précieuse.

—C'est un bijou, répondit la mère crapaude, si beau et si précieux, que je ne peux même pas le décrire. On le porte pour son propre plaisir et les autres vous l'envient. Mais ne me demandez plus rien, je ne répondrai pas.

—Je suis sûr que ce n'est pas moi qui ai ce bijou, dit le plus petit crapaud qui était aussi laid que possible; pourquoi, parmi tous, aurai-je quelque chose d'aussi splendide? Et si cela devait déplaire aux autres, je n'en aurais aucun plaisir. Non, tout ce que je désire, c'est seulement de pouvoir un jour monter jusqu'à la margelle du puits et regarder au-dehors, ce doit être magnifique!

—Reste bien tranquille où tu es, répliqua la vieille, tu connais le coin et sais ce qu'il vaut. Prends bien garde au seau, il pourrait t'écraser. Et si tu réussis à y entrer, tu peux en retomber et tout le monde n'a pas comme moi la chance de survivre à une pareille chute avec ses quatre membres entiers—et tous ses œufs.

—Couac, dit le petit, ce qui répond à Oh! Oh!

Il avait un immense désir d'être assis sur la margelle du puits et de regarder au-dehors, une vraie nostalgie de la verdure de là-haut. Le lendemain matin, comme on remontait le seau plein d'eau, le seau, par hasard, s'arrêta un instant juste devant la pierre sur laquelle était assis le petit crapaud; celui-ci trembla, mais sauta dans le seau et tomba tout au fond.

En haut du puits, il fut vidé en même temps que l'eau.

—Quelle horreur, cria un garçon qui se trouvait là, je n'en ai jamais vu d'aussi laid.

Et il lui allongea un coup de sabot.

Le petit crapaud aurait été complètement écrasé s'il ne s'était vite caché au milieu des hautes orties.

Il était assis là et regardait les tiges serrées et il regardait aussi vers le ciel, le soleil brillait sur les feuilles transparentes, il avait l'impression que nous éprouvons, nous autres hommes, en pénétrant dans une grande forêt où le soleil luit entre les branches et les feuilles des arbres.

—C'est bien mieux ici que dans le puits, dit le petit crapaud. J'aimerais y rester toute ma vie.

Il resta là une heure—et même deux.

«Je me demande ce qu'il peut y avoir dehors, pensa-t-il. Puisque je suis venu jusqu'ici, il faut que je continue.»

Il sautilla aussi vite qu'il le put et arriva sur une route où le soleil brillait, mais où la poussière tomba, épaisse, sur son dos, tandis qu'il traversait la route.

—Je suis vraiment au sec, ici, peut-être un peu trop. J'ai des démangeaisons.

Il sauta jusqu'au fossé où poussaient des myosotis et des spirées et que bordait une haie de sureau et d'aubépine, le long de laquelle grimpaient des liserons blancs. Que de couleurs de tous côtés! Un papillon vint à passer, le crapaud le prit pour une fleur qui s'était détachée pour voir le monde. Cela lui parut tout naturel.

«Si je pouvais seulement m'envoler comme lui, pensa le petit crapaud. Couac, ce serait merveilleux.»

Il demeura huit jours et huit nuits dans le fossé où il ne manquait certes pas de nourriture. Au neuvième jour, il se dit:

«Il faut vraiment que je continue, mais que pourrai-je trouver de mieux qu'ici. Peut-être un autre petit crapaud ou quelques grenouilles vertes.»

La nuit précédente, il avait entendu dans l'air des bruits semblant indiquer qu'il avait quelques cousins dans le voisinage.

«Que c'est bon de vivre, de sortir du puits, et se reposer dans le fossé humide. Mais il faut continuer, essayer de trouver un petit crapaud ou quelques grenouilles. Ils me manquent. C'est donc que la nature ne suffit pas.»

Il traversa un champ et arriva à une mare entourée de joncs. Il regarda les joncs avec intérêt et s'aperçut qu'il y avait là des grenouilles.

—C'est peut-être trop mouillé pour vous, lui dirent-elles. Êtes-vous un mâle ou une femelle? Qu'importe! vous êtes en tout cas le bienvenu.

Cette nuit-là, le petit crapaud fut invité à un concert familial, grand enthousiasme et voix faibles. On ne servit rien à manger, mais à boire à profusion, tout l'étang si l'on voulait... ou pouvait!

—Maintenant, allons plus loin, se dit le petit crapaud; quelque chose le poussait à chercher toujours mieux.

Il vit les étoiles, grandes et brillantes; il vit la lune, il vit le soleil se lever et monter de plus en plus haut dans le ciel.

—Je suis toujours dans un puits, plus grand peut-être, mais puits tout de même. Il faut monter plus haut, je suis inquiet et sens une étrange nostalgie.

Quand il y eut pleine lune, la pauvre petite bête se dit:

«C'est peut-être un seau que l'on descend et où je dois sauter pour arriver ensuite plus haut, ou, peut-être, le soleil est-il un immense seau, combien grand et lumineux! Nous pourrions tous y trouver place, il me faut en attendre l'occasion. Comme ma tête me semble claire et brillante, je ne crois pas qu'un bijou puisse briller davantage. La pierre précieuse, je ne l'ai sûrement pas, mais je ne pleure pas pour cela, non, allons plus haut, toujours plus près de cette lumière étincelante où tout est joie! J'en ai un grand désir et en même temps de l'effroi. C'est un immense pas que je me prépare à faire, mais il est nécessaire. En avant, droit vers la route!»

Il fit quelques pas, à sa manière d'animal rampant, et se trouva sur la route. Des gens vivaient là; il y avait des jardins fleuris et des potagers. Il se reposa devant un carré de choux.

—Quelle variété de créatures que je n'ai jamais vues! Comme le monde est grand et beau. Mais il faut le parcourir et ne pas rester à la même place. Et il sauta dans le carré de choux.

—Que c'est beau!

—Je le sais bien, dit une chenille verte couchée sur une feuille de chou. Ma feuille est la plus large de toutes, elle cache la moitié de l'univers, mais je me passe fort bien de cette moitié-là.

Des poules arrivaient et couraient dans le potager. La première avait bonne vue. Apercevant la chenille sur la feuille, elle lui donna un coup de bec. La chenille tomba à terre où elle se tortillait. La poule l'examina de côté, d'abord d'un œil puis de l'autre, car elle ne savait ce que signifiaient ces contorsions.

«Il n'arrivera à rien de bon», se dit la poule en se préparant à lui donner un autre coup de bec.

Le petit crapaud en fut si effrayé qu'il rampa droit devant elle.

«Ah! il est accompagné, se dit la poule. Quelle horrible créature rampante!»

Et elle s'en alla disant:

—Ces petites bouchées vertes ne m'intéressent pas, cela ne fait que vous chatouiller dans la gorge.

Les autres poules furent du même avis et toutes s'en allèrent.

—M'en voilà débarrassée, dit la chenille. Heureusement, j'ai de la présence d'esprit. Mais comment vais-je remonter sur ma feuille. Où est-elle?

Le petit crapaud s'approcha d'elle pour lui exprimer sa sympathie et lui dire qu'il était tout heureux d'avoir chassé la poule par sa laideur.

—Que voulez-vous dire? demanda la chenille. Je m'en suis débarrassée moi-même en me tortillant. Vous êtes vraiment affreux à regarder. Et, en tout cas, j'ai le droit de rester à ma place. Je sens déjà l'odeur du chou, voici ma feuille. Rien n'est plus beau que ce qui vous appartient. Mais il faut que je monte plus haut.

—Oui, plus haut, dit le crapaud. Elle a les mêmes sentiments que moi, mais elle n'est pas de bonne humeur aujourd'hui, ce doit être le choc. Nous souhaitons tous monter plus haut.

Le père cigogne était debout dans son nid sur le toit du paysan et claquait du bec, la mère cigogne également.

—Comme ils habitent haut, pensa le crapaud. Pourrait-on monter si haut?

Deux jeunes étudiants vivaient à la ferme, l'un était un poète et l'autre un naturaliste. L'un chantait dans ses écrits toutes les créations de Dieu qui se reflétaient dans son cœur, l'autre s'emparait du fait lui-même et l'examinait comme une vaste opération mathématique; il soustrayait, multipliait, désirant connaître à fond les problèmes et en parler avec sa raison et son enthousiasme. Tous deux étaient d'un bon naturel et très gais.

—Regarde! voilà un beau spécimen de crapaud, là-bas, disait le naturaliste. Je veux le mettre dans l'alcool.

—Oh! mais tu en as déjà deux, répliquait le poète. Laisse-le jouir de la vie.

—Mais il est si joliment laid, dit l'autre.

—Évidemment, si nous pouvions trouver la pierre philosophale dans sa tête, je vous aiderais volontiers à le disséquer.

—La pierre philosophale, répliqua son ami, tu t'y connais donc en histoire naturelle?

—Mais ne trouves-tu pas que c'est très beau cette croyance populaire qui veut que le crapaud, le plus laid des animaux, possède souvent dans sa tête le plus précieux des joyaux?

C'est tout ce qu'entendit le crapaud et il n'en avait compris que la moitié. Les deux amis s'éloignèrent et il échappa au bocal d'alcool.

«Eux aussi parlaient de pierre précieuse. Que je suis content de ne pas l'avoir, sans quoi quelque chose de très désagréable aurait pu m'arriver.»

Le jacassement du père cigogne se fit entendre sur le toit de la ferme. Il faisait une conférence à sa famille et lançait de mauvais regards aux deux jeunes gens.

—Les hommes sont les animaux les plus infatués d'eux-mêmes. Écoutez leurs jacassements précipités, et ils ne savent même pas les articuler convenablement. Ils sont si fiers de leur don de parole, de leur langage. Et quel étrange langage, à quelques jours de vol d'une cigogne ils ne se comprennent plus les uns les autres. Nous, au contraire, nous pouvons nous faire comprendre partout, même en Égypte. Et ils ne savent même pas voler. Pour voyager un peu vite, ils ont inventé ce qu'ils appellent le «chemin de fer» et souvent ils y sont blessés. J'ai des frissons le long du corps et mon bec commence à trembler quand j'y pense. Le monde pourrait très bien durer sans les hommes. Ils ne nous manqueraient certes pas, aussi longtemps que nous aurons des vers de terre et des grenouilles.

«Voilà un beau discours, pensa le petit crapaud. Quel grand homme et comme il siège haut! Et comme il nage bien», s'écria-t-il quand le père cigogne étendit ses ailes et s'élança dans les airs.

La mère cigogne se mit alors à parler à ses petits, dans le nid, du pays appelé Égypte, des eaux du Nil, et de tous les magnifiques marais que l'on trouve dans ce pays lointain. Tout ceci était nouveau pour le petit crapaud et l'intéressait vivement.

—Il faut que j'aille en Égypte, dit-il. Si seulement la cigogne ou l'un des petits voulait bien m'emmener, je lui ferai une politesse le jour de ses noces. N'importe comment, je trouverai moyen d'aller en Égypte. Que je suis heureux! Le désir que j'éprouve rend certainement plus heureux que la pierre précieuse dans la tête.

Et c'était justement lui, qui avait le joyau: l'éternel désir de s'élever plus haut, toujours plus haut, il rayonnait de joie et d'amour de la vie.

À ce moment, le père cigogne descendit en vol plané; il avait aperçu le crapaud dans l'herbe et il se saisit de lui sans aucune douceur. Il serrait le bec, ses grandes ailes battaient avec bruit, ce n'était pas du tout agréable, mais le petit crapaud savait qu'il montait très haut, vers l'Égypte, c'est pourquoi ses yeux brillaient et lançaient des étincelles.

—Couac! couac!

Mort était le petit crapaud. Et que devenaient les étincelles? Les rayons du soleil emportèrent le joyau qui était dans la tête du petit animal.

Les cygnes sauvages

Bien loin d'ici, là où s'envolent les hirondelles quand nous sommes en hiver, habitait un roi qui avait onze fils et une fille, Elisa. Les onze fils, quoique princes, allaient à l'école avec décorations sur la poitrine et sabre au côté; ils écrivaient sur des tableaux en or avec des crayons de diamant et apprenaient tout très facilement, soit par cœur soit par leur raison; on voyait tout de suite que c'étaient des princes. Leur sœur Elisa était assise sur un petit tabouret de cristal et avait un livre d'images qui avait coûté la moitié du royaume. Ah! ces enfants étaient très heureux, mais ça ne devait pas durer toujours.

Leur père, roi du pays, se remaria avec une méchante reine, très mal disposée à leur égard. Ils s'en rendirent compte dès le premier jour: tout le château était en fête; comme les enfants jouaient «à la visite», au lieu de leur donner, comme d'habitude, une abondance de gâteaux et de pommes au four, elle ne leur donna que du sable dans une tasse à thé en leur disant «de faire semblant».

La semaine suivante, elle envoya Elisa à la campagne chez quelque paysan et elle ne tarda guère à faire accroire au roi tant de mal sur les pauvres princes que Sa Majesté ne se souciait plus d'eux le moins du monde.

—Envolez-vous dans le monde et prenez soin de vous-même! dit la méchante reine, volez comme de grands oiseaux, mais muets.

Elle ne put cependant leur jeter un sort aussi affreux qu'elle l'aurait voulu: ils se transformèrent en onze superbes cygnes sauvages et, poussant un étrange cri, ils s'envolèrent par les fenêtres du château vers le parc et la forêt.

Ce fut le matin, de très bonne heure qu'ils passèrent au-dessus de l'endroit où leur sœur Elisa dormait dans la maison du paysan; ils planèrent au-dessus du toit, tournant leurs longs cous de tous côtés, battant des ailes, mais personne ne les vit ni ne les entendit, alors il leur fallut poursuivre très haut, près des nuages, loin dans le vaste monde. Ils atteignirent enfin une sombre forêt descendant jusqu'à la grève. La pauvre petite Elisa restait dans la salle du paysan à jouer avec une feuille verte—elle n'avait pas d'autre jouet—, elle s'amusait à piquer un trou dans la feuille et à regarder le soleil au travers, il lui semblait voir les yeux clairs de ses frères.

Lorsqu'elle eut quinze ans, elle rentra au château de son père et quand la méchante reine vit combien elle était belle, elle entra en grande colère et se prit à la haïr, elle l'aurait volontiers changée en cygne sauvage comme ses frères, mais elle n'osa pas tout d'abord, le roi voulant voir sa fille.

De bonne heure, le lendemain, la reine alla au bain, fait de marbre et garni de tentures de toute beauté. Elle prit trois crapauds. Au premier, elle dit:

—Pose-toi sur la tête d'Elisa quand elle entrera dans le bain, afin qu'elle devienne engourdie comme toi.

—Pose-toi sur son front, dit-elle au second, afin qu'elle devienne aussi laide que toi et que son père ne la reconnaisse pas.

—Pose-toi sur son cœur, dit-elle au troisième, afin qu'elle devienne méchante et qu'elle en souffre.

Elle lâcha les crapauds dans l'eau claire qui prit aussitôt une teinte verdâtre, appela Elisa, la dévêtit et la fit descendre dans l'eau. À l'instant le premier crapaud se posa dans ses cheveux, le second sur son front, le troisième sur sa poitrine, sans qu'Elisa eût l'air seulement de s'en apercevoir. Dès que la jeune fille fut sortie du bain, trois coquelicots flottèrent à la surface; si les bêtes n'avaient pas été venimeuses, elles se seraient changées en roses pourpres, mais fleurs elles devaient tout de même devenir d'avoir reposé sur la tête et le cœur d'Elisa, trop innocente pour que la magie pût avoir quelque pouvoir sur elle.

Voyant cela, la méchante reine se mit à la frotter avec du brou de noix, enduisit son joli visage d'une pommade nauséabonde et emmêla si bien ses superbes cheveux qu'il était impossible de reconnaître la belle Elisa.

Son père en la voyant en fut tout épouvanté et ne voulut croire que c'était là sa fille, personne ne la reconnut, sauf le chien de garde et les hirondelles, mais ce sont d'humbles bêtes dont le témoignage n'importe pas.

Alors la pauvre Elisa pleura en pensant à ses onze frères, si loin d'elle. Désespérée, elle se glissa hors du château et marcha tout le jour à travers champs et marais vers la forêt. Elle ne savait où aller, mais dans sa grande tristesse et son regret de ses frères, qui chassés comme elle, erraient sans doute de par le monde, elle résolut de les chercher, de les trouver.

La nuit tomba vite dans la forêt, elle ne voyait ni chemin ni sentier, elle s'étendit sur la mousse moelleuse et appuya sa tête sur une souche d'arbre.

Toute la nuit, elle rêva de ses frères. Ils jouaient comme dans leur enfance, écrivaient avec des crayons en diamants sur des tableaux d'or et feuilletaient le merveilleux livre d'images qui avait coûté la moitié du royaume; mais sur les tableaux d'or ils n'écrivaient pas comme autrefois seulement des zéros et des traits, mais les hardis exploits accomplis, tout ce qu'ils avaient vu et vécu.

Lorsqu'elle s'éveilla, le soleil était haut dans le ciel, elle ne pouvait le voir car les grands arbres étendaient leurs frondaisons épaisses, mais ses rayons jouaient là-bas comme une gaze d'or ondulante.

Elle entendait un clapotis d'eau, de grandes sources coulaient toutes vers un étang au fond de sable fin. Des buissons épais l'entouraient mais, à un endroit, les cerfs avaient percé une large ouverture par laquelle Elisa put s'approcher de l'eau si limpide que, si le vent n'avait fait remuer les branches et les buissons, elle aurait pu les croire peints seulement au fond de l'eau, tant chaque feuille s'y reflétait clairement.

Dès qu'elle y vit son propre visage, elle fut épouvantée, si noir et si laid! Mais quand elle eut mouillé sa petite main et s'en fut essuyé les yeux et le front, sa peau blanche réapparut. Alors elle retira tous ses vêtements et entra dans l'eau fraîche et vraiment, telle qu'elle était là, elle était la plus charmante fille de roi qui se pût trouver dans le monde.

Une fois rhabillée, quand elle eut tressé ses longs cheveux, elle alla à la source jaillissante, but dans le creux de sa main et s'enfonça plus profondément dans la forêt sans savoir elle-même où aller.

Elle pensait toujours à ses frères, elle pensait à Dieu, si bon, qui ne l'abandonnerait sûrement pas, lui qui fait pousser les pommes sauvages pour nourrir ceux qui ont faim. Et justement il lui fit voir un de ces arbres dont les branches ployaient sous le poids des fruits; elle en fit son repas, plaça un tuteur pour soutenir les branches et s'enfonça au plus sombre de la forêt. Le silence était si total qu'elle entendait ses propres pas et le craquement de chaque petite feuille sous ses pieds. Nul oiseau n'était visible, nul rayon de soleil ne pouvait percer les ramures épaisses, et les grands troncs montaient si serrés les uns près des autres, qu'en regardant droit devant elle, elle eût pu croire qu'une grille de poutres l'encerclait. Jamais elle n'avait connu pareille solitude!

La nuit fut très sombre, aucun ver luisant n'éclairait la mousse. Elle se coucha pour dormir. Alors il lui sembla que les frondaisons s'écartaient, que Notre-Seigneur la regardait d'en haut avec des yeux très tendres, que de petits anges passaient leur tête sous son bras. Elle ne savait, en s'éveillant, si elle avait rêvé ou si c'était vrai.

Elle fit quelques pas et rencontra une vieille femme portant des baies dans un panier et qui lui en offrit. Elisa lui demanda si elle n'avait pas vu onze princes chevauchant à travers la forêt.

—Non, dit la vieille, mais hier j'ai vu onze cygnes avec des couronnes d'or sur la tête nageant sur la rivière tout près d'ici.

Elle conduisit Elisa un bout de chemin jusqu'à un talus au pied duquel serpentait la rivière. Les arbres sur ses rives étendaient les unes vers les autres leurs branches touffues.

Elisa dit adieu à la vieille femme et marcha le long de la rivière jusqu'à son embouchure sur le rivage.

Toute l'immense mer splendide s'étendait devant la jeune fille, mais aucun voilier n'était en vue ni le moindre bateau. Comment pourrait-elle aller plus loin? Elle considéra les innombrables petits galets sur la grève, l'eau les avait tous polis et arrondis en les roulant.

—L'eau roule inlassablement et par elle ce qui est dur s'adoucit, moi, je veux être tout aussi inlassable qu'elle. Merci à vous pour cette leçon, vagues claires qui roulez! Un jour, mon cœur me le dit, vous me porterez jusqu'à mes frères chéris.

Sur le varech rejeté par la mer, onze plumes de cygne blanches étaient tombées, elle en fit un bouquet, des gouttes d'eau s'y trouvaient, rosée ou larmes, qui eût pu le dire? La plage était déserte mais Elisa ne sentait pas sa solitude, car la mer est éternellement changeante, bien plus différente en quelques heures qu'un lac intérieur en une année.

Vers la fin du jour, Elisa vit onze cygnes sauvages avec des couronnes d'or sur la tête. Ils volaient vers la terre l'un derrière l'autre, et formaient un long ruban blanc. Vite, la jeune fille remonta le talus et se cacha derrière un buisson, les cygnes se posèrent tout près d'elle et battirent de leurs grandes ailes blanches.

Mais à l'instant où le soleil disparut dans les flots, leur plumage de cygne tomba subitement et elle vit devant elle onze charmants princes: ses frères.

Elisa poussa un grand cri, ils avaient certes beaucoup changé mais... elle savait que c'était eux, son cœur lui disait que c'était eux, elle se jeta dans leurs bras, les appela par leurs noms et ils eurent une immense joie de reconnaître leur petite sœur, devenue une grande et ravissante jeune fille. Ils riaient et pleuraient.

—Nous, tes frères, dit l'aîné, nous volons comme cygnes sauvages tant que dure le jour, mais lorsque vient la nuit, nous reprenons notre apparence humaine, c'est pourquoi il nous faut toujours au coucher du soleil prendre soin d'avoir une terre où poser nos pieds car si nous volions à ce moment dans les nuages, en devenant des hommes, nous serions précipités dans l'océan profond.

Nous n'habitons pas ici, de l'autre côté de l'océan existe un aussi beau pays mais le chemin pour y aller est fort long, il nous faut traverser la mer et il n'y a pas d'île sur le parcours où nous puissions passer la nuit, un rocher seulement émerge de l'eau, si petit qu'il nous faut nous serrer l'un contre l'autre pour nous y reposer et quand la mer est forte, l'eau rejaillit même par-dessus nous, mais nous remercions cependant Dieu pour ce rocher. Nous y passons la nuit sous notre forme humaine, s'il n'était pas là nous ne pourrions pas revoir notre chère patrie car il nous faut deux jours—et les deux plus longs de l'année—pour faire ce voyage.

Une fois par an seulement il nous est permis de visiter le pays de nos aïeux. Nous pouvons y rester onze jours! onze jours pour survoler notre grande forêt et apercevoir de loin notre château natal où vit notre père, la haute tour de l'église où repose notre mère. Les arbres, les buissons nous sont ici familiers, ici les chevaux sauvages courent sur la plaine comme au temps de notre enfance, ici le charbonnier chante encore les vieux airs sur lesquels nous dansions, ici est notre chère patrie, ici enfin nous t'avons retrouvée, toi notre petite sœur chérie. Nous ne pouvons plus rester que deux jours ici, puis il faudra nous envoler par-dessus la mer vers un pays certes beau, mais qui n'est pas notre pays. Et comment t'emmènerons-nous? Nous qui n'avons ni barque, ni bateau?

—Et comment pourrai-je vous sauver? demanda leur petite sœur.

Ils en parlèrent presque toute la nuit.

Elisa s'éveilla au bruissement des ailes des cygnes. Les frères de nouveau métamorphosés volaient au-dessus d'elle, puis s'éloignèrent tout à fait; un seul, le plus jeune, demeura en arrière, il posa sa tête sur les genoux de la jeune fille qui caressa ses ailes blanches. Tout le jour ils restèrent ensemble, le soir les autres étaient de retour, et une fois le soleil couché ils avaient repris leur forme réelle.

—Demain, nous nous envolerons d'ici pour ne pas revenir de toute une année, mais nous ne pouvons pas t'abandonner ainsi. As-tu le courage de venir avec nous? Mon bras est assez fort pour te porter à travers le bois, comment tous ensemble n'aurions-nous pas des ailes assez puissantes pour voler avec toi par dessus la mer?

—Oui, emmenez-moi! dit Elisa.

Ils passèrent toute la nuit à tresser un filet de souple écorce de saule et de joncs résistants. Ce filet devint grand et solide, Elisa s'y étendit et lorsque parut le soleil et que les frères furent changés en cygnes, ils saisirent le filet dans leurs becs et s'envolèrent très haut, vers les nuages, portant leur sœur chérie encore endormie. Comme les rayons du soleil tombaient juste sur son visage, l'un des frères vola au-dessus de sa tête pour que ses larges ailes étendues lui fassent ombrage.

Ils étaient loin de la terre lorsque Elisa s'éveilla, elle crut rêver en se voyant portée au-dessus de l'eau, très haut dans l'air. À côté d'elle étaient placées une branche portant de délicieuses baies mûres et une botte de racines savoureuses, le plus jeune des frères était allé les cueillir et les avait déposées près d'elle, elle lui sourit avec reconnaissance car elle savait bien que c'était lui qui volait au-dessus de sa tête et l'ombrageait de ses ailes.

—Ils volaient si haut que le premier voilier apparu au-dessous d'eux semblait une mouette posée sur l'eau. Un grand nuage passait derrière eux, une véritable montagne sur laquelle Elisa vit l'ombre d'elle-même et de ses onze frères en une image gigantesque, ils formaient un tableau plus grandiose qu'elle n'en avait jamais vu, mais à mesure que le soleil montait et que le nuage s'éloignait derrière eux, ces ombres fantastiques s'effaçaient.

Tout le jour, ils volèrent comme une flèche sifflant dans l'air, moins vite pourtant que d'habitude puisqu'ils portaient leur sœur. Un orage se préparait, le soir approchait; inquiète, Elisa voyait le soleil décliner et le rocher solitaire n'était pas encore en vue. Il lui parut que les battements d'ailes des cygnes étaient toujours plus vigoureux. Hélas! c'était sa faute s'ils n'avançaient pas assez vite. Quand le soleil serait couché, ils devaient redevenir des hommes, tomber dans la mer et se noyer.

Alors, du plus profond de son cœur monta vers Dieu une ardente prière. Cependant elle n'apercevait encore aucun rocher, les nuages se rapprochaient, des rafales de vent de plus en plus violentes annonçaient la tempête, les nuages s'amassaient en une seule énorme vague de plomb qui s'avançait menaçante.

Le soleil était maintenant tout près de toucher la mer, le cœur d'Elisa frémit, les cygnes piquèrent une descente si rapide qu'elle crut tomber, mais très vite ils planèrent de nouveau. Maintenant le soleil était à moitié sous l'eau, alors seulement elle aperçut le petit récif au-dessous d'elle, pas plus grand qu'un phoque qui sortirait la tête de l'eau. Le soleil s'enfonçait si vite, il n'était plus qu'une étoile —alors elle toucha du pied le sol ferme—et le soleil s'éteignit comme la dernière étincelle d'un papier qui brûle. Coude contre coude, ses frères se tenaient debout autour d'elle, mais il n'y avait de place que pour eux et pour elle. La mer battait le récif, jaillissait et retombait sur eux en cascades, le ciel brûlait d'éclairs toujours recommencés et le tonnerre roulait ses coups répétés.

Alors la sœur et les frères, se tenant par la main, chantèrent un cantique où ils retrouvèrent courage.

À l'aube, l'air était pur et calme, aussitôt le soleil levé les cygnes s'envolèrent avec Elisa. La mer était encore forte et lorsqu'ils furent très hauts dans l'air, l'écume blanche sur les flots d'un vert sombre semblait des millions de cygnes nageant.

Lorsque le soleil fut plus haut, Elisa vit devant elle, flottant à demi dans l'air, un pays de montagnes avec des glaciers brillants parmi les rocs et un château d'au moins une lieue de long, orné de colonnades les unes au-dessus des autres. À ses pieds se balançaient des forêts de palmiers avec des fleurs superbes, grandes comme des roues de moulin. Elle demanda si c'était là le pays où ils devaient aller, mais les cygnes secouèrent la tête, ce qu'elle voyait, disaient-ils, n'était qu'un joli mirage, le château de nuées toujours changeant de la fée Morgane où ils n'oseraient jamais amener un être humain. Tandis qu'Elisa le regardait, montagnes, bois et château s'écroulèrent et voici surgir vingt églises altières, toutes semblables, aux hautes tours, aux fenêtres pointues. Elle croyait entendre résonner l'orgue mais ce n'était que le bruit de la mer. Bientôt les églises se rapprochèrent et devinrent une flotte naviguant au-dessous d'eux, et alors qu'elle baissait les yeux pour mieux voir, il n'y avait que la brume marine glissant à la surface.

Mais bientôt elle aperçut le véritable pays où ils devaient se rendre, pays de belles montagnes bleues, de bois de cèdres, de villes et de châteaux. Bien avant le coucher du soleil, elle était assise sur un rocher devant l'entrée d'une grotte tapissée de jolies plantes vertes grimpantes, on eût dit des tapis brodés.

—Nous allons bien voir ce que tu vas rêver, cette nuit, dit le plus jeune des frères en lui montrant sa chambre.

—Si seulement je pouvais rêver comment vous aider! répondit-elle.

Et cette pensée la préoccupait si fort, elle suppliait si instamment Dieu de l'aider que, même endormie, elle poursuivait sa prière. Alors il lui sembla qu'elle s'élevait très haut dans les airs jusqu'au château de la fée Morgane qui venait elle-même à sa rencontre, éblouissante de beauté et cependant semblable à la vieille femme qui lui avait offert des baies dans la forêt.

—Tes frères peuvent être sauvés! dit la fée, mais auras-tu assez de courage et de patience? Si la mer est plus douce que tes mains délicates, elle façonne pourtant les pierres les plus dures, mais elle ne ressent pas la douleur que tes doigts souffriront, elle n'a pas de cœur et ne connaît pas l'angoisse et le tourment que tu auras à endurer.

«Vois cette ortie que je tiens à la main, il en pousse beaucoup de cette sorte autour de la grotte où tu habites, mais celle-ci seulement et celles qui poussent sur les tombes du cimetière sont utilisables — cueille-les malgré les cloques qui brûleront ta peau, piétine-les pour en faire du lin que tu tordras, puis tresse-les en onze cottes de mailles aux manches longues, tu les jetteras sur les onze cygnes sauvages et le charme mauvais sera rompu. Mais n'oublie pas qu'à l'instant où tu commenceras ce travail, et jusqu'à ce qu'il soit terminé, même s'il faut des années, tu ne dois prononcer aucune parole, le premier mot que tu diras, comme un poignard meurtrier frappera le cœur de tes frères, de ta langue dépend leur vie. N'oublie pas!»

La fée effleura de l'ortie la main d'Elisa et la brûlure l'éveilla. Il faisait grand jour, et tout près de l'endroit où elle avait dormi, il y avait une ortie pareille à celle de son rêve. Alors elle tomba à genoux et remercia Notre-Seigneur puis elle sortit de la grotte pour commencer son travail.

De ses mains délicates, elle arrachait les orties qui brûlaient comme du feu formant de grosses cloques douloureuses sur ses mains et ses bras mais elle était contente de souffrir pourvu qu'elle pût sauver ses frères. Elle foula chaque ortie avec ses pieds nus et tordit le lin vert.

Au coucher du soleil les frères rentrèrent. Ils s'effrayèrent de la trouver muette, craignant un autre mauvais sort jeté par la méchante belle-mère, mais voyant ses mains, ils se rendirent compte de ce qu'elle faisait pour eux. Le plus jeune des frères se prit à pleurer et là où tombaient ses larmes, Elisa ne sentait plus de douleur, les cloques brûlantes s'effaçaient.

Elle passa la nuit à travailler n'ayant de cesse qu'elle n'eût sauvé ses frères chéris et tout le jour suivant, tandis que les cygnes étaient absents, elle demeura à travailler solitaire mais jamais le temps n'avait volé si vite. Une cotte de mailles était déjà terminée, elle commençait la seconde.

Alors un cor de chasse sonna dans les montagnes, elle en fut tout inquiète, le bruit se rapprochait, elle entendait les abois des chiens. Effrayée, elle se réfugia dans la grotte, lia en botte les orties qu'elle avait cueillies et démêlées et s'assit dessus.

À ce moment un grand chien bondit hors du hallier suivi d'un autre et d'un autre encore. Ils aboyaient très fort, couraient de tous côtés, au bout de quelques minutes tous les chasseurs étaient là devant la grotte et le plus beau d'entre eux, le roi du pays, s'avança vers Elisa. Jamais il n'avait vu fille plus belle.

—Comment es-tu venue ici, adorable enfant? s'écria-t-il.

Elisa secoua la tête, elle n'osait parler, le salut et la vie de ses frères en dépendaient. Elle cacha ses jolies mains sous son tablier pour que le roi ne vît pas sa souffrance.

—Viens avec moi, dit le roi, ne reste pas ici. Si tu es aussi bonne que belle, je te vêtirai de soie et de velours, je mettrai une couronne d'or sur ta tête et tu habiteras le plus riche de mes palais!

Il la souleva et la plaça sur son cheval, mais elle pleurait et se tordait les mains, alors le roi lui dit:

—Je ne veux que ton bonheur, un jour tu me remercieras!

Et il s'élança à travers les montagnes, la tenant devant lui sur son cheval et suivi au galop par les autres chasseurs.

Au soleil couchant la magnifique ville royale avec ses églises et ses coupoles s'étalait devant eux. Le roi conduisit la jeune fille dans le palais où les jets d'eau jaillissaient dans les salles de marbre, où les murs et les plafonds rutilaient de peintures, mais elle n'avait pas d'yeux pour ces merveilles; elle pleurait et se désolait. Indifférente, elle laissa les femmes la parer de vêtements royaux, tresser ses cheveux et passer des gants très fins sur ses doigts brûlés.

Alors, dans ces superbes atours, elle était si resplendissante de beauté que toute la cour s'inclina profondément devant elle et que le roi l'élut pour fiancée, malgré l'archevêque qui hochait la tête et murmurait que cette belle fille des bois ne pouvait être qu'une sorcière qui séduisait le cœur du roi.

Le roi ne voulait rien entendre, il commanda la musique et les mets les plus rares. Les filles les plus ravissantes dansèrent pour elle. On la conduisit à travers des jardins embaumés dans des salons superbes, mais pas le moindre sourire ne lui venait aux lèvres ni aux yeux, la douleur seule semblait y régner pour l'éternité. Le roi ouvrit alors la porte d'une petite pièce attenante à celle où elle devait dormir, qui était ornée de riches tapisseries vertes rappelant tout à fait la grotte où elle avait habité. La botte de lin qu'elle avait filée avec les orties était là sur le parquet et au plafond pendait la cotte de mailles déjà terminée,—un des chasseurs avait emporté tout ceci comme curiosité.

—Ici tu pourras rêver que tu es encore dans ton ancien logis, dit le roi, voici ton ouvrage qui t'occupait alors, ici, au milieu de tout ton luxe, tu t'amuseras à repenser à ce temps-là.

Quand Elisa vit ces choses qui lui tenaient tant à cœur, un sourire joua sur ses lèvres et le sang lui revint aux joues. Elle pensait au salut de ses frères et baisa la main du roi qui la pressa sur son cœur et ordonna de sonner toutes les cloches des églises. L'adorable fille muette des bois allait devenir reine.

L'archevêque avait beau murmuré de méchants propos aux oreilles du roi, ils n'allaient pas jusqu'à son cœur, la noce devait avoir lieu. C'est l'archevêque lui-même qui devait mettre la couronne sur la tête de la mariée et, dans sa malveillance, il enfonça avec tant de force le cercle étroit sur le front d'Elisa qu'il lui fit mal, mais une douleur autrement lourde lui serrait le cœur, le chagrin qu'elle avait pour ses frères. Sa bouche demeurait muette puisqu'un seul mot trancherait leur vie, mais ses yeux exprimaient un amour profond pour ce roi si bon et si beau qui ordonnait tout pour son plaisir. Jour après jour, elle s'attachait à lui davantage. Oh! si elle osait seulement se confier à lui, lui dire sa souffrance, mais non, il lui fallait être muette, muette elle devait achever son ouvrage. Aussi se glissait-elle la nuit hors de leur lit pour aller dans la petite chambre décorée comme la grotte et là, elle tricotait une cotte de mailles après l'autre. Quand elle fut à la septième, il ne lui restait plus de lin.

Elle savait que les orties qu'il lui fallait employer poussaient au cimetière, mais elle devait les cueillir elle-même, comment pourrait-elle sortir?

«Oh! qu'est-ce que la souffrance à mes doigts à côté du tourment de mon cœur, pensait-elle, il faut que j'ose, Dieu ne m'abandonnera pas!» Le cœur battant comme si elle commettait une mauvaise action, elle sortit dans la nuit éclairée par la lune, descendit au jardin, suivit les longues allées et les rues désertes jusqu'au cimetière. Là elle vit sur une des plus larges pierres tombales un groupe de hideuses sorcières. Elisa était obligée de passer à côté d'elles et elles la fixaient de leurs yeux mauvais, mais la jeune fille récita sa prière, cueillit des orties brûlantes et rentra au château.

Une seule personne l'avait vue: l'archevêque resté debout tandis que les autres dormaient. Ainsi il avait donc eu raison dans ses soupçons malveillants sur la reine, elle n'était qu'une sorcière!

Dans le secret du confessionnal, il dit au roi ce qu'il avait vu, ce qu'il craignait et quand ces paroles si dures sortirent de sa bouche, les saints de bois sculptés secouaient la tête comme s'ils voulaient dire que ce n'était pas vrai, qu'Elisa était innocente.

Des larmes amères coulaient sur les joues du roi, il rentra chez lui avec un doute au cœur. Maintenant, la nuit, il faisait semblant de dormir mais il ne trouvait pas le sommeil, il remarquait qu'Elisa se levait chaque nuit et chaque nuit il la suivait et la voyait disparaître dans sa petite chambre.

Jour après jour, il devenait plus sombre, Elisa le voyait bien mais ne se l'expliquait pas; elle s'inquiétait cependant et que ne souffrit-elle alors en son cœur pour ses frères! Ses larmes coulaient sur le velours et la pourpre royale, elles y tombaient comme des diamants scintillants, et les dames de la cour qui voyaient toute cette magnificence eussent bien voulu être reines à sa place.

Cependant, elle devait être bientôt au terme de son ouvrage, il ne manquait plus qu'une cotte de mailles, encore une fois elle n'avait plus de lin et plus une seule ortie. Il lui fallait encore une fois, la dernière, s'en aller au cimetière en cueillir quelques poignées. Elle redoutait cette course solitaire et les terribles sorcières, mais sa volonté restait ferme et aussi sa confiance en Dieu.

Elisa partit donc, mais le roi et l'archevêque la suivaient; ils la virent disparaître à la grille du cimetière et, quand eux-mêmes s'en approchèrent, ils virent les affreuses sorcières assises sur la dalle comme Elisa les avait vues. Alors le roi s'en retourna, il se la figurait parmi les sorcières, elle dont la tête avait, ce même soir, reposé sur sa poitrine.

—C'est le peuple qui la jugera, dit-il.

Le peuple la condamna, elle devait être brûlée vive.

Arrachée aux magnifiques salons royaux, Elisa fut jetée dans un cachot sombre et humide où le vent soufflait à travers les barreaux de la fenêtre; au lieu du velours et de la soie, on lui donna, pour poser sa tête, la botte d'orties qu'elle avait cueillie, les rudes cottes de mailles brûlantes qu'elle avait tricotées devaient lui servir de couvertures et de couette, mais aucun présent ne pouvait lui être plus cher. Elle se remit à son ouvrage en priant Dieu.

Vers le soir elle entendit un bruissement d'ailes de cygnes devant les barreaux: c'était le plus jeune des frères qui l'avait retrouvée. Alors elle sanglota de joie et pourtant elle savait que cette nuit serait sans doute la dernière de sa vie. Mais maintenant, l'ouvrage était presque achevé et ses frères étaient là....

L'archevêque arriva pour passer les heures ultimes avec elle—il l'avait promis au roi—mais elle, secouant la tête, le pria par ses regards et sa mimique de s'en aller, cette nuit même il fallait que son travail fût terminé, sinon tout aurait été inutile, sa douleur, ses larmes et ses nuits sans sommeil. L'archevêque la quitta sur quelques méchantes paroles, mais continua sa besogne.

Les petites souris couraient sur le plancher et traînaient des orties jusqu'à ses pieds afin de l'aider de leur mieux, et un merle se posa devant la fenêtre et siffla toute la nuit pour qu'elle ne perdît pas courage.

Ce n'était pas encore l'aube—le soleil ne se lèverait qu'une heure plus tard—quand les onze frères se présentèrent au portail du château. Ils demandaient qu'on les mène auprès du souverain mais on leur répondit que c'était tout à fait impossible. Sa Majesté dormait et nul n'eût osé le réveiller. Ils supplièrent, ils menacèrent jusqu'à ce que le garde parût et le roi lui-même. À cet instant, le soleil se leva, plus de frères, mais au-dessus du palais, onze cygnes sauvages volaient à tire-d'aile.

Maintenant la foule se pressait, tout le peuple voulait voir brûler la sorcière. Une vieille haridelle traînait la charrette où on l'avait assise vêtue d'une blouse de grosse toile, ses cheveux tombaient autour de son visage d'une mortelle pâleur, ses lèvres remuaient doucement tandis que ses doigts tordaient le lin vert. Même sur le chemin de la mort, elle n'abandonnerait pas l'œuvre commencée, dix cottes de mailles étaient posées à ses pieds, elle tricotait la onzième.

—Voyez la sorcière, qu'est-ce qu'elle marmonne? Elle n'a bien sûr pas de livre de psaumes dans les mains, mais bien toutes ses sorcelleries; arrachez-lui ça, mettez tout en pièces.

Ils se ruaient et se pressaient pour l'atteindre, mais voici venir par les airs onze cygnes blancs, ils se posèrent autour d'elle dans la charrette en battant de leurs larges ailes. La foule, épouvantée, recula.

—C'est un avertissement du ciel, elle est innocente, murmurait-on tout bas.

Déjà le bourreau saisissait sa main, alors en toute hâte elle jeta les onze cottes de mailles sur les cygnes, et à leur place parurent onze princes délicieux, le plus jeune avait une aile de cygne à la place d'un de ses bras, car il manquait encore une manche à la dernière tunique qu'elle n'avait pu terminer.

—Maintenant j'ose parler, s'écria-t-elle, je suis innocente.

Et le peuple, ayant vu le miracle, s'inclina devant elle comme devant une sainte, mais elle tomba inanimée dans les bras de ses frères, brisée par l'attente, l'angoisse et la douleur.

—Oui, elle est innocente! dit l'aîné des frères.

Il raconta tout ce qui était arrivé et, tandis qu'il parlait, un parfum se répandait comme des millions de roses. Chaque morceau de bois du bûcher avait pris racine et des branches avaient poussé formant un grand buisson de roses rouges. À sa cime, une fleur blanche resplendissait de lumière comme une étoile, le roi la cueillit et la posa sur la poitrine d'Elisa. Alors elle revint à elle.

Toutes les cloches des églises se mirent à sonner d'elles-mêmes et les oiseaux arrivèrent, volant en grandes troupes. Le retour au château fut un nouveau cortège nuptial comme aucun roi au monde n'en avait jamais vu.

Le dernier rêve du chêne

Au sommet de la falaise haute et ardue, en avant de la forêt qui arrivait jusqu'aux bords de la mer, s'élevait un chêne antique et séculaire. Il avait justement atteint trois cent soixante-cinq ans; on ne l'aurait jamais cru en voyant son apparence robuste.

Souvent, par les beaux jours d'été, les éphémères venaient s'ébattre et tourbillonner gaiement autour de sa couronne; une fois, une de ces petites créatures, après avoir voltigé longuement au milieu d'une joyeuse ronde, vint se reposer sur une des belles feuilles du chêne.

—Pauvre mignonne! dit l'arbre, ta vie entière ne dure qu'un jour. Que c'est peu! Comme c'est triste!

—Triste! répondit le gentil insecte, que signifie donc ce mot que j'entends parfois prononcer? Le soleil reluit si merveilleusement! l'air est si bon, si doux! je me sens tout transporté de bonheur.

—Oui, mais dans quelques heures, ce sera fini; tu seras trépassé.

—Trépassé? s'écria l'éphémère. Qu'est-ce encore que ce mot? Toi, es-tu aussi trépassé?

—Non, j'ai déjà vécu bien des milliers de jours; nos journées ce sont, à dire vrai, des saisons entières. Mais comment te faire comprendre cela? C'est une telle longueur de temps que cela doit dépasser tout ce que tu peux imaginer.

—En effet, je ne me figure pas bien, reprit l'insecte, ce que cela peut durer, mille jours. N'est-ce pas ce qu'on appelle l'éternité? En tout cas, si tu vis si longtemps, mon existence compte déjà mille moments où j'ai été joyeux et heureux. Et, quand tu mourras, est-ce que tout ce bel univers périra en même temps?

—Non certes, répliqua le chêne, il durera bien plus longtemps que moi; à mon tour, je ne puis me le figurer.

—Eh bien! alors nous en sommes au même point, sauf que nous calculons d'une façon différente.

Et l'éphémère reprit sa danse folle et s'élança dans les airs, s'amusant de l'éclat de ses ailes transparentes qui brillaient comme le plus beau satin; il respirait à pleins poumons l'air embaumé par les senteurs de l'églantier, des chèvrefeuilles, du sureau, de la menthe et par l'odeur du foin coupé; et l'insecte se sentait comme enivré, à force de respirer ces parfum. La journée continua à être splendide; l'éphémère se reposa encore plusieurs fois pour recommencer à tournoyer en ronde avec ses compagnons. Le soleil commença à baisser et l'insecte se sentit un peu fatigué de toute cette gaieté; ses ailes faiblissaient, et tout lentement il glissa le long du chêne jusque sur le doux gazon. Il vint à choir sur la feuille d'une pâquerette, et souleva encore une fois sa petite tête pour embrasser d'un regard la campagne riante et la mer bleue. Puis ses yeux se fermèrent; un doux sommeil s'empara de lui: c'était la mort.

Le lendemain, le chêne vit renaître d'autres éphémères; il s'entretint avec eux aussi et il les vit de même danser, folâtrer joyeusement et s'endormir paisiblement en pleine félicité. Ce spectacle se répéta souvent; mais l'arbre ne le comprenait pas bien; il avait cependant le temps de réfléchir: car si, chez nous autres hommes, nos pensées sont interrompues tous les jours par le sommeil, le chêne, lui, ne dort qu'en hiver; pendant les autres saisons, il veille sans cesse. Le temps approchait où il allait se reposer; l'automne était à sa fin. Déjà les taupes commençaient leur sabbat. Les autres arbres étaient déjà dépouillés, et le chêne aussi perdait tous les jours de ses feuilles.

«Dors, dors, chantaient les vents autour de lui. Nous allons te bercer gentiment, puis te secouer si fort que tes branches en craqueront d'aise. Dors bien, dors. C'est ta trois cent soixante-cinquième nuit. En réalité, comparé à nous, tu n'es qu'un enfant au berceau. Dors, dors bien! Les nuages vont semer de la neige; ce sera une belle et chaude couverture pour tes racines.

Et le chêne perdit toutes ses feuilles, et, en effet, il s'endormit pour tout le long hiver; et il eut bien des rêves, où sa vie passée lui revint en souvenir.

Il se rappela comment il était sorti d'un gland; comment, étant encore un tout mince arbuste, il avait failli être dévoré par une chèvre. Puis il avait grandi à merveille; plusieurs fois, les gardes de la forêt l'avaient admiré et avaient pensé à le faire abattre pour en tirer des mâts, des poutres, des planches solides. Il était cependant arrivé à son quatrième siècle, et aujourd'hui personne ne songeait plus à le faire couper; il était devenu l'ornement de la forêt; sa superbe couronne dépassait tous les autres arbres; et, de loin on l'apercevait de la mer et il servait de point de repère aux marins. Au printemps, dans ses hautes branches, les ramiers bâtissaient leur nid; le coucou y était à demeure et faisait, de là, résonner au loin son cri monotone. L'automne, quand les feuilles de chêne, toutes jaunies, ressemblent à des plaques de cuivre, les oiseaux voyageurs s'assemblaient de toutes parts sur ce géant de la forêt et s'y reposaient une dernière fois avant d'entreprendre le grand voyage d'outre-mer.

Maintenant donc, l'hiver était venu; après avoir longtemps résisté aux aquilons, les feuilles du chêne étaient presque toutes tombées; les corbeaux, les corneilles venaient se percher sur ses branches et taillaient des bavettes sur la dureté des temps, sur la famine prochaine qui s'annonçait pour eux.

Survint la veille du saint jour de Noël, et ce fut alors que le vieux chêne rêva le plus beau rêve de sa vie. Il avait le sentiment de la fête qui se préparait partout sur la terre, là où il y a des chrétiens; il sentait les vibrations des cloches qui sonnaient de toutes parts. Mais il se croyait en été, par une splendide journée. Et voici ce qui lui apparut:

Sa haute et vaste couronne était fraîche et verte; les rayons de soleil y jouaient à travers les branches et le feuillage, et projetaient des reflets dorés. L'air était embaumé de senteurs vivifiantes; des papillons aux milles couleurs voltigeaient de toutes parts et jouaient à cache-cache, puis à qui volerait le plus haut. Des myriades d'éphémères donnaient une sarabande.

Voilà qu'un brillant cortège s'avance: c'étaient les personnages que le vieux chêne avait vus tour à tour passer devant lui pendant la longue suite d'années qu'il avait vécues. En tête marchait une cavalcade, des pages, des chevaliers aux armures étincelantes, qui revenaient de la croisade, des châtelains vêtus de brocart sur des palefrois caparaçonnés, et tenant sur la main des faucons encapuchonnés; le cor de chasse retentit, la meute aboyait, le cerf fuyait. Puis arriva une troupe de reîtres et de lansquenets, aux vêtements bouffants et bariolés, armés de hallebardes et d'arquebuses; ils dressèrent leur tente sous le vieux chêne, allumèrent le feu et, au milieu d'une orgie, ils entonnèrent des chants de guerre et des refrains bachiques.

Toute cette bande bruyante disparut, et l'on vit s'avancer en silence un jeune couple; ils avaient des cheveux poudrés et la dame était couverte de rubans aux couleurs tendres; et le monsieur tailla dans l'écorce du chêne les initiales de leurs deux noms; et ils écoutèrent avec ravissement les sons doux et étranges de la harpe éolienne qui était suspendue dans les branches de l'arbre.

Et, tout à coup, le chêne éprouva comme si un nouveau et puissant courant de vie partant des extrémités de ses racines le traversait de part en part, montant jusqu'à sa cime, jusqu'au bout de ses plus hautes feuilles.

Il lui semblait qu'il grandissait comme autrefois, que, du sein de la terre, il puisait une nouvelle vigueur; et, en effet, son tronc s'élançait, sa couronne s'étendait en dôme, et montait toujours plus haut vers le ciel; et plus le chêne s'élevait, plus il éprouvait de bonheur, et il ne désirait que monter encore au-delà, jusqu'au soleil, dont les rayons brillants le pénétraient d'une chaleur bienfaisante. Et sa couronne était déjà parvenue au-dessus des nuages qui, comme une troupe de grands cygnes blancs, flottaient sous le bleu firmament.

C'était en plein jour, et cependant les étoiles devinrent visibles; elles luisaient de leur plus bel éclat; elles rappelaient au vieux chêne les yeux brillants des joyeux enfants qui souvent étaient venus s'ébattre autour de lui.

Au spectacle de cette immensité, on était transporté de la félicité la plus pure. Mais le vieux chêne sentait qu'il lui manquait quelque chose; il éprouvait l'ardent désir de voir les autres arbres de la forêt, les plantes, les fleurs et jusqu'aux moindres broussailles enlevées comme lui et mises en présence de toutes ces splendeurs. Oui, pour qu'il fût entièrement heureux, il les lui fallait voir tous autour de lui, grands et petits, prenant part à sa félicité.

Et ce sentiment agitait, faisait vibrer ses branches, ses moindres feuilles; sa couronne s'inclina vers la terre, comme s'il avait voulu adresser un signal aux muguets et aux violettes cachés sous la mousse, aussi bien qu'aux autres chênes, ses compagnons.

Il lui sembla apercevoir tout à coup un grand mouvement; les cimes de la forêt se soulevaient, les arbres se mirent à pousser, à grandir jusqu'à percer les nues. Les ronces, les plantes, pour s'élever plus vite, quittaient terre avec leurs racines et accouraient au vol. Les plus vite arrivés, ce furent les bouleaux; leurs troncs droits et blancs traversaient les airs comme des flèches, presque comme des éclairs. Et l'on vit arriver les joncs, les genêts, les fougères, et aussi les oiseaux qui, émerveillés du voyage, chantaient à tue-tête leurs plus beaux airs de fête. Les sauterelles juchées sur les brins d'herbes jouaient leur petite musique, accompagnées par les grillons, le susurrement des abeilles et le faux bourdon des hannetons. Tout ce joyeux concert faisait une délicieuse harmonie.

—Mais, dit le chêne, où est donc restée la petite fleur bleue qui borde le ruisseau, et la clochette, et la pâquerette?

—Nous y sommes tous, tous! disaient en chœur les fleurettes, les arbres, les plantes, les habitants de la forêt.

Le vieux chêne jubilait.

—Oui, tous, grands et petits, disait-il, pas un ne manque. Nous nageons dans un océan de délices! Quel miracle!

Et il se sentit de nouveau grandir; soudainement ses racines se détachèrent de terre.» C'est ce qu'il y a de mieux, pensa-t-il; me voilà dégagé de tous liens; je puis m'élancer vers la lumière éternelle et m'y précipiter avec tous les êtres chéris qui m'entourent, grands et petits, tous!

—Tous! dit l'écho. Ce fut la fin du rêve du vieux chêne. Une tempête terrible soufflait sur mer et sur terre.

Des vagues énormes assaillaient la falaise, enlevant des quartiers de roche; les vents hurlaient et secouaient le vieux chêne; sa vigueur éprouvée luttait contre la tourmente, mais un dernier coup de vent l'ébranla et l'enleva de terre avec sa racine; il tomba, au moment où il rêvait qu'il s'élançait vers l'immensité des cieux. Il gisait là; il avait péri après ses trois cent soixante-cinq ans, comme l'éphémère après sa journée d'existence.

Le matin, lorsque le soleil vint éclairer le saint jour de Noël, l'ouragan s'était apaisé. De toutes les églises retentissait le son des cloches; même dans la plus humble cabane régnait l'allégresse. La mer s'était calmée; à bord d'un grand navire qui, toute la nuit, avait lutté, tous les mâts étaient décorés, tous les pavillons hissés pour célébrer la grande fête.

—Tiens, dit un matelot, l'arbre de la falaise, le grand chêne, qui nous servait de point de repère pour reconnaître la côte, a disparu. Hier encore, je l'ai aperçu de loin; c'est la tempête qui l'a abattu.

—Que d'années il faudra pour qu'il soit remplacé, dit un autre matelot. Et encore, il n'y aura peut-être aucun autre arbre assez fort pour grandir, comme lui.

Ce fut l'oraison funèbre prononcée sur la fin du vieux chêne, qui était étendu sur la nappe de neige qui lui servait de linceul; elle était toute à son honneur et bien méritée, ce qui est si rare.

À bord du navire, les marins entonnèrent les psaumes et les cantiques de Noël, qui célèbrent la délivrance des hommes par le Fils de Dieu, qui leur a ouvert la voie de la vie éternelle: «La promesse est accomplie, chantaient-ils. Le Sauveur est né. Oh! joie sans pareille! Alléluia! Alléluia!»

Et ils sentaient leurs cœurs élevés vers le ciel et transportés, tout comme le vieux chêne, dans son dernier rêve, s'était senti entraîné vers la lumière éternelle.

L'escargot et le rosier

Le jardin était entouré d'une haie de noisetiers et au-dehors s'étendaient des champs et des prés. Au milieu du jardin fleurissait un rosier, et sous le rosier vivait un escargot. Et qu'y avait-il dans l'escargot? Eh bien, lui-même.

—Attendez un peu que mon temps arrive! disait-il. Je ferai des choses bien plus grandioses que de fleurir, porter des noisettes ou donner du lait comme des vaches et des moutons.

—À vrai dire, j'attends de vous de grandes choses, approuva le rosier. Mais puis-je vous demander quand les ferez-vous?

—Je prends mon temps, répondit l'escargot. Vous êtes toujours si pressé. Attendre est plus excitant. Un an plus tard, l'escargot était presque au même endroit sous le rosier et se réchauffait au soleil. Le rosier eut beaucoup de boutons cette année-là, qui devinrent des fleurs toujours fraîches et toujours nouvelles. L'escargot s'avança.

—Tout est exactement comme l'année dernière. Aucun progrès nulle part. Le rosier a toujours ses roses, cela ne va pas plus loin. L'été passa, l'automne aussi et le rosier avait toujours ses boutons et ses fleurs et il en eut jusqu'à la première neige. Le temps devient froid et pluvieux. Le rosier se pencha et l'escargot se cacha sous la terre. Puis, une nouvelle année commença et réapparurent et les petites roses et l'escargot.

—Vous êtes déjà vieux, Monsieur le rosier, dit-il, vous devrez bientôt penser à dépérir. Vous avez déjà donné au monde tout ce que vous pouviez. Que cela ait servi à quelque chose est une autre question, je n'ai pas eu le temps d'y réfléchir. Mais il est évident que vous n'avez rien fait du tout pour votre épanouissement personnel sans quoi vous auriez produit bien mieux que cela. Vous mourrez bientôt et vous ne serez plus que branches nues.

—Vous m'effrayez, dit le rosier. Je n'y ai jamais réfléchi.

—Évidemment, vous ne vous livrez jamais à la réflexion. N'avez-vous jamais essayé de comprendre pourquoi vous fleurissiez et comment seulement cela se produit? Pourquoi cela se passe ainsi et pas autrement?

—Non, répondit le rosier. Je fleurissais joyeusement, car je ne pouvais pas faire autrement. De la terre montait en moi une force, et une force me venait aussi d'en haut, je sentais un bonheur toujours neuf, toujours grand, et c'est pourquoi je devais toujours fleurir. C'était ma vie, je ne pouvais pas faire autrement.

—Vous avez mené une vie bien facile, dit l'escargot.

—En effet, tout m'a été donné, acquiesça le rosier, mais vous avez reçu encore bien davantage! Vous êtes de ces natures qui réfléchissent et méditent et vous avez un grand talent qui, un jour, étonnera le monde.

—Ce n'est absolument pas dans mes intentions, répondit l'escargot. Le monde ne m'intéresse pas. En quoi me concerne-t-il? Je me suffis amplement.

—Mais nous tous, ne devrions-nous pas donner aux autres le meilleur de nous-mêmes? Apporter ce que nous pouvons? Je sais, je ne donne que mes roses, mais vous? Que donnez-vous au monde?

—Ce que j'ai donné? Ce que je lui donne? Je crache sur le monde! Il ne sert à rien! Je me fiche de lui! Vous, continuez à faire éclore vos roses, de toute façon vous ne savez pas mieux faire. Que le noisetier donne ses noisettes, les vaches et les brebis leur lait, ils ont tous leur public. Moi, je n'ai besoin que de moi. Et l'escargot rentra dans sa coquille et la referma sur lui.

—C'est bien triste, regretta le rosier. Moi, j'ai beau faire, je ne peux pas rentrer en moi, il faut toujours que je forme des boutons et que je les fasse éclore. Les pétales tombent et le vent les emporte. J'ai vu pourtant une femme déposer une petite rose dans son missel, une autre de mes roses a trouvé sa place sur la poitrine d'une belle jeune fille et une autre reçut des baisers d'un enfant heureux. Cela m'a fait bien plaisir, un vrai bonheur. Voilà mes souvenirs, ma vie! Et le rosier continua à fleurir dans l'innocence et l'escargot à somnoler dans sa petite maison, car le monde ne le concernait pas. Des années et des décennies passèrent. L'escargot et le rosier devinrent poussière dans la poussière. Même la petite rose dans le missel se décomposa... mais dans le jardin fleurirent de nouveaux rosiers et à leurs pieds grandirent de nouveaux escargots; ils se recroquevillaient toujours dans leurs maisons et ils crachaient... le monde ne les concernait pas. Allons-nous relire cette histoire une nouvelle fois?... Elle ne sera pas différente.

La fée du sureau

Il y avait une fois un petit garçon enrhumé; il avait eu les pieds mouillés. Où ça? Nul n'aurait su le dire, le temps étant tout à fait au sec.

Sa mère le déshabilla, le mit au lit et apporta la bouilloire pour lui faire une bonne tasse de tisane de sureau cela réchauffe! Au même instant, la porte s'ouvrit et le vieux monsieur si amusant qui habitait tout en haut de là maison entra. Il vivait tout seul n'ayant ni femme ni enfants, mais il adorait tous les enfants et savait raconter tant de contes et d'histoires pour leur faire plaisir.

—Bois ta tisane, dit la mère, et peut-être monsieur te dira-t-il un conte.

—Si seulement j'en connaissais un nouveau, dit le vieux monsieur en souriant doucement. Mais où donc le petit s'est-il mouillé les pieds?

—Ah! ça, dit la mère, je me le demande....

—Est-ce que vous me direz un conte? demande le petit garçon.

—Bien sûr, mais il faut d'abord que je sache exactement la profondeur de l'eau du caniveau de la petite rue que tu prends pour aller à l'école.

—L'eau monte juste à la moitié des tiges de mes bottes, si je passe à l'endroit le plus profond.

—Eh bien voilà où nous avons eu les pieds mouillés, dit le vieux monsieur. Je te dois un conte et je n'en sais plus.

—Vous pouvez en inventer un immédiatement. Maman dit que tout ce que vous regardez, vous pouvez en faire un conte et que de tout ce que vous touchez peut sortir une histoire.

—Mais ces contes et des histoires ne valent rien. Les vrais doivent naître tout seuls et me frapper le front en disant: Me voilà!

—Est-ce que ça va frapper bientôt? demanda le petit garçon.

La maman se mit à rire, elle jeta quelques feuilles de sureau dans la théière et versa l'eau bouillante dessus.

—Racontez! racontez!

—Avec plaisir, si un conte venait tout seul, mais il est souvent capricieux et n'arrive que lorsque ça lui chante. Stop! s'écria-t-il tout d'un coup, en voilà un! Attention, il est là sur la théière!

Le petit garçon tourna les yeux vers la théière. Le couvercle se soulevait de plus en plus et des fleurs en jaillissaient, si fraîches et si blanches; de longues feuilles vertes sortaient même par le bec, cela devenait un ravissant buisson de sureau, tout un arbre bientôt qui envahissait le lit, en repoussant les rideaux. Que de fleurs, quel parfum! et au milieu de l'arbre une charmante vieille dame était assise. Elle portait une drôle de robe toute verte parsemée de grandes fleurs blanches; on ne voyait pas tout de suite si cette robe était faite d'une étoffe ou de verdure et de fleurs vivantes.

—Comment s'appelle-t-elle, cette dame? demanda le petit garçon.

—Oh! bien sûr, les Romains et les Grecs auraient dit que c'était une dryade, mais nous ne connaissons plus tout ça. Ici, à Nyboder, on l'appelle «la fée du Sureau». Regarde-la bien et écoute-moi....

Il y a à Nyboder un arbre tout fleuri pareil à celui-ci; il a poussé dans le coin d'une petite ferme très pauvre. Sous son ombrage, par une belle après-midi de soleil, deux bons vieux, un vieux marin et sa vieille épouse étaient assis. Arrière-grands-parents déjà, ils devaient bientôt célébrer leurs noces d'or, mais ne savaient pas au juste à quelle date. La fée du Sureau, assise dans l'arbre, avait l'air de rire. "Je connais bien, moi, la date des noces d'or!" Mais eux ne l'entendaient pas, ils parlaient des jours anciens.

—Te souviens-tu, disait le vieux marin, du temps que nous étions petits, nous courions et nous jouions justement dans cette même cour où nous sommes assis et nous piquions des baguettes dans la terre pour faire un jardin.

—Bien sûr, je me rappelle, répondit sa femme. Nous arrosions ces branches taillées et l'une d'elles, une branche de sureau, prit racine, bourgeonna et devint par la suite le grand arbre sous lequel nous deux, vieux, sommes assis.

—Oui, dit-il, et là, dans le coin, il y avait un grand baquet d'eau, mon bateau, que j'avais taillé moi-même, y naviguait! Mais bientôt, c'est moi qui devais naviguer d'une autre manière.

—Mais d'abord nous avions été à l'école pour tâcher d'apprendre un peu quelque chose; puis ce fut notre confirmation, on pleurait tous les deux. L'après-midi, nous montions tout au haut de la Tour Ronde, la main dans la main, et nous regardions de là-haut le vaste monde, et Copenhague et la mer. Après, nous sommes allés à Frederiksberg, où le roi et la reine, dans leurs barques magnifiques, voguaient sur les canaux.

—Mais je devais vraiment voguer tout autrement, et durant de longues années, et pour de grands voyages!

—Ce que j'ai pleuré à cause de toi! dit-elle, je croyais que tu étais mort et noyé, tombé tout au fond de la mer. Souvent, la nuit, je me levais et regardais la girouette pour voir si elle tournait. Elle tournait tant et plus, mais toi tu n'arrivais pas. Je me souviens si bien de la pluie torrentielle qui tombait un jour. Le boueur devait passer devant la maison où je servais; je descendis avec la poubelle et restai à la porte. Quel temps! Et comme j'attendais là, le facteur passa et me remit une lettre, une lettre de toi! Ce qu'elle avait voyagé! Je me jetai dessus et commençai à lire, je riais, je pleurais, j'étais si heureuse! Tu écrivais que tu étais dans les pays chauds où poussent les grains de café. Quel pays béni ce doit être! Tu en racontais des choses, et je lisais tout ça debout, ma poubelle près de moi, tandis que la pluie tombait en tourbillons. Tout d'un coup, derrière moi, quelqu'un nie prit par la taille....

—Et tu lui allongeas une bonne claque sur l'oreille....

—Mais je ne savais pas que c'était toi! Tu étais arrivé en même temps que la lettre et tu étais si beau!... Tu l'es encore. Tu avais un grand mouchoir de soie jaune dans la poche et un suroît reluisant. Tu étais très élégant. Dieu, quel temps et comme la rue était sale!

—Ensuite nous nous sommes mariés, dit-il; tu te souviens quand nous avons eu le premier garçon, et puis Marie, et Niels et Peter et Hans Christian?

—Oui, tous grands et tous de braves gens que tout le monde aime.

—Et leurs enfants, à leur tour, ont eu des petits! dit le vieil homme, de solides gaillards aussi! Il me semble que c'est bien à cette époque-ci de l'année que nous nous sommes mariés?

—Oui, c'est justement aujourd'hui le jour de vos noces d'or, dit la fée du Sureau en passant sa tête entre eux deux. Ils crurent que c'était la voisine qui les saluait, ils se regardaient, se tenant par la main.

Peu après arrivèrent les enfants et petits-enfants; ils savaient, eux, qu'on fêtait les noces d'or, ils avaient déjà le matin apporté leurs vœux. Les vieux l'avaient oublié, alors qu'ils se rappelaient si bien ce qui s'était passé de longues années auparavant.

Le sureau embaumait, le soleil couchant illuminait les visages des vieux et les rendait tout rubiconds, le plus jeune des petits enfants dansait tout autour et criait, tout heureux que ce fût jour de fête, qu'on allait manger des pommes de terre chaudes. La fée du Sureau souriait dans l'arbre et criait «Bravo» avec les autres.

—Mais ce n'est pas du tout un conte, dit le petit garçon qui écoutait.

—Tu dois t'y connaître, dit celui qui racontait. Demandons un peu à notre fée.

Ce n'était pas un conte, dit-elle, mais il va venir maintenant. De la réalité naît le plus merveilleux des contes, sans quoi mon délicieux buisson ne serait pas jailli de la théière.

Elle prit le petit garçon dans ses bras contre sa poitrine. La verdure et les fleurs les enveloppant formaient autour d'eux une tonnelle qui s'envola avec eux à travers l'espace. Voyage délicieux. La fée était devenue subitement une petite fille, en robe verte et blanche avec une grande fleur de sureau sur la poitrine, et sur ses blonds cheveux bouclés, une couronne. Ses yeux étaient si grands, si bleus! Quel plaisir de la regarder! Les deux enfants s'embrassèrent, ils avaient le même âge et les mêmes goûts.

La main dans la main, ils sortirent de la tonnelle et les voici dans leur jardin fleuri. Sur le frais gazon de la pelouse, la canne du père était restée; simple bois sec, elle était vivante pour les petits. Sitôt qu'ils l'enfourchèrent, le pommeau poli se transforma en une belle tête hennissante, la noire crinière voltigeait. Quatre pattes à la fois fines et fortes lui poussèrent, l'animal était robuste et fougueux. Au galop, ils tournaient autour de la pelouse. Hue! Hue!

Nous voilà partis, dit le petit garçon, à des lieues de chez nous, nous allons jusqu'au château où nous étions l'an passé. Et ils tournaient et tournaient autour de la pelouse, la petite fille, qui n'était autre que la fée, s'écriait:

—Nous voici dans la campagne, vois-tu la maison du paysan avec le grand four qui a l'air d'un immense œuf sur le mur du côté de la route, le sureau étend ses branches au-dessus et le coq gratte la terre pour les poules et se rengorge! Nous voici à l'église, elle est tout en haut de la côte, au milieu des grands chênes dont l'un est presque mort. Et nous voici à la forge où brûle un grand feu, où des hommes à moitié nus tapent de leurs marteaux, faisant voler les étincelles de tous côtés. En route, en route vers le beau château!

Tout ce dont parlait la petite fille assise derrière, sur la canne, se déroulait devant eux; le garçon le voyait, et cependant ils ne tournaient qu'autour de la pelouse.

Ensuite ils jouèrent dans l'allée et dessinèrent un jardin sur le sol; la petite fille enleva une fleur de sureau de sa tête et la planta. Et cette fleur poussa exactement comme cela s'était passé devant nos deux vieux de Nyboder, quand ils étaient Petits—comme nous l'avons raconté tout à l'heure.

Ils marchèrent la main dans la main, comme les vieux étant enfants, mais ils ne montèrent pas sur la Tour Ronde et ne visitèrent pas le jardin de Frederiksberg, non, la petite fille tenait le garçon par la taille et ils volaient à travers le Danemark.

Le printemps se déroula, puis l'été, et l'automne et l'hiver; mille images se reflétaient dans les yeux du garçon et, dans son cœur, toujours la petite fille chantait: «Tu n'oublieras jamais tout ça!» Le sureau, tout au long du voyage embaumait si exquisément. Le garçon sentait bien les roses et la fraîcheur des hêtres, mais le parfum du sureau était bien plus ensorcelant car ses fleurs reposaient sur le cœur de la petite fille et dans la course la tête du garçon se tournait souvent vers elle.

—Comme c'est beau, ici, au printemps, dit la petite fille, tandis qu'ils passaient dans la forêt de hêtres aux bourgeons nouvellement éclos; le muguet embaumait à leurs pieds et les anémones roses faisaient bel effet sur l'herbe verte. Ah! si c'était toujours le printemps dans l'odorante forêt de hêtres danoise.

—Comme c'est beau ici, en été, dit-elle, tandis qu'à toute allure ils passaient devant les vieux châteaux du moyen âge, où les murs rouges et les pignons crénelés se reflétaient dans les fossés où les cygnes nageaient et levaient la tête vers les allées ombreuses et fraîches. Les blés ondulaient comme une mer dans la plaine, les fossés étaient pleins de fleurs rouges et jaunes et les haies de houblon sauvage et de liserons et le doux parfum des meules de foin flottait sur les prés. Le soir, la lune monta toute ronde dans le ciel. Cela ne s'oublie jamais.

—Comme c'est beau, ici, à l'automne, dit la petite, et le ciel devint deux fois plus élevé et plus intensément bleu, les plus ravissantes couleurs de rouge, de jaune et de vert envahirent la forêt, les chiens de chasse galopaient à toute allure, des bandes d'oiseaux sauvages s'envolaient en criant au-dessus des tumulus où les ronces s'accrochaient aux vieilles pierres, la mer était bleu-noir avec des voiliers blancs et dans la grange les femmes, les jeunes filles, les enfants égrenaient le sureau dans un grand récipient. Les jeunes chantaient des romances, les vieux racontaient des histoires de lutins et de sorciers.

—Comme c'est beau, ici, l'hiver! dit la petite fille. Tous les arbres couverts de givre semblaient de corail blanc. La neige crissait sous les pieds comme si l'on avait des chaussures neuves, et les étoiles filantes tombaient du ciel l'une après l'autre.

Dans la salle on allumait l'arbre de Noël. C'était l'heure des cadeaux et de la bonne humeur; dans la campagne le violon chantait; chez les paysans les beignets de pommes sautaient dans la graisse et même les plus pauvres enfants disaient: «Que c'est bon l'hiver!»

Oui, tout était exquis quand la petite fille l'expliquait au garçon. Toujours le sureau embaumait, et toujours flottait le drapeau rouge à la croix blanche, sous lequel le vieux marin de Nyboder avait navigué. Le garçon devenait un jeune homme; il devait partir dans le vaste monde, loin, loin, vers les pays chauds où pousse le café. Au moment de l'adieu, la petite fille prit sur sa poitrine une fleur de sureau et la lui tendit afin qu'il la garde entre les pages de son livre de psaumes, et, chaque fois que dans les pays étrangers il ouvrait son livre, c'était juste à la place de la fleur du souvenir.

À mesure qu'il la regardait, elle devenait de plus en plus fraîche, il lui semblait sentir le parfum des forêts danoises. Au milieu des pétales de la fleur, il voyait la petite fille aux clairs yeux bleus et elle lui murmurait: «Qu'il fait bon au printemps, en été, en automne, en hiver».

Des centaines d'images glissaient dans ses pensées.

Les années passèrent. Il devint un vieil homme assis avec sa femme sous un arbre en fleurs, la tenant par la main comme les aïeux de Nyboder, et, comme eux, ils parlaient des jours anciens, des noces d'or. La petite fée aux yeux bleus avec des fleurs dans les cheveux, était assise dans l'arbre et les saluait de la tête, en disant: «C'est le jour de vos noces d'or!» Elle prit deux fleurs de sa couronne posa deux baisers, alors elles brillèrent d'abord comme de l'argent, puis comme de l'or, et, lorsqu'elle les posa sur la tête des vieilles gens, chaque fleur devint une couronne. Tous deux étaient assis là, comme roi et reine, sous l'arbre odorant qui avait bien l'air d'un sureau, et le mari raconta à sa vieille l'histoire de la fée du Sureau comme on la lui avait contée quand il était un petit garçon et tous les deux trouvèrent qu'elle ressemblait à leur propre histoire, les passages les plus semblables étaient ceux qui leur plaisaient le plus.

—Oui, c'est ainsi, dit la fée dans l'arbre, les uns m'appellent fée, les autres dryade, mais mon vrai nom est «Souvenir». Je suis assise dans l'arbre qui pousse et qui repousse et je me souviens et je raconte! Fais-moi voir si tu as gardé mon cadeau.

Le vieil homme ouvrit son livre de psaumes; la fleur de sureau était là, fraîche comme si on venait de l'y déposer. Alors, «Souvenir» sourit, les deux vieux avec leur couronne d'or sur la tête, assis dans la lueur rouge du soleil couchant, fermèrent les yeux et l'histoire est finie.

Le petit garçon, dans son lit, ne savait pas s'il avait dormi ou s'il avait entendu un conte. La théière était là, sur la table, mais aucun sureau n'en jaillissait, et le vieux monsieur qui avait raconté l'histoire, allait justement s'en aller.

—Comme c'était joli, maman, dit le petit garçon. J'ai été dans les pays chauds.—Oui, ça, je veux bien le croire, dit la mère, quand on a dans le corps deux tasses de tisane de sureau brûlante, on doit bien se sentir dans les pays chauds.

Elle remonta bien les couvertures pour qu'il ne se refroidisse plus.

—Tu as sûrement dormi pendant que je me disputais avec le monsieur pour savoir si c'était un conte ou une histoire!

—Où est la fée du Sureau? demanda l'enfant.

—Elle est là, sur la théière, dit la mère, eh bien, qu'elle y reste.

Les fleurs de la petite Ida

Les pauvres fleurs sont tout à fait mortes! dit la petite Ida, elles étaient si belles hier soir, et maintenant toutes les feuilles pendent! Pourquoi? demanda-t-elle à l'étudiant assis sur le sofa.

Elle l'aimait beaucoup, l'étudiant, il savait les plus délicieuses histoires et découpait des images si amusantes: des cœurs avec des petites dames au milieu qui dansaient; des fleurs et de grands châteaux dont on pouvait ouvrir les portes, c'était un étudiant plein d'entrain.

—Eh bien! sais-tu ce qu'elles ont? dit l'étudiant. Elles sont allées au bal cette nuit, c'est pourquoi elles sont fatiguées.

—Mais les fleurs ne savent pas danser! dit la petite Ida.

—Si, quand vient la nuit et que nous autres nous dormons, elles sautent joyeusement de tous les côtés. Elles font un bal presque tous les soirs.

—Est-ce que les enfants ne peuvent pas y aller?

—Si, dit l'étudiant. Les enfants de fleurs, les petites anthémis et les petits muguets.

—Où dansent les plus jolies fleurs? demanda la petite Ida.

—N'es-tu pas allée souvent devant le grand château que le roi habite l'été, où il y a un parc délicieux tout plein de fleurs? Tu as vu les cygnes qui nagent vers toi quand tu leur donnes des miettes de pain, c'est là qu'il y a un vrai bal, je t'assure!

—J'ai été dans le parc hier avec maman, dit Ida, mais toutes les feuilles étaient tombées des arbres et il n'y avait pas une seule fleur! Où sont-elles donc? L'été, j'en avais vu des quantités.

—Elles sont à l'intérieur du château, dit l'étudiant. Dès que le roi et les gens de la cour s'installent à la ville, les fleurs montent du parc au château et elles sont d'une gaieté folle.

—Mais, demanda Ida, est-ce que personne ne punit les fleurs parce qu'elles dansent au château du roi?

—Personne ne s'en doute. Parfois, la nuit, le vieux gardien fait sa ronde. Il a un grand trousseau de clés. Dès que les fleurs entendent leur cliquetis, elles restent tout à fait tranquilles, cachées derrière les grands rideaux et elles passent un peu la tête seulement. "Je sens qu'il y a des fleurs ici," dit le vieux gardien, mais il ne peut les voir.

—Que c'est amusant! dit la petite Ida en battant des mains, est-ce que je ne pourrai pas non plus les voir?

—Si, souviens-toi lorsque tu iras là-bas de jeter un coup d'œil à travers la fenêtre, tu les verras bien. Je l'ai fait aujourd'hui, il y avait une grande jonquille jaune étendue sur le divan, elle croyait être une dame d'honneur!

—Est-ce que les fleurs du jardin botanique peuvent aussi aller là-bas?

—Oui, bien sûr, car si elles veulent, elles peuvent voler. N'as-tu pas vu les beaux papillons rouges, jaunes et blancs, ils ont presque l'air de fleurs, ils l'ont été du reste. Ils se sont arrachés de leur tige et ont sauté très haut en l'air en battant de leurs feuilles comme si c'étaient des ailes et ils se sont envolés. Et comme ils se conduisaient fort bien, ils ont obtenu le droit de voler aussi dans la journée, de ne pas rentrer chez eux pour s'asseoir immobiles sur leur tige. Les pétales, à la fin, sont devenus de vraies ailes.

—Il se peut du reste que les fleurs du jardin botanique n'aient jamais été au château du roi, ni même qu'elles sachent combien les fêtes y sont gaies.

—Et je vais te dire quelque chose qui étonnerait bien le professeur de botanique qui habite à côté (tu le connais). Quand tu iras dans son jardin, tu raconteras à une des fleurs qu'il y a grand bal au château la nuit, elle le répétera à toutes les autres et elles s'envoleront. Si le professeur descend ensuite dans son jardin, il ne trouvera plus une fleur et il ne pourra comprendre ce qu'elles sont devenues!

—Mais comment une fleur peut-elle le dire aux autres fleurs? Elles ne savent pas parler.

—Évidemment, dit l'étudiant, mais elles font de la pantomime! N'as-tu pas remarqué quand le vent souffle un peu comme les fleurs inclinent la tête et agitent leurs feuilles vertes? C'est aussi expressif que si elles parlaient.

—Est-ce que le professeur comprend la pantomime? demanda Ida.

—Bien sûr. Un matin, comme il descendait dans son jardin, il vit une ortie qui faisait de la pantomime avec ses feuilles à un ravissant œillet rouge. Elle disait: «Tu es si joli, et je t'aime tant!» Mais le professeur n'aime pas cela du tout, il donna aussitôt une grande tape à l'ortie sur les feuilles qui sont ses doigts, mais ça l'a terriblement brûlé et depuis il n'ose plus jamais toucher à l'ortie.

—C'est amusant, dit la petite Ida en riant.

—Comment peut-on raconter de telles balivernes, dit le conseiller de chancellerie venu en visite et qui était assis sur le sofa. Il n'aimait pas du tout l'étudiant et grognait tout le temps quand il le voyait découper des images si amusantes: un homme pendu à une potence et tenant un cœur à la main, car il avait volé bien des cœurs.

Le conseiller n'appréciait pas du tout cela et il disait comme maintenant: «Comment peut-on mettre des balivernes pareilles dans la tête d'un enfant? Quelles inventions stupides!»

Mais la petite Ida trouvait très amusant ce que l'étudiant racontait et elle y pensait beaucoup.

La tête des fleurs pendait parce qu'elles étaient fatiguées d'avoir dansé toute la nuit, elles étaient certainement malades. Elle les apporta près de ses autres jouets étalés sur une jolie table, dont le tiroir était plein de trésors. Dans le petit lit était couchée sa poupée Sophie qui dormait, mais Ida lui dit: «Il faut absolument te lever, Sophie, et te contenter du tiroir pour cette nuit; ces pauvres fleurs sont malades, et si elles couchent dans ton lit, peut-être qu'elles guériront!» Elle fit lever la poupée qui avait un air revêche et ne dit pas un mot, elle était fâchée de prêter son lit.

Ida coucha les fleurs dans le lit de poupée, tira la petite couverture sur elles jusqu'en haut et leur dit de rester bien sagement tranquilles, qu'elle allait leur faire du thé afin qu'elles guérissent et puissent se lever le lendemain. Elle tira les rideaux autour du petit lit pour que le soleil ne leur vînt pas dans les yeux.

Toute la soirée, elle ne put s'empêcher de penser à ce que l'étudiant lui avait raconté et quand vint l'heure d'aller elle-même au lit, elle courut d'abord derrière les rideaux des fenêtres dans l'embrasure desquelles se trouvaient, sur une planche, les ravissantes fleurs de sa mère, des jacinthes et des tulipes, et elle murmura tout bas: «Je sais bien que vous devez aller au bal!»

Les fleurs firent semblant de ne rien entendre.

La petite Ida savait pourtant ce qu'elle savait....

Lorsqu'elle fut dans son lit, elle resta longtemps à penser. Comme ce serait plaisant de voir danser ces jolies fleurs là-bas, dans le château du roi.

—Est-ce que vraiment mes fleurs y sont allées?

Là-dessus, elle s'endormit.

Elle se réveilla au milieu de la nuit; elle avait rêvé de fleurs et de l'étudiant que le conseiller grondait et accusait de lui mettre des idées stupides et folles dans la tête.

Le silence était complet dans la chambre d'Ida, la veilleuse brûlait sur la table, son père et sa mère dormaient.

Mes fleurs sont-elles encore couchées dans le lit de Sophie? se dit-elle. Elle se souleva un peu et jeta un coup d'œil vers la porte entrebâillée. Elle tendit l'oreille et il lui sembla entendre que l'on jouait du piano dans la pièce à côté, mais tout doucement. Jamais elle n'avait entendu une musique aussi délicate.

—Toutes les fleurs doivent danser maintenant! dit-elle. Mon Dieu! que je voudrais les voir! Mais elle n'osait se lever.

«Si seulement elles voulaient entrer ici», se dit-elle.

Mais les fleurs ne venaient pas et la musique continuait à jouer, si légèrement. À la fin, elle n'y tint plus, c'était trop délicieux, elle se glissa hors de son petit lit et alla tout doucement jusqu'à la porte jeter un coup d'œil.

Il n'y avait pas du tout de veilleuse dans cette pièce, mais il y faisait tout à fait clair, la lune brillait à travers la fenêtre et éclairait juste le milieu du parquet. Toutes les jacinthes et les tulipes se tenaient debout en deux rangs, il n'y en avait plus du tout dans l'embrasure de la fenêtre où ne restaient que les pots vides. Sur le parquet, les fleurs dansaient gracieusement.

Un grand lis rouge était assis au piano. Ida était sûre de l'avoir vu cet été car elle se rappelait que l'étudiant avait dit: «Oh! comme il ressemble à Mademoiselle Line!» et tout le monde s'était moqué de lui. Maintenant Ida trouvait que la longue fleur ressemblait vraiment à cette demoiselle, et elle jouait tout à fait de la même façon qu'elle.

Puis elle vit un grand crocus bleu sauter juste au milieu de la table où se trouvaient les jouets. Il alla droit vers le lit des poupées et en tira les rideaux. Les fleurs malades y étaient couchées mais elles se levèrent immédiatement et firent signe aux autres en bas qu'elles aussi voulaient danser.

Ida eut l'impression que quelque chose était tombé de la table. Elle regarda de ce côté et vit que c'était la verge de la Mi-Carême qui avait sauté par terre. Ne croyait-elle pas être aussi une fleur?

Il était très joli, après tout, ce martinet. À son sommet était une petite poupée de cire qui avait sur la tête un large chapeau.

La verge de la Mi-Carême sauta sur ses trois jambes de bois rouge, en plein milieu des fleurs. Elle se mit à taper très fort des pieds car elle dansait la mazurka, et cette danse-là, les autres fleurs ne la connaissaient pas.

Tout à coup, la poupée de cire du petit fouet de la Mi-Carême devint grande longue, elle tourbillonna autour des fleurs de papier et cria très haut: «Peut-on mettre des bêtises pareilles dans la tête d'un enfant! Ce sont des inventions stupides!» Et alors, elle ressemblait exactement au conseiller de la chancellerie, avec son large chapeau, elle aussi était jaune et aussi grognon. Les fleurs en papier lui donnèrent des coups sur ses maigres jambes et elle se ratatina de nouveau et redevint une petite poupée de cire.

Le fouet de la Mi-Carême continuait à danser et le conseiller était obligé de danser avec. Il n'y avait rien à faire: il se faisait grand et long et tout d'un coup redevenait la petite poupée de cire jaune au grand chapeau noir.

Les fleurs prièrent alors le martinet de s'arrêter, surtout celles qui avaient couché dans le lit de poupée, et cette danse cessa.

Mais voilà qu'on entendit des coups violents frappés à l'intérieur du tiroir où gisait Sophie, la poupée d'Ida, au milieu de tant d'autres jouets. Le casse-noix courut jusqu'au bord de la table, s'allongea de tout son long sur le ventre et réussit à tirer un petit peu le tiroir. Alors Sophie se leva et regarda autour d'elle d'un air étonné.

—Il y a donc bal ici, dit-elle. Pourquoi ne me l'a-t-on pas dit?

—Veux-tu danser avec moi? dit le casse-noix.

—Ah! bien oui! tu serais un beau danseur!

Et elle lui tourna le dos. Elle s'assit sur le tiroir et se dit que l'une des fleurs viendrait l'inviter, mais il n'en fut rien: alors elle toussa, hm, hm, hm, mais personne ne vint.

Comme aucune des fleurs n'avait l'air de voir Sophie, elle se laissa tomber du tiroir sur le parquet dans un grand bruit. Toutes les fleurs accoururent pour l'entourer et lui demander si elle ne s'était pas fait mal, et elles étaient toutes si aimables avec elle, surtout celles qui avaient couché dans son lit.

Elle ne s'était pas du tout fait mal, affirmait-elle, et les fleurs d'Ida la remercièrent pour le lit douillet. Tout le monde l'aimait et l'attirait juste au milieu du parquet, là où scintillait la lune, on dansait avec elle et toutes les fleurs faisaient cercle autour. Sophie était bien contente, elle les pria de conserver son lit.

Mais les fleurs répondirent:

—Nous te remercions mille fois, mais nous ne pouvons pas vivre si longtemps. Demain nous serons tout à fait mortes. Mais dis à la petite Ida qu'elle nous enterre dans le jardin, près de la tombe de son canari, alors nous refleurirons l'été prochain et nous serons encore plus belles.

—Non, ne mourez pas, dit Sophie en embrassant les fleurs.

Au même instant la porte de la salle s'ouvrit et une foule de jolies fleurs entrèrent en dansant. Ida ne comprenait pas d'où elles pouvaient venir, c'étaient sûrement toutes les fleurs du château du roi. En tête s'avançaient deux roses magnifiques portant de petites couronnes d'or: c'étaient un roi et une reine. Puis venaient les plus ravissantes giroflées et des œillets qui saluaient de tous côtés. Ils étaient accompagnés de musique: des coquelicots et des pivoines soufflaient dans des cosses de pois à en être cramoisies. Les campanules bleues et les petites nivéoles blanches sonnaient comme si elles avaient eu des clochettes. Venaient ensuite quantité d'autres fleurs, elles dansaient toutes ensemble, les violettes bleues et les pâquerettes rouges, les marguerites et les muguets. Et toutes s'embrassaient, c'était ravissant à voir.

À la fin, les fleurs se souhaitèrent bonne nuit, la petite Ida se glissa aussi dans son lit et elle rêva de tout ce qu'elle avait vu.

Quand elle se leva le lendemain matin, elle courut aussitôt à la table pour voir si les fleurs étaient encore là, et elle tira les rideaux du petit lit; oui, elles y étaient mais tout à fait fanées, beaucoup plus que la veille.

Sophie était couchée dans le tiroir, elle avait l'air d'avoir très sommeil.

—Te rappelles-tu ce que tu devais me dire? demanda Ida.

Sophie avait l'air stupide et ne répondit pas un mot.

—Tu n'es pas gentille, dit Ida et pourtant elles ont toutes dansé avec toi.

Elle prit une petite boîte en papier sur laquelle étaient dessinés de jolis oiseaux, l'ouvrit et y déposa les fleurs mortes.

—Ce sera votre cercueil, dit-elle, et quand mes cousins norvégiens viendront, ils assisteront à votre enterrement dans le jardin afin que l'été prochain vous repoussiez encore plus belles.

Les cousins norvégiens étaient deux garçons pleins de santé s'appelant Jonas et Adolphe. Leur père leur avait fait cadeau de deux arcs, et ils les avaient apportés pour les montrer à Ida. Elle leur raconta l'histoire des pauvres fleurs qui étaient mortes et ils durent les enterrer.

Le goulot de la bouteille

Dans une rue étroite et tortueuse, toute bâtie de maisons de piètre apparence, il y en avait une particulièrement misérable, bien qu'elle fût la plus haute; elle était tellement vieille, qu'elle semblait être sur le point de s'écrouler de toutes parts. Il n'y habitait que de pauvres gens; mais la chambre où l'indigence était le plus visible, c'était une mansarde à une seule petite fenêtre, devant laquelle pendait une vieille et mauvaise cage, qui n'avait même pas un vrai godet; en place se trouvait un goulot de bouteille renversé, et fermé par un bouchon, pour retenir l'eau que venait boire un gentil canari. Sans avoir l'air de s'occuper de sa misérable installation, le petit oiseau sautait gaiement de bâton en bâton et fredonnait les airs les plus joyeux.

—Oui, tu peux chanter, toi, dit le goulot.

C'est-à-dire il ne le dit pas tout haut, vu qu'il ne savait pas plus parler que tout autre goulot; mais il le pensait tout bas, comme quand nous autres humains nous nous parlons à nous-mêmes.

—Rien ne t'empêche de chanter, reprit-il. Tu as conservé tes membres entiers. Mais je voudrais voir ce que tu ferais si, comme moi, tu avais perdu tout ton arrière-train, si tu n'avais plus que le cou et la bouche, et celle-là encore fermée d'un bouchon. Tu ne chanterais certes pas. Mais va toujours; ce n'est pas un mal qu'il y ait au moins un être un peu gai dans cette maison.

«Moi je n'ai aucune raison de chanter, et je ne le pourrais pas, du reste. Autrefois, quand j'étais une bouteille entière, il m'arrivait de chanter aussi quand on me frottait adroitement avec un bouchon. Et puis les gens chantaient en mon honneur, ils me fêtaient. Dieu sait combien on me dit d'agréables choses, lorsque je fus de la partie de campagne où la fille du fourreur fut fiancée! Il me semble que ce n'est que d'hier. Et cependant que d'aventures j'ai éprouvées depuis lors! Quelle vie accidentée que la mienne! J'ai été dans le feu, dans l'eau, dans la terre, et plus dans les airs que la plupart des créatures de ce monde. Voyons, que je récapitule une fois pour toutes les circonstances de ma curieuse histoire.»

Et il pensa au four en flammes où la bouteille avait pris naissance, à la façon dont on l'avait, en soufflant, formée d'une masse liquide et bouillante. Elle était encore toute chaude, lorsqu'elle regarda dans le feu ardent d'où elle sortait; elle eut le désir de rouler et de s'y replonger. Mais à mesure qu'elle se refroidit elle éprouva du plaisir à figurer dans le monde comme un être particulier et distinct, à ne plus être perdue et confondue dans une masse.

On l'aligna dans les rangs de tout un régiment d'autres bouteilles, ses sœurs, tirées toutes du même four; elles étaient de grandeur et de forme les plus diverses, les unes bouteilles à champagne, les autres simples bouteilles de bière. Elles étaient séparées les unes des autres selon leur destination. Plus tard, dans le cours de la vie, il peut fort bien se faire qu'une bouteille fabriquée pour recevoir de la vulgaire piquette soit remplie du plus précieux Lacrima-Christi, tandis qu'une bouteille à champagne en arrive à ne contenir que du cirage. Mais cela n'empêche pas qu'on reconnaisse toujours sa noble origine.

On expédia les bouteilles dans toutes les directions; soigneusement entourées de foin elles furent placées dans des caisses. Le transport se fit avec beaucoup de précaution; notre bouteille y vit la marque d'un grand respect pour elle, et certes elle ne s'imaginait pas qu'elle finirait après avoir été traitée avec tant de déférence, par servir d'abreuvoir au serin d'une pauvresse.

La caisse où elle se trouvait fut descendue dans la cave d'un marchand de vin; on la déballa, et pour la première fois elle fut rincée. Ce fut pour elle une sensation singulière. On la rangea de côté, vide et sans bouchon; elle n'était pas à son aise; il lui manquait quelque chose, elle ne savait pas quoi. Enfin elle fut remplie d'excellent vin, d'un cru célèbre; elle reçut un bouchon qui fut recouvert de cire, et une étiquette avec ces mots: Première qualité. Elle était aussi fière qu'un collégien qui a remporté le prix d'honneur: le vin était bon et la bouteille aussi était d'un verre solide et sans soufflure.

On la monta à la boutique. Quand on est jeune, on est porté au lyrisme; en effet elle sentait fermenter en elle toutes sortes d'idées de choses qu'elle ne connaissait pas, des réminiscences des montagnes ensoleillées où pousse la vigne, des refrains joyeux. Tout cela résonnait en elle confusément.

Un beau jour, on vint l'acheter; ce fut l'apprenti d'un fourreur qui l'emporta. On la mit dans un panier à provisions avec un jambon, des saucissons, un fromage, du beurre le plus fin, du pain blanc et savoureux. Ce fut la fille même du fourreur qui emballa tout cela. C'était la plus jolie fille de la ville.

Toute la société monta en voiture pour se rendre dans le bois. La jeune fille prit le panier sur ses genoux; entre les plis de la serviette blanche qui le recouvrait, sortait le goulot de la bouteille; il montrait fièrement son cachet rouge. Il regardait le visage de la jeune fille, qui jetait à la dérobée les yeux sur son voisin, un camarade d'enfance, le fils du peintre de portraits. Il venait de passer avec honneur l'examen de capitaine au long cours, et le lendemain il devait partir sur un navire.

Lorsqu'on fut arrivé sous la feuillée, les jeunes gens causèrent à part. La bouteille entendit encore moins que les autres ce qu'ils se dirent, car elle était toujours dans le panier; elle en fut tirée enfin; la première chose qu'elle observa, ce fut le changement qui s'était opéré sur le visage de la jeune fille: elle restait aussi silencieuse que dans la voiture; mais elle était rayonnante de bonheur.

Tout le monde était joyeux et riait gaiement. Le brave fourreur saisit la bouteille et y appliqua le tire-bouchon. Jamais le goulot n'oublia plus tard le moment solennel où l'on tira pour la première fois le bouchon qui le fermait. *Schouap*, dit-il avec une netteté de son de bon augure, et puis quel doux glouglou il fit retentir lorsqu'on versa le vin dans les verres!

—Vivent les fiancés! s'écria le fourreur.

Et tous vidèrent leur verre, et le jeune marin embrassa sa fiancée.

—Que Dieu vous bénisse et vous donne le bonheur! reprit le papa.

Le jeune homme remplit de nouveau les verres:

—Buvons à mon heureux retour, dit-il. D'aujourd'hui en un an, nous célébrerons la noce!

Et lorsqu'on eut vidé les verres, il prit la bouteille et s'écria:

—Tu as servi à fêter le jour le plus heureux de ma vie. Après cela, tu ne dois plus remplir d'emploi en ce monde: tu ne retrouverais plus un aussi beau rôle.

Et il lança avec force la bouteille en l'air.

La bouteille tomba sans se casser au milieu d'une épaisse touffe de joncs sur le bord d'un petit étang: elle eut le temps d'y réfléchir à l'ingratitude du monde.» Moi, je leur ai donné de l'excellent vin, se disait-elle, et en retour ils m'ont rempli d'eau bourbeuse.»

Elle ne voyait plus la joyeuse société. Mais elle les entendit chanter encore et se réjouir pendant bien des heures. Quand ils furent partis, survinrent deux petits paysans; en furetant dans les joncs, ils aperçurent la bouteille et l'emportèrent chez eux. Ils avaient vu la veille leur frère aîné, un matelot, qui devait s'embarquer le lendemain pour un long voyage, et qui était venu dire adieu à sa famille.

La mère était justement occupée à faire pour lui un paquet où elle fourrait tout ce qu'elle pensait pouvoir lui être utile pendant la traversée; le père devait le porter le soir en ville. Une fiole contenant de l'eau-de-vie épurée était déjà enveloppée, lorsque les garçons rentrèrent avec la belle grande bouteille qu'ils avaient trouvée. La mère retira la fiole et mit en place la bouteille qu'elle remplit de sa bonne eau-de-vie.

—Comme cela, il en aura plus, dit-elle; c'est assez d'une bouteille pour ne pas avoir une seule fois mal à l'estomac pendant tout le voyage.

Voilà donc la bouteille relancée en plein dans le tourbillon du monde. Le matelot, Pierre Jensen, la reçut avec plaisir et l'emporta à bord de son bâtiment, le même justement que commandait le jeune capitaine dont il vient d'être parlé.

Elle n'avait pas trop déchu; car le breuvage qu'elle contenait paraissait aux matelots aussi exquis qu'aurait pu l'être pour eux le vin qui s'y trouvait auparavant.» Voilà la meilleure des pharmacies!» disaient-ils, chaque fois que Pierre Jensen la tirait pour en verser une goutte aux camarades qui avaient mal à l'estomac.

Aussi longtemps qu'elle renferma une goutte de la précieuse liqueur, on la tint en grand honneur; mais un jour elle se trouva vide, absolument vide. On la fourra dans un coin où elle resta sans que personne prît garde à elle.

Voilà qu'un jour s'élève une tempête; d'énormes et lourdes vagues soulèvent le bâtiment avec violence. Le grand mât se brise, une voie d'eau se déclare; les pompes restent impuissantes. Il faisait nuit noire. Le navire sombra.

Mais au dernier moment le jeune capitaine écrivit à la lueur des éclairs sur un bout de papier: «Au nom du Christ! Nous périssons.» Il ajouta le nom du navire, le sien, celui de sa fiancée. Puis il glissa le papier dans la première bouteille vide venue, la reboucha ferme, et la lança au milieu des flots en fureur. Elle qui lui avait naguère versé la joie et le bonheur, elle contenait maintenant cet affreux message de mort.

Le navire disparut, tout l'équipage disparut; la bouteille rebondissait de vague en vague, légère et alerte comme il convient à une messagère qui porte un dernier billet doux. Dans ces pérégrinations elle eut le bonheur de n'être ni poussée contre des rochers, ni avalée par un requin.

Le papier qu'elle contenait, ce dernier adieu du fiancé à la fiancée, ne devait qu'apporter la désolation en parvenant entre les mains de celle à laquelle il était destiné. Après tout, le chagrin et le désespoir qu'il devait provoquer eussent encore mieux valu que les angoisses de l'incertitude qui accablaient la jeune fille. Où était elle? Dans quelle direction voguer pour atteindre son pays?

La bouteille n'en savait rien. Elle continua à se laisser ballotter de droite et de gauche.

Tout à coup elle vint échouer sur le sable d'une plage; on la recueillit. Elle ne saisit pas un mot de ce que disaient les assistants; le pays, en effet, était éloigné de bien des centaines de lieues de celui d'où elle était originaire.

On la ramassa donc, et après l'avoir bien examinée de tous côtés, on l'ouvrit pour en retirer le papier qu'elle contenait. On le tourna et retourna dans tous les sens, personne ne put comprendre ce qu'il y avait écrit. Ils devinaient bien qu'elle provenait d'un bâtiment qui avait fait naufrage, qu'il était question de cela sur le billet, mais voilà tout. Après avoir consulté en vain le plus savant d'entre eux, ils remirent le papier dans la bouteille, qui fut placée dans la grande armoire d'une grande chambre, dans une grande maison.

Chaque fois qu'il venait des étrangers, on prenait le papier pour le leur montrer, mais aucun d'eux ne savait la langue dans laquelle était écrit le billet. À force de passer de mains en mains, l'écriture, qui n'était tracée qu'au crayon, s'effaça, devint de plus en plus difficile à distinguer et finit par disparaître entièrement.

Après être restée une année dans l'armoire, la bouteille fut portée au grenier, où elle se trouva bientôt couverte de poussière et de toiles d'araignée. Elle se souvenait avec amertume des beaux jours où elle versait le divin jus de la treille là-bas sous les frais ombrages des bois, puis du temps où elle se balançait sur les flots, portant un tragique secret, un dernier soupir d'adieu.

Elle resta vingt années entières à se morfondre dans la solitude du grenier; elle aurait pu y demeurer un siècle, si l'on n'avait démoli la maison pour la reconstruire. Quand on enleva la toiture, on l'aperçut, et l'on parut se rappeler qui elle était. Mais elle continua de ne comprendre absolument rien de ce qui se disait.» Si j'étais cependant restée en bas, pensait-elle, j'aurais fini par apprendre la langue du pays; là-haut, toute seule avec les rats et les souris, il était impossible de m'instruire.»

On la lava et la rinça, ce n'était pas de trop. Enfin, elle se sentit de nouveau toute propre et transparente; son ancienne gaieté lui revint. Quant au papier, qu'elle avait jusqu'alors gardé fidèlement, il périt dans la lessive.

On la remplit de semences de plantes du Sud qu'on expédia au Nord; bien bouchée, bien calfeutrée et enveloppée, elle fut placée sur un navire, dans un coin obscur, où elle n'aperçut pendant tout le voyage ni lumière, ni lanterne, ni, a plus forte raison, le soleil ni la lune.»De cette façon, se dit-elle, quel fruit retirerai-je de mon voyage?»

Mais ce n'était pas le point essentiel; il fallait arriver à destination, et c'est ce qui eut lieu. On la déballa.» Dieu! quelles peines ils se sont données, entendit-elle dire autour d'elle, pour emmitoufler cette bouteille! Et pourtant elle sera certainement cassée!» Pas du tout, elle était encore entière. Et puis elle comprenait chaque mot qui se disait: c'était de nouveau la langue qu'on avait parlée devant elle au four, chez le marchand de vin, dans le bois, sur le premier navire, la seule bonne vieille langue qu'elle connût. Elle était donc de retour dans sa patrie. De joie elle faillit glisser des mains de celui qui la tenait; dans son émoi elle s'aperçut à peine qu'on lui enlevait son bouchon et qu'on la vidait. Tout à coup lorsqu'elle reprit son sang-froid, elle se trouva au fond d'une cave. On l'y oublia pendant des années.

Enfin le propriétaire déménagea, emportant toutes ses bouteilles, la nôtre aussi. Il avait fait fortune et alla habiter un palais. Un jour il donna une grande fête; dans les arbres du parc on suspendit, le soir, des lanternes de papier de couleur qui faisaient l'effet de tulipes enflammées; plus loin brillaient des guirlandes de lampions. La soirée était superbe; les étoiles scintillaient; il y avait nouvelle lune; elle n'apparaissait que comme une boule grise à filet d'or et encore fallait-il de bons yeux pour la distinguer.

Dans les endroits écartés on avait mis, les lampions venant à manquer, des bouteilles avec des chandelles; la bouteille que nous connaissons fut de ce nombre. Elle était dans le ravissement; elle revoyait enfin la verdure, elle entendait des chants joyeux, de la musique, des bruits de fête. Elle ne se trouvait, il est vrai, que dans un coin; mais n'y était-elle pas mieux qu'au milieu du tohu-bohu de la foule? Elle y pouvait mieux savourer son bonheur. Et, en effet, elle en était si pénétrée, qu'elle oublia les vingt ans où elle avait langui dans le grenier et tous ses autres déboires.

Elle vit passer près d'elle un jeune couple de fiancés; ils ne regardaient pas la fête; c'est à cela qu'on les reconnaissait. Ils rappelèrent à la bouteille le jeune capitaine et la jolie fille du fourreur et toute la scène du bois.

Le parc avait été ouvert à tout le monde; les curieux s'y pressaient pour admirer les splendeurs de la fête. Parmi eux marchait toute seule une vieille fille. Elle rencontra les deux fiancés; cela la fit souvenir d'autres fiançailles; elle se rappela la même scène du bois à laquelle la bouteille venait de penser. Elle y avait figuré; c'était la fille du fourreur. Cette heure-là avait été la plus heureuse de sa vie. C'est un de ces moments qu'on n'oublie jamais. Elle passa à côté de la bouteille sans la reconnaître, bien qu'elle n'eût pas changé; la bouteille non plus ne reconnut pas la fille du fourreur, mais cela parce qu'il ne restait plus rien de sa beauté si renommée jadis. Il en est souvent ainsi dans la vie; on passe à côté l'un de l'autre sans le savoir: et cependant elles devaient encore une fois se rencontrer.

Vers la fin de la fête, la bouteille fut enlevée par un gamin qui la vendit un schilling avec lequel il s'acheta un gâteau. Elle passa chez un marchand de vin, qui la remplit d'un bon cru. Elle ne resta pas longtemps à chômer: elle fut vendue à un aéronaute qui le dimanche suivant devait monter en ballon.

Le jour arriva, une grande foule se réunit pour voir le spectacle, encore très nouveau alors; il y avait de la musique militaire; les autorités étaient sur une estrade. La bouteille voyait tout, par les interstices d'un panier où elle se trouvait à côté d'un lapin vivant qui était tout ahuri, sachant qu'on allait tout à l'heure, comme déjà une première fois, le laisser descendre dans un parachute, pour l'amusement des badauds. Mais elle ignorait ce qui allait se passer, et regardait curieusement le ballon se gonfler de plus en plus, puis se démener avec violence jusqu'à ce que les câbles qui le retenaient fussent coupés. Alors, d'un bond furieux il s'élança dans les airs, emportant l'aéronaute, le panier, le lapin et la bouteille. Une bruyante fanfare retentit, et la foule cria: hourrah!

«Voilà une singulière façon de voyager, se dit la bouteille; elle a cet avantage qu'on n'a pas au milieu de l'atmosphère à craindre de choc.»

Des milliers de gens tendaient le cou pour suivre le ballon des yeux, la vieille fille entre autres; elle était à la fenêtre de sa mansarde, où pendait la cage d'un petit serin qui n'avait pas alors encore de godet et devait se contenter d'une soucoupe ébréchée. En se penchant en avant pour regarder le ballon, elle posa un peu de côté, pour ne pas le renverser, un pot de myrte qui faisait l'unique ornement de sa fenêtre et de toute la chambrette. Elle vit tout le spectacle, l'aéronaute qui plaça le pauvre lapin dans le parachute et le laissa descendre, puis se mit à se verser des rasades pour les boire à la santé des spectateurs et enfin lança la bouteille en l'air, sans réfléchir qu'elle pourrait bien tomber sur la tête du plus honnête homme.

La bouteille non plus n'eut pas le temps de réfléchir comme elle l'aurait voulu sur l'honneur qui lui était échu de dominer de si haut la ville, ses clochers et la foule assemblée. Elle se mit à dégringoler faisant des cabrioles; cette course folle en pleine liberté lui semblait le comble du bonheur; qu'elle était fière de voir longues-vues et télescopes braqués sur elle! Patatras! la voilà qui tombe sur un toit et se brise en deux; puis les morceaux roulèrent en bas et tombèrent avec fracas sur le pavé de la cour, où ils se rompirent en mille menus débris, sauf le goulot qui resta entier, coupé en rond aussi nettement que si l'on avait employé le diamant pour le détacher. Les gens du sous-sol, accourus à ce bruit, le ramassèrent.» Cela ferait un superbe godet pour un oiseau», dirent-ils; mais, comme ils n'avaient ni cage ni même un moineau, ils ne pensèrent pas devoir, parce qu'ils avaient le godet, acheter un oiseau. Ils songèrent à la vieille fille qui habitait sous le toit; peut-être pourrait-elle faire usage du goulot.

Elle le reçut avec reconnaissance, y mit un bouchon, et le goulot renversé et rempli d'eau fut attaché dans la cage; le petit serin, qui pouvait maintenant boire plus à son aise, fit entendre les trilles les plus joyeux. Le goulot fut très content de cet accueil, qui lui était du reste bien dû, pensait-il; car enfin il avait eu des aventures fameuses, il avait été bien au-dessus des nuages. Aussi, lorsqu'un peu plus tard la vieille fille reçut la visite d'une ancienne amie, fut-il bien étonné qu'on ne parlât pas de lui, mais du myrte qui était devant la fenêtre.

—Non, vois-tu, disait la vieille fille, je ne veux pas que tu dépenses un écu pour la couronne de mariage de ta fille. C'est moi qui t'en donnerai une magnifique. Regarde comme mon myrte est beau et bien fleuri. Il provient d'une bouture de celui que tu m'as donné le lendemain de mes fiançailles et qui devait un an après me fournir une couronne pour mon mariage. Mais ce jour n'est jamais arrivé! Les yeux qui devaient être mon phare dans la vie se sont fermés sans que je les aie revus. Il repose au fond de la mer, le cher compagnon de ma jeunesse. Le myrte devint vieux, moi je devins vieille et, lorsqu'il se dessécha, je pris la dernière branche verte et la mis dans la terre; elle prospéra et poussa à merveille. Enfin ton myrte aura servi à couronner une fiancée, ce sera ta fille.

La pauvre vieille avait les larmes dans les yeux en évoquant ces souvenirs; elle parla du jeune capitaine, des joyeuses fiançailles dans le bois. Bien des pensées surgirent dans son esprit, mais pas celle-ci, c'est qu'elle avait là devant sa fenêtre un témoin de son bonheur de jadis, le goulot qui fit retentir un *schouap* si sonore lorsqu'on le déboucha dans le bois pour boire en l'honneur des fiancés.

Le goulot de son côté ne la reconnut pas; il n'avait plus écouté ce qu'on disait, depuis qu'il avait remarqué qu'on ne s'extasiait pas sur ses étonnantes aventures et sa récente chute du haut du ciel.

Grand Claus et petit Claus

Dans un village vivaient deux paysans qui portaient le même nom. Ils s'appelaient tous deux Claus, mais l'un avait quatre chevaux, l'autre n'en avait qu'un. Pour les distinguer l'un de l'autre, on avait nommé le premier grand Claus, bien qu'ils fussent de même taille, et le second, qui ne possédait qu'un cheval, petit Claus.

Écoutez bien maintenant ce qui leur arriva; car c'est une histoire véritable, s'il en fut jamais.

Toute la semaine le petit Claus travaillait pour le grand à la charrue avec son unique cheval; en retour, grand Claus venait l'aider avec ses quatre bêtes, mais une fois la semaine seulement, le dimanche. Houpa! comme petit Claus faisait alors claquer son fouet pour exciter ses cinq chevaux, car ce jour-là il les regardait tous comme siens.

Un dimanche qu'il faisait le plus beau soleil, les cloches sonnaient à toute volée, et une foule de gens, parés et endimanchés, leur livre de prières sous le bras, se rendaient à l'église; lorsqu'ils passaient à côté du champ où petit Claus conduisait la charrue avec les cinq chevaux, dans sa joie et pour faire parade d'un si bel attelage, il faisait le plus de bruit qu'il pouvait avec son fouet et s'écriait à tue-tête:

—Hue! en avant tous mes chevaux!

—Qu'est-ce que tu dis donc là? interrompit grand Claus; tu sais bien qu'un seul de ces chevaux t'appartient.

Lorsqu'il vint encore à passer du monde, petit Claus oublia la remontrance et s'écria de nouveau: «Hue! en avant tous mes chevaux!»

—Je te prie de cesser, dit grand Claus. Si cela t'arrive encore une fois, je donnerai un tel coup sur la tête de ton cheval, que je l'assommerai. Alors tu n'auras plus de cheval du tout.

—Sois tranquille, cela ne m'arrivera plus, répondit petit Claus.

Il vint à passer un riche paysan, qui lui fit de la tête un signe amical; petit Claus se sentit très flatté, il pensa que cela lui serait beaucoup d'honneur que ce paysan pût croire qu'il possédait les cinq chevaux attelés à sa charrue. Il fit de nouveau claquer son fouet en criant encore plus fort que les autres fois:

—Hue donc! en avant tous mes chevaux!

—Je t'apprendrai à dire hue à tes chevaux, dit grand Claus.

Il saisit une bêche et en donna un coup si violent sur la tête du cheval de petit Claus, que la pauvre bête tomba sur le flanc pour ne plus se relever.

—Ouh! ouh! fit petit Claus, qui se mit à pleurer. Voilà que je n'ai plus de cheval!

Mais bientôt il se dit qu'il ne fallait pas tout perdre; il écorcha la bête, en fit bien sécher au vent la peau; il la mit dans un sac, qu'il hissa sur son dos, et il s'en fut vers la ville pour vendre sa peau de cheval.

Il avait un long bout de chemin à parcourir; il lui fallait traverser une grande et sombre forêt. Pendant qu'il y était engagé, survint un ouragan qui obscurcit le ciel, et petit Claus s'égara tout à fait. Lorsqu'il finit par retrouver la route, il était déjà très tard; il ne pouvait plus, avant la nuit, arriver à la ville ni retourner chez lui.

Un peu plus loin il aperçut une grande maison de ferme; les volets étaient fermés, mais les rayons de lumière passaient à travers les fentes.»On m'accordera bien un gîte pour la nuit», pensa-t-il, et il alla frapper à la porte.

Une paysanne, la maîtresse de la maison, vint ouvrir; Claus présenta sa demande, mais elle lui répondit qu'il eût à passer son chemin, que son mari n'était pas là et qu'en son absence elle ne recevait pas d'étrangers.

—Il me faudra donc rester la nuit à la belle étoile! dit petit Claus.

La paysanne, sans lui répondre, lui ferma la porte au nez. Près de la maison il y avait une grange, contre laquelle s'élevait un hangar couvert d'un toit plat de chaume. "Je m'en vais grimper là, se dit Claus; cela vaudra mieux que de coucher par terre, et même ce chaume me fera un excellent lit. Un couple de cigognes niche sur ce toit; mais j'espère bien que, si je me conduis convenablement à leur égard, elles ne viendront pas me donner des coups de bec quand je dormirai."

Aussitôt dit, aussitôt fait. Il se hissa sur le toit et, après s'être tourné et retourné comme un chat, il s'y installa commodément pour la nuit. Voilà qu'il aperçoit que les volets de la maison sont trop courts vers le haut, de façon que de l'endroit où il est, il voit tout ce qui se passe dans la grande chambre du rez-de-chaussée.

Il y avait là une table couverte d'une belle nappe, sur laquelle se trouvaient un rôti, un superbe poisson et une bouteille de vin.

La paysanne et le sacristain du village étaient assis devant la table, personne d'autre; l'hôtesse versait du vin au sacristain qui s'apprêtait à manger une tranche du poisson, un brochet, son mets favori.

Claus, qui n'avait pas soupé, tendait le cou et regardait avidement ces savoureuses victuailles. Et ne voilà-t-il pas qu'il aperçoit encore un magnifique gâteau tout doré qui était destiné au dessert. Quel régal cela faisait!

Tout à coup on entend le pas d'un cheval; il s'arrête devant la maison: il ramenait le fermier, le mari de la paysanne.

C'était un excellent homme; mais un jour, étant gamin, il avait été battu par un sacristain qui le croyait coupable d'avoir sonné les cloches à une heure indue. C'était un de ses camarades qui avait fait le tour. Depuis ce jour notre fermier avait juré une haine féroce à toute la gent des sacristains; il lui suffisait d'en apercevoir un pour se mettre en fureur.

Si le sacristain était allé dire bonsoir à la fermière, c'est qu'il savait le maître de la maison absent; la paysanne, qui ne partageait pas les préjugés de son mari, lui avait préparé ce beau festin.

Lorsqu'ils entendirent les pas du cheval et qu'ils reconnurent le fermier à travers les fentes du volet, ils furent très effrayés, et la paysanne supplia le sacristain de se cacher dans une grande caisse vide; il le fit volontiers; il savait que le brave fermier avait la faiblesse de ne pas supporter la vue d'un sacristain. Puis la femme cacha vite dans le four les mets, le gâteau et la bouteille de vin; si le mari avait vu tous ces apprêts, il aurait demandé ce que cela signifiait; il aurait fallu mentir, et peut-être se serait-elle troublée.

—Quel malheur! s'écria petit Claus du haut se son toit, lorsqu'il vit disparaître des plats appétissants.

—Hé? qui est donc là? dit le fermier entendant cette exclamation.

Il leva la tête et aperçut petit Claus. Celui-ci raconta ce qui lui était arrivé et demanda la permission de rester sur le toit de chaume.

—Descends donc plutôt, répondit le fermier, tu dormiras dans la maison, et puis tu ne refuseras sans doute pas de souper avec moi.

La femme le reçut avec force sourires et démonstrations de joie; elle remit la nappe sur la table et leur servit un grand plat rempli de soupe. Le fermier, qui avait très faim, se mit à manger de bon appétit; petit Claus ne trouvait pas la soupe mauvaise, mais il pensait avec regret au succulent rôti, au poisson, au gâteau qu'il avait vu disparaître dans le four.

Il avait placé sous la table le sac avec la peau de cheval, et il avait ses pieds dessus. Dans son dépit de ne rien goûter de toutes ces bonnes choses, il eut un mouvement d'impatience et il appuya brusquement du pied sur le sac; la peau fraîchement séchée craqua bruyamment.

—Pst! pst! dit petit Claus, comme s'il voulait faire taire quelqu'un.

Mais en même temps il donna un nouveau coup de pied au sac, et on entendit un craquement encore plus fort.

—Tiens, dit le paysan, qu'as-tu donc là dans ce sac?

—C'est un magicien, répondit petit Claus. Il m'apprend, dans son langage, que nous devrions laisser la soupe, et manger le rôti, le poisson et le gâteau que par enchantement il a fait venir dans le four.

—N'est-ce pas une plaisanterie? s'exclama le fermier.

Et il sauta sur la porte du four et resta les yeux écarquillés devant les mets friands et succulents que sa femme y avait cachés, mais qu'il crut apportés là par un magicien.

La fermière fit également l'étonnée et se garda bien de risquer une observation; elle servit sur la table rôti, poisson et gâteau, et les deux hommes s'en régalèrent à cœur joie.

Voilà que Claus donna de nouveau en tapinois un coup de pied à son sac; le même craquement se fit entendre.

—Que dit-il encore? demanda le fermier.

—Il me conte, répondit le petit Claus, qu'il ne veut pas que nous ayons soif; toujours par enchantement, il a fait arriver à travers les airs trois bouteilles d'excellent vin qui sont quelque part dans un coin, ici, dans la chambre.

Le fermier chercha et aperçut en effet les bouteilles, que la pauvre femme fut contrainte de déboucher et de placer sur la table. Les deux hommes s'en versèrent de copieuses rasades, et le fermier devint très joyeux.

—Dis donc, demanda-t-il, ton magicien peut-il aussi évoquer le diable? En ce moment que je me sens si bien et de si bonne humeur, rien ne me divertirait mieux que de voir maître Belzébuth faire ses grimaces.

—Oh! oui, répondit Claus, mon sorcier fait tout ce que je lui demande. N'est-il pas vrai? continua-t-il, en heurtant son sac du pied. Tu entends, il dit oui. Mais il ajoute que le diable est si laid, que nous ferions mieux de ne pas demander à le voir.

—Oh! je n'ai pas peur aujourd'hui, dit le fermier. À qui peut-il bien ressembler, Satan?

—Il a tout à fait l'air d'un sacristain.

—Ah! dit le paysan. Dans ce cas, il est affreux, en effet. Il faut que tu saches que j'ai les sacristains en horreur. Tant pis, cependant; comme je suis prévenu que ce n'est pas un vrai sacristain, mais bien le diable en personne, sa vue ne me fera pas une impression trop désagréable. Vidons encore la dernière bouteille, pour nous donner du courage. Recommande toutefois qu'il ne m'approche pas de trop près.

—Voyons, es-tu bien décidé? dit petit Claus; alors je vais consulter mon magicien.

Il remua son sac et tint son oreille contre.

—Eh bien? dit le paysan.

—Il dit que vous pouvez allez ouvrir le grand coffre qui est là-bas dans le coin; vous y verrez le diable qui s'y tient blotti; mais tenez bien le couvercle et ne le soulevez pas trop, pour que le malin ne s'échappe pas.

—En avant! dit le fermier; viens m'aider à tenir ferme le couvercle.

Ils allèrent vers la caisse où le pauvre sacristain était accroupi, tout tremblant de peur. Le paysan leva un peu le dessus et regarda.

—Oh! s'écria-t-il en faisant un saut en arrière. Je l'ai donc vu, cet affreux Satan. En effet, c'est notre sacristain tout vif. Oh! quelle horreur!

Pour se remettre de son émotion, le fermier voulut boire encore un coup; comme les trois bouteilles étaient vides, il alla en chercher une à la cave. Ils restèrent longtemps ainsi à trinquer et à jaser.

—Ce magicien, dit enfin le paysan, il faut que tu me le vendes. Demande le prix que tu veux. Tiens, je te donnerai un boisseau plein d'écus.

—Non, je ne puis pas, répondit petit Claus. Pense donc quel profit je puis tirer de cet obligeant sorcier qui fait tout ce que je veux.

—Voyons, fais-moi cette amitié, dit le paysan. Si tu ne me le donnes pas, je me consumerai de regret.

—Allons, soit! puisque tu as montré ton bon cœur en m'offrant un gîte pour la nuit, je ferai ce sacrifice. Mais tu sais, j'aurai un plein boisseau d'écus, et la bonne mesure?

—C'est entendu, dit le paysan. Il faut aussi que tu emportes cette caisse là bas; je ne veux plus l'avoir une minute à la maison. On ne sait pas, peut-être le diable y est-il resté logé.

Le marché conclu, petit Claus voulut absolument partir au milieu de la nuit, de peur que le paysan ne vînt à changer d'avis; il livra sa marchandise, son sac avec la peau, et reçut tout un boisseau de beaux écus trébuchants; pour qu'il pût emporter la caisse, le paysan lui donna en outre une petite charrette. Petit Claus y chargea son argent et le coffre contenant le sacristain; après une cordiale poignée de main échangée avec le paysan, il s'en alla, reprenant le chemin de sa maison. Il traversa de nouveau la grande forêt et arriva sur les bords d'un fleuve large et profond, dont le courant était si rapide que les plus forts nageurs avaient bien de la peine à le remonter. On y avait construit tout nouvellement un pont. Petit Claus s'y engagea, poussant sa charrette; au milieu il s'arrêta et dit tout haut, pour que le sacristain pût l'entendre:

—Ma foi, j'en ai assez de traîner cette sotte caisse; elle est lourde comme si elle était pleine de pierres. Je m'en vais la jeter à l'eau; si elle surnage, je la repêcherai bien quand elle passera devant ma maison; si elle va au fond, la perte ne sera pas grande.

Et il empoigna le coffre, et commença à le soulever, comme s'il voulait le placer sur le parapet et le précipiter dans la rivière.

—Non! non! pitié! s'écria le sacristain, laisse-moi sortir auparavant.

—Ouh! ouh! dit petit Claus, comme s'il avait bien peur. Le diable est resté enfermé dedans. C'est maintenant que je vais certainement le lancer à l'eau pour qu'il se noie et que le monde en soit débarrassé.

—Au nom du ciel, non, non! hurla le sacristain. Je te donnerai un plein boisseau d'écus, si tu me laisses sortir.

—Cela, c'est une autre chanson, dit Claus.

Et il ouvrit la caisse. Le sacristain, bien que tout courbaturé, s'élança dehors, et saisissant le coffre il le jeta à la rivière, et poussa un profond soupir de soulagement. Puis il mena Claus dans sa maison et lui remit un boisseau rempli d'argent; Claus le chargea sur sa charrette à côté de l'autre, puis il rentra chez lui.» Je n'aurais jamais rêvé que mon cheval me rapporterait une telle somme, se dit-il lorsqu'il eut mis en un tas par terre toutes les belles pièces qu'il avait gagnées. Comme grand Claus sera vexé quand il saura qu'au lieu de me faire du tort, c'est à lui que je dois d'être devenu riche! Cependant je ne veux pas lui conter l'affaire directement; prenons un biais pour la lui apprendre.»

Il envoya un gamin emprunter un boisseau chez grand Claus. "Que peut-il bien avoir à mesurer?" se dit ce dernier, et il enduisit de poix le fond du boisseau, pour qu'il y restât attaché quelque parcelle de ce qu'on allait y mettre. Et en effet, lorsqu'on lui rapporta le boisseau, il trouva au fond trois shillings d'argent tout flambant neufs.

«Qu'est-ce cela?» se dit grand Claus, et il courut aussitôt chez petit Claus.

—Comment, lui demanda-t-il, as-tu donc tant d'argent, que tu en remplisses un boisseau?

—Oh, c'est ce qu'on m'a donné hier soir en ville pour ma peau de cheval; les peaux ont haussé de prix comme cela ne s'est jamais vu.

—Quelle bonne affaire je t'ai fait faire! dit grand Claus.

Et il retourna au plus vite chez lui, prit une hache et en abattit ses quatre chevaux. Il les écorcha proprement et s'en fut avec les peaux à la ville.

—Peaux, des peaux! qui veut acheter des peaux? criait-il à travers les rues.

Les tanneurs, les cordonniers arrivèrent et lui demandèrent son prix.

—Un boisseau plein d'écus pour chacune, répondit-il.

—Tu veux te moquer ou tu es fou! s'écrièrent-ils. Crois-tu que nous donnions l'argent par boisseaux?

Il s'en alla plus loin, beuglant toujours plus fort: «Peaux, des peaux! qui en veut des peaux?» Il arriva encore des gens pour les lui acheter; à tous il demandait un boisseau rempli d'écus pour chaque peau. Bientôt il ne fut question dans toute la ville que de ce mauvais plaisant qui voulait autant d'une peau de cheval que d'une maison.» Il se moque de nous», dirent-ils tous. Les cordonniers prirent leurs tire-pieds, les tanneurs leurs tabliers, ils se jetèrent sur lui et le rossèrent de toutes leurs forces.

—Peaux, des peaux! criaient-ils pour se moquer de lui à leur tour. Nous allons te tanner la peau et tu pourras la vendre avec les autres; ce sera du beau maroquin écarlate!

Et en effet, le sang coulait sous les coups furieux qu'il recevait; il s'enfuit de toute la vitesse de ses jambes et, tout moulu, tout meurtri, s'échappa enfin de la ville.

«C'est bon, se dit-il, quand il fut de retour chez lui; petit Claus me payera cela; je m'en vais le tuer.»

Or, en ce même jour la grand-mère de petit Claus venait de trépasser. Elle n'avait guère été tendre pour lui, elle grondait toujours, mais il n'en était pas moins très affligé, et il prit le corps de la vieille femme et le plaça dans son propre lit qu'il avait préalablement bien chauffé à la bassinoire; il pensait qu'elle n'était peut-être qu'engourdie, et que la chaleur la ranimerait. Il alluma un bon feu dans le poêle et il s'assit lui-même pour passer la nuit sur un fauteuil dans un coin.

Voilà qu'au milieu de la nuit la porte s'ouvre et grand Claus entre une hache à la main. Il savait où se trouvait le lit de petit Claus, il s'y dirige sur la pointe des pieds et frappe du côté de l'oreiller un terrible coup avec sa hache; il fend la tête de la morte.

—Voilà qui est fait, dit-il, maintenant tu ne te railleras plus de moi.

Et il rentre tout gaiement chez lui.

«Quel mauvais caractère il a, ce grand Claus! se dit le petit, qui n'avait pas bougé ni soufflé mot. Il voulait me tuer; et si ma grand-mère n'avait pas été morte, c'est elle qu'il aurait assassinée!»

Il rajusta avec art la tête de sa grand-mère, et cacha la blessure sous un bonnet à dentelles et à rubans. Il mit à la morte ses vêtements du dimanche. Puis il alla emprunter le cheval de son voisin et l'attela à sa carriole; il y plaça au fond le corps de la vieille femme, monta sur le siège et partit pour la ville.

Au lever du soleil il y arriva et s'arrêta devant une grande auberge.

L'aubergiste était très riche et c'était un excellent homme; mais il avait un terrible défaut: il était colère à l'excès; à la moindre contrariété, il éclatait comme s'il n'avait été que poudre et salpêtre.

Il était déjà levé et debout sur le seuil de la porte.

—Bonjour, dit-il à petit Claus; te voilà sorti de bien bonne heure!

—Oui, répondit l'autre. Je m'en viens à la ville avec ma grand-mère pour faire des emplettes. Mais elle ne veut pas descendre de la voiture; elle est très entêtée. Cependant si vous voulez lui porter un verre de bon hydromel, je pense qu'elle le prendra volontiers. Mais il faut que vous lui parliez de votre voix la plus forte; elle n'entend pas bien.

—Oh! elle ne refusera pas mon hydromel, dit l'aubergiste.

Et tandis que petit Claus entrait dans la salle, il alla remplir un grand verre à son meilleur tonnelet et le porta à la vieille femme morte, qu'il voyait assise debout au fond de la carriole.

—Voilà un bon verre d'hydromel que vous envoie votre petit-fils, cria-t-il. Pas de réponse; la morte ne bougea pas.

—N'entendez-vous pas? répéta-t-il en élevant encore la voix, au point que les vitres en tremblèrent. Votre petit-fils vous envoie ce verre d'hydromel; jamais vous n'en aurez bu de meilleur.

Et il recommença encore deux ou trois fois. À la fin la colère lui monta au cerveau en voyant dédaigner son hydromel, dont il était si fier; il jeta, dans sa fureur, le verre à la tête de la vieille, qui sous le choc tomba sur le côté.

Petit Claus, qui était aux aguets derrière la fenêtre, se précipita dehors, et empoignant l'aubergiste au collet:

—Coquin, cria-t-il, tu as tué ma grand-mère! Regarde le trou que tu lui as fait au front!

—Quel malheur! dit l'aubergiste en se tordant les mains de désespoir. Voilà ce que c'est d'être emporté et violent. Écoute bien, cher petit Claus; ne me dénonce pas et je te donnerai un boisseau plein d'argent, et je ferai enterrer ta grand-mère avec autant de pompe que si c'était la mienne. Mais jamais tu ne souffleras mot sur ce qui vient de se passer; la justice me couperait le cou, et c'est tout ce qu'il y a de plus désagréable.

Petit Claus accepta le marché, reçut un boisseau plein de beaux écus neufs et sa grand-mère fut magnifiquement enterrée.

Lorsqu'il fut de retour chez lui avec son magot, il envoya de nouveau un gamin emprunter chez grand Claus un boisseau.

—Quelle est cette plaisanterie? se dit grand Claus. Est-ce que je ne l'ai pas tué de ma propre main? Je m'en vais aller voir moi-même ce que cela signifie.

Et il accourut avec le boisseau. Il resta bouche béante et les yeux écarquillés lorsqu'il aperçut petit Claus qui avait mis tout son trésor en un seul tas et qui y plongeait les mains avec amour.

—Cela t'étonne de me voir encore en vie, dit petit Claus; mais tu t'es trompé et tu as assommé ma grand-mère. J'ai vendu son corps à un médecin qui m'en a donné plein un boisseau d'argent.

—C'est un fameux prix! dit grand Claus.

Et il courut chez lui encore plus vite qu'il n'était venu, prit une hache et tua d'un coup sa pauvre grand-mère. Il chargea son corps sur une voiture et s'en fut à la ville trouver un apothicaire de sa connaissance, pour lui demander s'il ne savait pas un médecin qui voulût acheter un cadavre.

—Un cadavre! s'écria l'apothicaire. D'ou le tenez-vous et comment avez-vous le droit de le vendre?

—Oh! il est bien à moi, répondit grand Claus. C'est le corps de ma grand-mère. Je viens de la tuer; elle n'avait plus grand amusement dans ce monde, la pauvre femme, et l'on m'en donnera un boisseau plein d'écus.

—Dieu de miséricorde! dit l'autre, quelles abominables sornettes vous nous contez! Ne répétez à personne ce que vous venez de me dire, vous pourriez y perdre votre tête.

Et il lui expliqua que sa grand-mère avait beau être infirme et s'ennuyer sur la terre, il n'en avait pas moins commis un horrible meurtre, et la justice, si elle l'apprenait, le punirait de mort. Grand Claus fut pris d'effroi, il sortit à la hâte sans dire adieu, sauta sur la voiture, fouetta les chevaux et s'en retourna chez lui au galop. L'apothicaire crut qu'il était simplement devenu fou et qu'il n'avait pas fait ce dont il s'était vanté; il le laissa partir sans informer la justice.

Les habits neufs du grand-duc

Il y avait autrefois un grand-duc qui aimait tant les habits neufs, qu'il dépensait tout son argent à sa toilette. Lorsqu'il passait ses soldats en revue, lorsqu'il allait au spectacle ou à la promenade, il n'avait d'autre but que de montrer ses habits neufs. À chaque heure de la journée, il changeait de vêtements, et comme on dit d'un roi: «Il est au conseil», on disait de lui: «Le grand-duc est à sa garde robe».

La capitale était une ville bien gaie, grâce à la quantité d'étrangers qui passaient; mais un jour il y vint deux fripons qui se donnèrent pour tisserands et déclarèrent savoir tisser la plus magnifique étoffe du monde. Non seulement les couleurs et le dessin étaient extraordinairement beaux, mais les vêtements confectionnés avec cette étoffe possédaient une qualité merveilleuse: ils devenaient invisibles pour toute personne qui ne savait pas bien exercer son emploi ou qui avait l'esprit trop borné.

«Ce sont des habits impayables», pensa le grand-duc; «grâce à eux, je pourrai connaître les hommes incapables de mon gouvernement: je saurai distinguer les habiles des niais. Oui, cette étoffe m'est indispensable.»

Puis il avança aux deux fripons une forte somme afin qu'ils pussent commencer immédiatement leur travail. Ils dressèrent en effet deux métiers, et firent semblant de travailler, quoiqu'il n'y eût absolument rien sur les bobines. Sans cesse ils demandaient de la soie fine et de l'or magnifique; mais ils mettaient tout cela dans leur sac, travaillant jusqu'au milieu de la nuit avec des métiers vides.

«Il faut cependant que je sache où ils en sont», se dit le grand-duc. Mais il se sentait le cœur serré en pensant que les personnes niaises ou incapables de remplir leurs fonctions ne pourraient voir l'étoffe. Ce n'était pas qu'il doutât de lui-même; toutefois il jugea à propos d'envoyer quelqu'un pour examiner le travail avant lui.

Tous les habitants de la ville connaissaient la qualité merveilleuse de l'étoffe, et tous brûlaient d'impatience de savoir combien leur voisin était borné ou incapable.

«Je vais envoyer aux tisserands mon bon vieux ministre», pensa le grand-duc, «c'est lui qui peut le mieux juger l'étoffe; il se distingue autant par son esprit que par ces capacités.»

L'honnête vieux ministre entra dans la salle où les deux imposteurs travaillaient avec les métiers vides.

«Mon Dieu!» pensa-t-il en ouvrant de grands yeux, «je ne vois rien.» Mais il n'en dit mot. Les deux tisserands l'invitèrent à s'approcher, et lui demandèrent comment il trouvait le dessin et les couleurs. En même temps ils montrèrent leurs métiers, et le vieux ministre y fixa ses regards; mais il ne vit rien, par la raison bien simple qu'il n'y avait rien.

«Bon Dieu!» pensa-t-il «serais-je vraiment borné? Il faut que personne ne s'en doute. Serais-je vraiment incapable? Je n'ose avouer que l'étoffe est invisible pour moi.»

—Eh bien? qu'en dites-vous? dit l'un des tisserands.

—C'est charmant, c'est tout à fait charmant! répondit le ministre en mettant ses lunettes. Ce dessin et ces couleurs... oui, je dirai au grand-duc que j'en suis très content.

—C'est heureux pour nous, dirent les deux tisserands. Et ils se mirent à lui montrer des couleurs et des dessins imaginaires en leur donnant des noms.

Le vieux ministre prêta la plus grande attention, pour répéter au grand-duc toutes leurs explications. Les fripons demandaient toujours de l'argent de la soie et de l'or; il en fallait énormément pour ce tissu. Bien entendu qu'ils empochèrent le tout; le métier restait vide et ils travaillaient toujours.

Quelques temps après, le grand-duc envoya un autre fonctionnaire honnête pour examiner l'étoffe et voir si elle s'achevait. Il arriva à ce nouveau député la même chose qu'au ministre; il regardait toujours, mais ne voyait rien.

—N'est-ce pas que le tissu est admirable? demandèrent les deux imposteurs en montrant et expliquant le superbe dessin et les belles couleurs qui n'existaient pas.

«Cependant je ne suis pas niais!» pensait l'homme.»C'est donc que je ne suis capable de remplir ma place? C'est assez drôle, mais je prendrai bien garde de la perdre.» Puis il fit l'éloge de l'étoffe, et témoigna toute son admiration pour le choix des couleurs et le dessin.

—C'est d'une magnificence incomparable, dit-il au grand-duc, et toute la ville parla de cette étoffe extraordinaire.

Enfin, le grand-duc lui-même voulut la voir pendant qu'elle était encore sur le métier. Accompagné d'une foule d'hommes choisis, parmi lesquels se trouvaient les deux honnêtes fonctionnaires, il se rendit auprès des adroits filous qui tissaient toujours, mais sans fil de soie et d'or, ni aucune espèce de fil.

—N'est-ce pas que c'est magnifique! dirent les deux honnêtes fonctionnaires. Le dessin et les couleurs sont dignes de Votre Altesse.

Et ils montrèrent du doigt le métier vide, comme si les autres avaient pu y voir quelque chose.

«Qu'est-ce donc?» pensa le grand-duc, «je ne vois rien. C'est terrible. Est-ce que je ne serais qu'un niais? Est-ce que je serais incapable de gouverner? Jamais rien ne pouvait arriver de plus malheureux.» Puis tout à coup il s'écria:

—C'est magnifique! J'en témoigne ici toute ma satisfaction. Il hocha la tête d'un air content, et regarda le métier sans oser dire la vérité.

Toutes les gens de sa suite regardèrent de même, les uns après les autres, mais sans rien voir, et ils répétaient comme le grand-duc: «C'est magnifique!» Ils lui conseillèrent même de revêtir cette nouvelle étoffe à la première grande procession.»C'est magnifique! c'est charmant! c'est admirable!» exclamaient toutes les bouches, et la satisfaction était générale. Les deux imposteurs furent décorés, et reçurent le titre de gentilshommes tisserands. Toute la nuit qui précéda le jour de la procession, ils veillèrent et travaillèrent à la clarté de seize bougies. La peine qu'ils se donnaient était visible à tout le monde. Enfin, ils firent semblant d'ôter l'étoffe du métier, coupèrent dans l'air avec de grands ciseaux, cousirent avec une aiguille sans fil, après quoi ils déclarèrent que le vêtement était achevé. Le grand-duc, suivi de ses aides de camp, alla examiner, et les filous, levant un bras en l'air comme s'ils tenaient quelque chose, dirent:

—Voici le pantalon, voici l'habit, voici le manteau. C'est léger comme de la toile d'araignée. Il n'y a pas danger que cela vous pèse sur le corps, et voilà surtout en quoi consiste la vertu de cette étoffe.

—Certainement, répondirent les aides de camp, mais ils ne voyaient rien, puisqu'il n'y avait rien.

—Si Votre Altesse daigne se déshabiller, dirent les fripons, nous lui essayerons les habits devant la grande glace. Le grand-duc se déshabilla, et les fripons firent semblant de lui présenter une pièce après l'autre. Ils lui prirent le corps comme pour lui attacher quelque chose. Il se tourna et se retourna devant la glace.

—Grand Dieu! que cela va bien! quelle coupe élégante! s'écrièrent tous les courtisans. Quel dessin! quelles couleurs! quel précieux costume! Le grand maître des cérémonies entra.

—Le dais sous lequel Votre Altesse doit assister à la procession est à la porte, dit-il.

—Bien! je suis prêt, répondit le grand-duc. Je crois que je ne suis pas mal ainsi. Et il se tourna encore une fois devant la glace pour bien regarder l'effet de sa splendeur.

Les chambellans qui devaient porter la queue firent semblant de ramasser quelque chose par terre; puis ils élevèrent les mains, ne voulant pas convenir qu'ils ne voyaient rien du tout. Tandis que le grand-duc cheminait fièrement à la procession sous son dais magnifique, tous les hommes, dans la rue et aux fenêtres, s'écriaient:

—Quel superbe costume! Comme la queue en est gracieuse! Comme la coupe en est parfaite! Nul ne voulait laisser voir qu'il ne voyait rien; il aurait été déclaré niais ou incapable de remplir un emploi. Jamais les habits du grand-duc n'avaient excité une telle admiration.

—Mais il me semble qu'il n'a pas du tout d'habit, observa un petit enfant.

—Seigneur Dieu, entendez la voix de l'innocence! dit le père. Et bientôt on chuchota dans la foule en répétant les paroles de l'enfant:

—Il y a un enfant qui dit que le grand-duc n'a pas d'habit du tout!

—Il n'a pas du tout d'habit! s'écria enfin tout le peuple. Le grand-duc en fut extrêmement mortifié, car il lui semblait qu'ils avaient raison. Cependant, sans perdre son sang-froid, il se raisonna et prit sa résolution:

—Quoi qu'il en soit, il faut que je reste jusqu'à la fin! Puis, il se redressa plus fièrement encore pour en imposer à son peuple, et les chambellans continuèrent à porter avec respect la queue qui n'existait pas.

Hans le balourd

Il y avait dans la campagne un vieux manoir et, dans ce manoir, un vieux seigneur qui avait deux fils si pleins d'esprit qu'avec la moitié ils en auraient déjà eu assez. Ils voulaient demander la main de la fille du roi mais ils n'osaient pas car elle avait fait savoir qu'elle épouserait celui qui saurait le mieux plaider sa cause. Les deux garçons se préparèrent pendant huit jours — ils n'avaient pas plus de temps devant eux —, mais c'était suffisant car ils avaient des connaissances préalables fort utiles. L'un savait par cœur tout le lexique latin et trois années complètes du journal du pays, et cela en commençant par le commencement ou en commençant par la fin; l'autre avait étudié les statuts de toutes les corporations et appris tout ce que devait connaître un maître juré, il pensait pouvoir discuter de l'État et, de plus, il s'entendait à broder les harnais car il était fin et adroit de ses mains.

— J'aurai la fille du roi, disaient-ils tous les deux.

Leur père donna à chacun d'eux un beau cheval, noir comme le charbon pour celui à la mémoire impeccable, blanc comme neige pour le maître en sciences corporatives et broderie, puis ils se graissèrent les commissures des lèvres avec de l'huile de foie de morue pour rendre leur parole plus fluide.

Tous les domestiques étaient dans la cour pour les voir monter à cheval quand soudain arriva le troisième frère — ils étaient trois, mais le troisième ne comptait absolument pas, il n'était pas instruit comme les autres, on l'appelait Hans le Balourd.

— Où allez-vous ainsi en grande tenue? demanda-t-il.

— À la cour, gagner la main de la princesse par notre conversation. Tu n'as pas entendu ce que le tambour proclame dans tout le pays?

Et ils le mirent au courant.

— Parbleu! il faut que j'en sois! fit Hans le Balourd.

Ses frères se moquèrent de lui et partirent.

—Père, donne-moi aussi un cheval, cria Hans le Balourd, j'ai une terrible envie de me marier. Si la princesse me prend, c'est bien, et si elle ne me prend pas, je la prendrai quand même.

—Bêtises, fit le père, je ne te donnerai pas de cheval, tu ne sais rien dire, tes frères, eux, sont gens d'importance.

—Si tu ne veux pas me donner de cheval, répliqua Hans le Balourd, je monterai mon bouc, il est à moi et il peut bien me porter.

Et il se mit à califourchon sur le bouc, l'éperonna de ses talons et prit la route à toute allure. Ah! comme il filait!

—J'arrive, criait-il.

Et il chantait d'une voix claironnante.

Les frères avançaient tranquillement sur la route sans mot dire, ils pensaient aux bonnes réparties qu'ils allaient lancer, il fallait que ce soit longuement médité.

—Holà! holà! criait Hans, me voilà! Regardez ce que j'ai trouvé sur la route.

Et il leur montra une corneille morte qu'il avait ramassée.

—Balourd! qu'est-ce que tu vas faire de ça?

—Je l'offrirai à la fille du roi.

—C'est parfait! dirent les frères.

Et ils continuèrent leur route en riant.

—Holà! holà! voyez ce que j'ai trouvé maintenant! Ce n'est pas tous les jours qu'on trouve ça sur la route.

Les frères tournèrent encore une fois la tête.

—Balourd! c'est un vieux sabot dont le dessus est parti. Est-ce aussi pour la fille du roi?

—Bien sûr! dit Hans.

Et les frères de rire et de prendre une grande avance.

—Holà! holà! ça devient de plus en plus beau! Holà! c'est merveilleux!

—Qu'est-ce que tu as encore trouvé?

—Oh! elle va être joliment contente, la fille du roi!

—Pfuu! mais ce n'est que de la boue qui vient de jaillir du fossé!

—Oui, oui, c'est ça, et de la plus belle espèce, on ne peut même pas la tenir dans la main.

Là-dessus il en remplit sa poche.

Les frères chevauchèrent à bride abattue et arrivèrent avec une heure d'avance aux portes de la ville. Là, les prétendants recevaient l'un après l'autre un numéro et on les mettait en rang six par six, si serrés qu'ils ne pouvaient remuer les bras et c'était fort bien ainsi, car sans cela ils se seraient peut-être battus rien que parce que l'un était devant l'autre.

Tous les autres habitants du pays se tenaient autour du château, juste devant les fenêtres pour voir la fille du roi recevoir les prétendants. À mesure que l'un d'eux entrait dans la salle, il ne savait plus que dire.

—Bon à rien, disait la fille du roi, sortez!

Vint le tour du frère qui savait le lexique par cœur, mais il l'avait complètement oublié pendant qu'il faisait la queue. Le parquet craquait et le plafond était tout en glace, de sorte qu'il se voyait à l'envers marchant sur la tête. À chaque fenêtre se tenaient trois secrétaires-journalistes et un maître juré (surveillant) qui inscrivaient tout ce qui se disait afin que cela paraisse aussitôt dans le journal que l'on vendait au coin pour deux sous. C'était affreux. De plus, on avait chargé le poêle au point qu'il était tout rouge.

—Quelle chaleur! disait le premier des frères.

—C'est parce qu'aujourd'hui mon père rôtit des poulets, dit la fille du roi.

Euh! le voilà pris, il ne s'attendait pas à ça. Il aurait voulu répondre quelque chose de drôle et ne trouvait rien. Euh!...

—Bon à rien. Sortez!

L'autre frère entra.

—Il fait terriblement chaud ici, commença-t-il....

—Oui, nous rôtissons des poulets aujourd'hui.

—Comment? Quoi? Quoi? dit-il.

Et tous les journalistes écrivaient: «Comment? quoi? quoi?»

—Bon à rien! Sortez!

Vint le tour de Hans le Balourd. Il entra sur son bouc jusqu'au milieu de la salle.

—Quelle fournaise! dit-il.

—Oui, nous rôtissons des poulets aujourd'hui.

—Quelle chance! fit Hans le Balourd, alors je pourrai sans doute me faire rôtir une corneille.

—Mais bien sûr dit la princesse, mais as-tu quelque chose pour la faire rôtir, car moi je n'ai ni pot ni poêle.

—Et moi j'en ai, dit Hans, voilà une casserole cerclée d'étain.

Et il sortit le vieux sabot et posa la corneille au milieu.

—Voilà tout un repas, dit la fille du roi, mais où prendrons-nous la sauce?

—Dans ma poche, dit Hans le Balourd. J'en ai tant que je veux!

Et il fit couler un peu de boue de sa poche.

—Ça, ça me plaît! dit la fille du roi. Toi, tu as réponse à tout et tu sais parler et je te veux pour époux. Mais sais-tu que chaque mot que nous avons dit paraîtra demain matin dans le journal? À chaque fenêtre se tiennent trois secrétaires-journalistes et un vieux maître juré (surveillant) et ce vieux-là est pire encore que les autres car il ne comprend rien de rien.

Elle disait cela pour lui faire peur. Tous les secrétaires-journalistes, par protestation, firent des taches d'encre sur le parquet.

—Voilà du beau monde! dit Hans le Balourd. Je vois qu'il faut que je m'en mêle et que je donne à leur patron tout ce que j'ai de mieux.

Il retourna sa poche et lança au maître juré le reste de la boue en pleine figure.

—Ça, c'est du beau travail! dit la princesse, je n'en aurais pas fait autant.... Mais j'apprendrai à mon tour à les traiter comme ils le méritent.

C'est ainsi que Hans le Balourd devint roi, il eut une femme et une couronne et s'assit sur un trône et c'est le journal qui nous en informa... mais peut-on vraiment se fier aux journaux?

L'heureuse famille

La plus grande feuille dans ce pays est certainement la feuille de bardane. Si on la tient devant son petit estomac, on croit avoir un véritable tablier et si, les jours de pluie, on la pose sur sa tête, elle vaut presque un parapluie, tant elle est immense. Jamais une bardane ne pousse isolée; où il y en a une, il y en a beaucoup d'autres et c'est une nourriture véritablement délicieuse pour les escargots. Je parle des grands escargots blancs que les gens distingués faisaient autrefois préparer en fricassée. Il y avait un vieux château où l'on ne mangeait plus d'escargots, ils avaient presque disparu, mais la bardane, elle, était plus vivace que jamais, elle envahissait les allées et les plates-bandes; on ne pouvait en venir à bout, c'était une vraie forêt. De-ci, de-là s'élevait un prunier ou un pommier, sans lesquels on n'aurait jamais cru que ceci avait été un jardin. Tout était bardane... et là-dedans vivaient les deux derniers et très vieux escargots. Ils ne savaient pas eux-mêmes quel âge ils pouvaient avoir, mais ils se souvenaient qu'ils avaient été très nombreux, qu'ils étaient d'une espèce venue de l'étranger, et que c'est pour eux que toute la forêt avait été plantée. Ils n'en étaient jamais sortis, mais ils savaient qu'il y avait dans le monde quelque chose qui s'appelait «le château», où l'on était apporté pour être cuit, ce qui avait pour effet de vous faire devenir tout noir, puis on était posé sur un plat d'argent, sans que l'on puisse savoir ce qui arrivait par la suite. Être cuit, devenir tout noir et couché sur un plat d'argent, ils ne s'imaginaient pas ce que cela pouvait être, mais ce devait être très agréable et supérieurement distingué. Ni la taupe, ni le crapaud, ni le ver de terre interrogés, ne pouvaient donner là-dessus le moindre renseignement, aucun d'eux n'avait été cuit. Les vieux escargots blancs savaient qu'ils étaient les plus nobles de tous, la forêt existait à leur usage unique et le château était là afin qu'ils puissent être cuits et mis sur un plat d'argent. Ils vivaient très solitaires, mais heureux et comme ils n'avaient pas d'enfants, ils avaient recueilli un petit colimaçon tout ordinaire, qu'ils élevaient comme s'il était leur propre fils. Le petit ne grandissait guère parce qu'il était d'une espèce très vulgaire. Un jour, une forte pluie tomba.

— Écoutez comme ça tape sur les feuilles de bardane! dit le père.

—Et les gouttes transpercent tout, dit la mère. Il y en a qui descendent même le long des tiges. Tout va être mouillé. Quelle chance d'avoir chacun une bonne maison et le petit aussi. On a fait plus pour nous que pour toutes les autres créatures, on voit bien que nous sommes les maîtres du monde! Dès notre naissance, nous avons notre propre maison et la forêt de bardanes semée pour notre usage. Je me demande ce qu'il y a au-delà.

—Il n'y a rien au-delà, dit le père. Nulle part, on pourrait être mieux que chez nous et je n'ai rien à désirer.

—Si, dit la mère, je voudrais être portée au château, être cuite et mise sur un plat d'argent. Tous nos ancêtres l'ont été et, crois-moi, ce doit être quelque chose d'extraordinaire.

—Le château est sans doute écroulé, dit le père, ou bien la forêt a poussé par-dessus, et les hommes n'ont plus pu en sortir. Du reste, il n'y a rien d'urgent à le savoir. Mais tu es toujours si agitée et le petit commence à l'être aussi—ne grimpe-t-il pas depuis trois jours le long de cette tige?—Ne le gronde pas, dit la mère, il grimpe si prudemment; tu verras, nous en aurons de la satisfaction, et nous autres vieux n'avons pas d'autre raison d'exister. Mais une chose me préoccupe: comment lui trouver une femme? Crois-tu que, au loin dans la forêt, on trouverait encore une jeune fille de notre race?

—Oh! des limaces noires, ça je crois qu'il y en a encore, mais sans coquille et vulgaires! Et avec ça, elles ont des prétentions. Nous pourrions en parler aux fourmis qui courent de tous les côtés, comme si elles avaient quelque chose à faire. Peut-être qu'elles connaîtraient une femme pour notre petit?

—Je connais la plus belle des belles, dit la fourmi, mais je crains qu'elle ne fasse pas l'affaire; c'est une reine!

—Qu'est-ce que ça fait, dit le père, a-t-elle une «maison»?

—Un château qu'elle a, dit la fourmi, un merveilleux château de fourmis, avec sept cents couloirs.

—Merci bien, dit la mère, notre fils n'ira pas dans une fourmilière. Si vous n'avez rien de mieux à nous offrir, nous nous adresserons aux moustiques blancs; ils volent de tous côtés sous la pluie et dans le soleil et connaissent la forêt.

—Nous avons une femme pour lui, susurrèrent les moustiques. À cent pas humains d'ici se tient, sur un groseillier, une petite fille escargot à coquille qui est là toute seule et en âge de se marier.

—Qu'elle vienne vers lui, dit le père; il possède une forêt de bardanes, elle n'a qu'un simple buisson.... Alors les moustiques allèrent chercher la petite jeune fille escargot. On l'attendit huit jours, ce qui prouve qu'elle était bien de leur race. Ensuite, la noce eut lieu. Six vers luisants étincelèrent de leur mieux. Du reste, tout se passa très calmement, le vieux ménage escargots ne supportant ni la bombance, ni le chahut. Maman escargot tint un émouvant discours — le père était trop ému —, et c'est toute la forêt de bardanes que le jeune ménage reçut en dot, les parents disant, comme ils l'avaient toujours dit, que c'était là ce qu'il y avait de meilleur au monde, et que si les jeunes vivaient dans l'honnêteté et la droiture et se multipliaient, eux et leurs enfants auraient un jour l'honneur d'être portés au château, cuits et mis sur un plat d'argent. Après ce discours, les vieux rentrèrent dans leur coquille et n'en sortirent plus jamais. Ils dormaient. Le jeune couple régna sur la forêt et eut une grande descendance, mais ils ne furent jamais cuits et ils n'eurent jamais l'honneur du plat d'argent. Ils en conclurent que le château s'était écroulé, que tous les hommes sur la terre étaient morts. La pluie battait sur les feuilles de bardane pour leur offrir un concert de tambours, le soleil brillait afin de donner une belle couleur aux feuilles de bardane. Ils en étaient très heureux, oui, toute la famille vivait heureuse.

Le jardinier et ses maîtres

À une petite lieue de la capitale se trouvait un château; ses murailles étaient épaisses; ses tours avaient des créneaux et des toits pointus. C'était un ancien et superbe château. Là résidait, mais pendant l'été seulement, une noble et riche famille. De tous les domaines qu'elle possédait, ce château était la perle et le joyau. On l'avait récemment restauré extérieurement, orné et décoré si bien qu'il brillait d'une nouvelle jeunesse. À l'intérieur régnait le confortable joint à l'agréable; rien n'y laissait à désirer. Au-dessus de la grande porte était sculpté le blason de la famille. De magnifiques guirlandes de roses ciselées dans la pierre entouraient les animaux fantastiques des armoiries. Devant le château s'étendait une vaste pelouse. On y voyait, s'élançant au milieu du vert gazon, des bouquets d'aubépine rouge, d'épine blanche, des parterres de fleurs rares, sans parler des merveilles que renfermait une grande serre bien entretenue. La noble famille possédait un fameux jardinier; aussi était-ce un plaisir de parcourir le jardin aux fleurs, le verger, le potager. Au bout de ce dernier, il existait encore un reste du jardin des anciens temps. C'étaient des buissons de buis et d'ifs, taillés en forme de pyramides et de couronnes. Derrière, s'élevaient deux vieux arbres énormes; ils étaient si vieux qu'il n'y poussait presque plus de feuilles. On aurait pu s'imaginer qu'un ouragan ou une trombe les avaient couverts de tas de boue et de fumier, mais c'étaient des nids d'oiseaux qui occupaient presque toutes les branches. Là nichait, de temps immémorial, toute une bande de corneilles et de choucas. Cela formait comme une cité. Ces oiseaux avaient élu domicile en ce lieu avant tout le monde; ils pouvaient s'en prétendre les véritables seigneurs; et de fait ils avaient l'air de mépriser fort les humains qui étaient venus usurper leur domaine. Toutefois, quand ces êtres d'espèce inférieure, incapables de s'élever de dessus terre, tiraient quelque coup de fusil dans le voisinage, corneilles et choucas se sentaient froid dans le dos et s'enfuyaient à tire-d'aile en criant: rak, rak. Le jardinier parlait souvent à ses maîtres de ces vieux arbres, prétendant qu'ils gâtaient la perspective, conseillant de les abattre; on aurait, en outre, l'avantage d'être ainsi débarrassé de ces oiseaux aux cris discordants, qui seraient forcés d'aller nicher ailleurs. Les maîtres n'entendaient nullement de cette oreille-là. Ils ne voulaient pas que les arbres ni les corneilles disparussent.» C'est, disaient-ils, un vestige de la vénérable antiquité qu'il ne faut pas détruire. Voyez-vous, cher Larsen, ajoutaient-ils, ces arbres sont l'héritage de ces oiseaux, nous aurions tort de le leur enlever.» Larsen, comme vous le saisissez parfaitement, était le nom du jardinier.» N'avez-vous donc pas assez d'espace, continuaient les maîtres, pour déployer vos talents? vous avez un grand jardin aux fleurs, une vaste serre, un immense potager. Que feriez-vous de plus d'espace?» En effet, ce n'était pas le terrain qui lui manquait. Il le cultivait, du reste, avec autant d'habileté que de zèle. Les maîtres le reconnaissaient volontiers. Ils ne lui cachaient pas cependant qu'ils avaient parfois vu et goûté, chez d'autres, des fleurs et des fruits qui surpassaient ceux qu'ils trouvaient dans leur jardin. Le brave homme se chagrinait de cette remarque, car il faisait de son mieux, il ne pensait qu'à satisfaire ses maîtres, et il connaissait à fond son métier. Un jour ils le mandèrent au salon et lui dirent, avec toute la douceur et la bienveillance possible, que la veille, dînant au château voisin, ils avaient mangé des pommes et des poires si parfumées, si savoureuses, si exquises, que tous les convives en avaient exprimé leur admiration.» Ces fruits, poursuivirent les maîtres, ne sont probablement pas des produits de ce pays-ci; ils viennent certainement de l'étranger. Mais il faudrait tâcher de se procurer l'espèce d'arbre qui les porte et l'acclimater. Ils avaient été achetés, à ce qu'on nous a dit, chez le premier fruitier de la ville. Montez à cheval, allez le trouver pour savoir d'où il a tiré ces fruits. Nous ferons venir des greffes de cette sorte d'arbre, et votre habileté fera le reste.» Le jardinier connaissait parfaitement le fruitier; c'était précisément à lui qu'il vendait le superflu des fruits de son verger. Il partit à cheval pour la ville et demanda au fruitier d'où provenaient ces poires et ces pommes délicieuses qu'on avait mangées au château de X....» Elles venaient de votre propre jardin», répondit le fruitier; et il lui montra les pommes et les poires pareilles, que le jardinier reconnut aussitôt pour les siennes. Combien il en fut réjoui, vous pouvez aisément le deviner. Il accourut au plus vite et raconta à ses maîtres que ces fameuses pommes et ces poires délicieuses étaient les fruits des arbres de leur jardin. Les maîtres se refusaient à le croire: «Ce n'est pas possible, mon bon Larsen. Tenez, je gage que le fruitier se garderait bien de vous l'attester par écrit.» Le lendemain, Larsen apporta l'attestation signée du fruitier: «C'est tout ce qu'il y a de plus extraordinaire!» dirent les maîtres. De ce moment, tous les jours on plaça sur la table de pleines corbeilles de ces pommes et de ces poires. On en expédia aux amis de la ville et de la campagne, même aux amis des pays étrangers. Ces présents faisaient plaisir à tout le monde, à ceux qui les recevaient et à ceux qui les donnaient. Mais pour que l'orgueil du jardinier n'en fût point trop exalté, on eut soin de lui faire remarquer combien l'été avait été favorable aux fruits, qui avaient partout réussi à merveille. Quelque temps se passa. La noble famille fut invitée à dîner à la cour. Le lendemain, le jardinier fut de nouveau appelé au salon. On lui dit que des melons d'un parfum et d'un goût merveilleux avaient été servis sur la table du roi.» Ils viennent des serres de Sa Majesté. Il faudrait, cher Larsen, obtenir du jardinier du roi quelques pépins de ces fruits incomparables.

—Mais c'est de moi-même que le jardinier tient la graine de ces melons! dit joyeusement le jardinier.

—Il faut donc, répartit le seigneur, que cet homme ait su les perfectionner singulièrement par sa culture, car je n'en ai jamais mangé de si savoureux. L'eau m'en vient à la bouche en y songeant.

—Hé bien, dit le jardinier, voilà de quoi me rendre fier. Il faut donc que Votre Seigneurie sache que le jardinier du roi n'a pas été heureux cette année avec ses melons. Ces jours derniers il est venu me voir; il a vu combien les miens avaient bonne mine, et après en avoir goûté, il m'a prié de lui en envoyer trois pour la table de Sa Majesté.

—Non, non, mon brave Larsen, ne vous imaginez pas que ces divins fruits que nous avons mangés hier proviennent de votre jardin.

—J'en suis parfaitement certain, répondit Larsen, et je vous en fournirai la preuve.» Il alla trouver le jardinier du roi et se fit donner par lui un certificat d'où il résultait que les melons qui avaient figuré au dîner de la cour avaient bien réellement poussé dans les serres de ses maîtres. Les maîtres ne pouvaient revenir de leur surprise. Ils ne firent pas un mystère de l'événement. Bien loin de là, ils montrèrent ce papier à qui le voulut voir. Ce fut à qui leur demanderait alors des pépins de leurs melons et des greffes de leurs arbres fruitiers. Les greffes réussirent de tous côtés. Les fruits qui en naquirent reçurent partout le nom des propriétaires du château, de sorte que ce nom se répandit en Angleterre, en Allemagne et en France. Qui se serait attendu à rien de pareil?» Pourvu que notre jardinier n'aille pas concevoir une trop haute opinion de lui-même!» se disaient les maîtres. Leur appréhension était mal fondée. Au lieu de s'enorgueillir et de se reposer sur sa renommée, Larsen n'en eut que plus d'activité et de zèle. Chaque année il s'attacha à produire quelque nouveau chef-d'œuvre. Il y réussit presque toujours. Mais il ne lui en fallut pas moins entendre souvent dire que les pommes et les poires de la fameuse année étaient les meilleurs fruits qu'il eût obtenus. Les melons continuaient sans doute à bien venir, mais ils n'avaient plus tout à fait le même parfum. Les fraises étaient excellentes, il est vrai, mais pas meilleures que celles du comte Z. Et lorsqu'une année les petits radis manquèrent, il ne fut plus question que de ces détestables petits radis. Des autres légumes, qui étaient parfaits, pas un mot. On aurait dit que les maîtres éprouvaient un véritable soulagement à pouvoir s'écrier: «Quels atroces petits radis! Vraiment, cette année est bien mauvaise: rien ne vient bien cette année!» Deux ou trois fois par semaine, le jardinier apportait des fleurs pour orner le salon. Il avait un art particulier pour faire les bouquets; il disposait les couleurs de telle sorte qu'elles se faisaient valoir l'une l'autre et il obtenait ainsi des effets ravissants.» Vous avez bon goût, cher Larsen, disaient les maîtres. Vraiment oui. Mais n'oubliez pas que c'est un don de Dieu. On le reçoit en naissant; par soi-même on n'en a aucun mérite.» Un jour le jardinier arriva au salon avec un grand vase où parmi des feuilles d'iris s'étalait une grande fleur d'un bleu éclatant.» C'est superbe! s'écria Sa Seigneurie enchantée: on dirait le fameux lotus indien!» Pendant la journée, les maîtres la plaçaient au soleil où elle resplendissait; le soir on dirigeait sur elle la lumière au moyen d'un réflecteur. On la montrait à tout le monde; tout le monde l'admirait. On déclarait qu'on n'avait jamais vu une fleur pareille, qu'elle devait être des plus rares. Ce fut l'avis notamment de la plus noble jeune fille du pays, qui vint en visite au château: elle était princesse, fille du roi; elle avait, en outre, de l'esprit et du cœur, mais, dans sa position, ce n'est là qu'un détail oiseux. Les seigneurs tinrent à honneur de lui offrir la magnifique fleur, ils la lui envoyèrent au palais royal. Puis il allèrent au jardin en chercher une autre pour le salon. Ils le parcoururent vainement jusque dans les moindres recoins; ils n'en trouvèrent aucune autre, non plus que dans la serre. Ils appelèrent le jardinier et lui demandèrent où il avait pris la fleur bleue: «Si vous n'en avez pas trouvé, dit Larsen, c'est que vous n'avez pas cherché dans le potager. Ah! ce n'est pas une fleur à grande prétention, mais elle est belle tout de même: c'est tout simplement une fleur d'artichaut!

—Grand Dieu! Une fleur d'artichaut! s'écrièrent Leurs Seigneuries. Mais, malheureux, vous auriez dû nous dire cela tout d'abord. Que va penser la princesse? Que nous nous sommes moqués d'elle. Nous voilà compromis à la cour. La princesse a vu la fleur dans notre salon, elle l'a prise pour une fleur rare et exotique; elle est pourtant instruite en botanique, mais la science ne s'occupe pas des légumes. Quelle idée avez-vous eue, Larsen, d'introduire dans nos appartements une fleur de rien! Vous nous avez rendus impertinents ou ridicules.» On se garda bien de remettre au salon une de ces fleurs potagères. Les maîtres se firent à la hâte excuser auprès de la princesse, rejetant la faute sur leur jardinier qui avait eu cette bizarre fantaisie, et qui avait reçu une verte remontrance.» C'est un tort et une injustice, dit la princesse. Comment! il a attiré nos regards sur une magnifique fleur que nous ne savions pas apprécier; il nous a fait découvrir la beauté où nous ne nous avisions pas de la chercher; et on l'en blâmerait! Tous les jours, aussi longtemps que les artichauts seront fleuris, je le prie de m'apporter au palais une de ces fleurs.» Ainsi fut-il fait. Les maîtres de Larsen s'empressèrent, de leur côté, de réinstaller la fleur bleue dans leur salon, et de la mettre bien en évidence, comme la première fois.» Oui, elle est magnifique, dirent-ils; on ne peut le nier. C'est curieux, une fleur d'artichaut!» Le jardinier fut complimenté.» Oh! les compliments, les éloges, voilà ce qu'il aime! disaient les maîtres; il est comme un enfant gâté.» Un jour d'automne s'éleva une tempête épouvantable; elle ne fit qu'aller en augmentant toute la nuit. Sur la lisière du bois, une rangée de grands arbres furent arrachés avec leurs racines. Les deux arbres couverts de nids d'oiseaux furent aussi renversés. On entendit jusqu'au matin les cris perçants, les piaillements aigus des corneilles effarées, dont les ailes venaient frapper les fenêtres.»Vous voilà satisfait, Larsen, dirent les maîtres, voilà ces pauvres vieux arbres par terre. Maintenant il ne reste plus ici de trace des anciens temps, tout est détruit, comme vous le désiriez. Ma foi, cela nous a fait de la peine.» Le jardinier ne répondit rien: il réfléchit aussitôt à ce qu'il ferait de ce nouvel emplacement, bien situé au soleil. En tombant, les deux arbres avaient abîmé les buis taillés en pyramides, ils furent enlevés. Larsen les remplaça par des arbustes et des plantes pris dans les bois et dans les champs de la contrée. Jamais jardinier n'avait encore eu cette idée. Il réunit là le genévrier de la bruyère du Jutland, qui ressemble tant au cyprès d'Italie, le houx toujours vert, les plus belles fougères semblables aux palmiers, de grands bouillons blancs qu'on prendrait pour des candélabres d'église. Le sol était couvert de jolies fleurs des prés et des bois. Cela formait un charmant coup d'œil. À la place des vieux arbres fut planté un grand mât au haut duquel flottait l'étendard du Danebrog, et tout autour se dressaient des perches où, en été, grimpait le houblon. En hiver, à Noël, selon un antique usage, une gerbe d'avoine fut suspendue à une perche, pour que les oiseaux prissent part à la fête: «Il devient sentimental sur ses vieux jours, ce bon Larsen, disaient les maîtres; mais ce n'en est pas moins un serviteur fidèle et dévoué.» Vers le nouvel an, une des feuilles illustrées de la capitale publia une gravure du vieux château. On y voyait le mât avec le Danebrog, et la gerbe d'avoine au bout d'une perche. Et dans le texte, on faisait ressortir ce qu'avait de touchant cette ancienne coutume de faire participer les oiseaux du bon Dieu à la joie générale des fêtes de Noël: on félicitait ceux qui l'avaient remise en pratique.» Vraiment, tout ce que fait ce Larsen, on le tambourine aussitôt, dirent les maîtres. Il a de la chance. Nous devons presque être fiers qu'il veuille bien rester à notre service.» Ce n'était là qu'une façon de parler. Ils n'en étaient pas fiers du tout, et n'oubliaient pas qu'ils étaient les maîtres et qu'ils pouvaient, s'il leur plaisait, renvoyer leur jardinier, ce qui eût été sa mort, tant il aimait son jardin. Aussi ne le firent-ils pas. C'étaient de bons maîtres. Mais ce genre de bonté n'est pas fort rare et c'est heureux pour les gens comme Larsen.

La malle volante

Il était une fois un marchand, si riche qu'il eût pu paver toute la rue et presque une petite ruelle encore en pièces d'argent, mais il ne le faisait pas. Il savait employer autrement sa fortune et s'il dépensait un *skilling* [2], c'est qu'il savait gagner un *daler* [3]. Voilà quelle sorte de marchand c'était — et puis, il mourut.

Son fils hérita de tout cet argent et il mena joyeuse vie; il allait chaque nuit au bal masqué, et faisait des ricochets sur la mer avec des pièces d'or à la place de pierres plates. À ce train, l'argent filait vite... À la fin, le garçon ne possédait plus que quatre shillings et ses seuls vêtements étaient une paire de pantoufles et une vieille robe de chambre.

Ses amis l'abandonnèrent puisqu'il ne pouvait plus se promener avec eux dans la rue. Mais l'un d'entre eux, qui était bon, lui envoya une vieille malle en lui disant: «Fais tes paquets!»

C'était vite dit, il n'avait rien à mettre dans la malle. Alors, il s'y mit lui-même.

Quelle drôle de malle! si on appuyait sur la serrure, elle pouvait voler.

C'est ce qu'elle fit, et pfut! elle s'envola avec lui à travers la cheminée, très haut, au-dessus des nuages, de plus en plus loin. Le fond craquait, notre homme craignait qu'il ne se brise en morceaux, il aurait fait une belle culbute! Grand Dieu!... et puis, il arriva au pays des Turcs. Il cacha la malle dans la forêt, sous des feuilles sèches, et entra tel qu'il était, dans la ville, ce qu'il pouvait bien se permettre puisque, en Turquie, tout le monde se promène en robe de chambre et en pantoufles.

Il rencontra une nourrice avec un petit enfant.

— Écoute un peu, nourrice turque, dit-il, qu'est-ce que c'est que ce grand château près de la ville? Les fenêtres en sont si hautes!

— C'est là qu'habite la fille du roi, répondit-elle. Il lui a été prédit qu'elle serait très malheureuse par le fait d'un fiancé, c'est pourquoi personne ne doit aller chez elle sans que le roi et la reine soient présents.

— Merci, dit le fils du marchand.

Il retourna dans la forêt, s'assit dans la malle, vola jusqu'au toit du château et se glissa par la fenêtre chez la princesse.

Elle était couchée sur le sofa et dormait. Elle était si adorable que le fils du marchand ne put se retenir de lui donner un baiser. Elle s'éveilla, effrayée, mais il lui affirma qu'il était le dieu des Turcs et qu'il était venu vers elle à travers les airs, ce qui plut beaucoup à la demoiselle.

Ils s'assirent l'un à côté de l'autre et il lui raconta des histoires: ses yeux étaient les plus beaux lacs sombres sur lesquels les pensées nageaient comme des sirènes, son front était un mont neigeux aux salles magnifiques, pleines d'images. Il parla aussi des cigognes qui apportent les mignons bébés. Quelles belles histoires! alors, il demanda sa main à la princesse, et elle dit «oui» tout de suite.

— Mais revenez ici samedi, lui dit-elle, car le roi et la reine viennent prendre le thé chez moi. Ils seront très fiers de me voir épouser le dieu des Turcs, mais sachez leur raconter un très beau conte car ils les aiment énormément; ma mère les veut moraux et distingués, mais père les apprécie très gais, que l'on puisse rire.

— Bien! Je n'apporterai d'autre cadeau de mariage qu'un conte, répondit-il.

Là-dessus, ils se quittèrent après que la princesse lui eut donné un sabre incrusté de pièces d'or, et c'est cela surtout qui pouvait lui être utile.

Il s'envola, s'acheta une nouvelle robe de chambre et s'assit dans la forêt pour composer un conte. Il devait être terminé samedi, et ce n'est pas si facile. Pourtant, quand vint le samedi, c'était fait.

Le roi, la reine et toute la cour prenaient le thé chez la princesse et l'attendaient. Il fut reçu avec beaucoup de gentillesse.

— Voulez-vous nous raconter une histoire? demanda la reine, une histoire d'un esprit profond et instructif.

— Mais qui fait quand même rire, dit le roi.

— Je veux bien, dit-il. Et il se mit à raconter.

Il y avait une fois un paquet d'allumettes, très fières de leur origine. Leur ancêtre, un grand sapin, dont elles étaient toutes nées, avait été un grand, vieil arbre, dans la forêt. Les allumettes se trouvaient maintenant sur une tablette entre un briquet et une vieille marmite de fer, et elles parlaient de leur jeunesse.

—Quand nous étions parmi les rameaux verts, soupiraient-elles, on peut dire que c'était la belle vie. C'était matin et soir thé de diamants —la rosée—toute la journée le soleil quand il brillait—et les oiseaux pour nous raconter des histoires.

Et nous nous sentions riches! Les arbres à feuillage n'étaient vêtus que l'été. Nous, nous avions les moyens d'être habillées de vert été comme hiver. Mais les bûcherons sont venus et ça a été la grande révolution: notre famille fut dispersée.

Notre père le tronc fut placé comme grand mât sur un splendide navire qui pouvait faire le tour du monde, s'il le voulait; les autres branches furent utilisées ailleurs, et notre sort, à nous, est maintenant d'allumer les lumières pour les gens du commun. C'est pourquoi nous, gens de qualité, avons échoué à la cuisine.

—Mon histoire est toute différente, dit la marmite. Depuis que je suis venue au monde, on m'a récurée et fait bouillir tant de fois! Je pourvois au substantiel et suis réellement la personne la plus importante de la maison. Ma seule joie c'est, après le repas, de m'étendre propre et récurée sur une planche et de tenir la conversation avec les camarades. Mais à l'exception du seau d'eau qui, de temps en temps, descend dans la cour, nous vivons très renfermés. Notre seul agent d'information est le panier à provisions, mais il parle avec tant d'agitation du gouvernement et du peuple! Oui, l'autre jour, un vieux pot, effrayé de l'entendre, est tombé et s'est cassé en mille morceaux —il a des idées terriblement avancées, vous savez!

—Tu parles trop, dit le briquet. Son acier frappa la pierre à fusil qui lança des étincelles. Tâchons plutôt de passer une soirée un peu gaie.

—Oui, dirent les allumettes. Cherchons qui sont, ici, les gens du plus haut rang.

—Non, je n'aime pas à parler de moi, dit le pot de terre, ayons une soirée de simple causerie. Je commencerai. Racontons quelque chose que chacun a vécu, c'est bien facile et si amusant.

—Au bord de la Baltique, sous les hêtres danois....

—Quel charmant début! interrompirent les assiettes. Nous sentons que nous aimerons cette histoire!

—Oui, j'ai passé là ma jeunesse dans une paisible famille. Les meubles étaient cirés, les parquets lavés, les rideaux changés tous les quinze jours.

—Comme vous racontez d'une manière intéressante! dit le balai à poussière. On se rend compte tout de suite que c'est une femme qui parle; il y a quelque chose de si propre dans votre récit.

—Oui, ça se sent, dit le seau d'eau. Et, de plaisir, il fit un petit bond et l'on entendit «platch» sur le parquet.

Le pot de terre continua son récit dont la fin était aussi bonne que le commencement. Les assiettes s'entrechoquaient d'admiration, et le balai prit un peu de persil et en couronna le pot parce qu'il savait que cela vexerait les autres, et aussi parce qu'il pensait: «Si je le couronne aujourd'hui, il me couronnera demain.»

—Maintenant, je vais danser pour vous, dit la pincette.

Et elle dansa. Grand Dieu! comme elle savait lancer la jambe! La vieille garniture de chaise, dans le coin, craqua d'intérêt devant ce spectacle.

—Est-ce que je serai couronnée? demanda la pincette. Et elle le fut.

—Comme elle est vulgaire, pensèrent les allumettes.

C'était au tour de la bouilloire à thé de chanter, mais elle prétendait avoir un rhume et ne pouvoir chanter qu'au moment de bouillir. Ce n'était qu'une poseuse qui ne voulait se produire que sur la table des maîtres.

Sur la fenêtre, il y avait une vieille plume dont la servante se servait pour écrire. Elle n'avait rien de remarquable sinon qu'elle avait été plongée trop profondément dans l'encrier, ce dont elle tirait grande vanité.

—Si la bouilloire à thé ne veut pas chanter, dit-elle, elle n'a qu'à s'abstenir. Il y a là dehors, dans une cage, un rossignol. Lui sait chanter quoiqu'il n'ait jamais appris. Il nous suffira pour ce soir.

—Je trouve fort inconvenant, dit la bouilloire qui était la cantatrice de la cuisine, qu'un oiseau étranger se produise ici. Est-ce patriotique? J'en fais juge le panier à provisions.

—Je suis vexé, dit le panier à provisions, plus que vous ne le pensez peut-être! Est-ce une manière convenable de passer la soirée? Ne vaudrait-il pas mieux réformer toute la maison, mettre chacun à sa place? Je dirigerais le mouvement. Ce serait autre chose.

—Oui, faisons du chahut! s'écrièrent-ils tous.

À cet instant, la porte s'ouvrit, la servante entra. Tous devinrent muets. Personne ne broncha, mais il n'y avait pas un seul petit pot qui ne fût conscient de ses possibilités et de sa distinction.

«Si j'avais voulu, pensaient-ils tous, cela aurait vraiment pu être une soirée très gaie.» La servante prit les allumettes et les gratta. Comme elles crépitaient et flambaient!

—Maintenant, tout le monde voit bien que nous sommes les premières. Quel éclat! Quelle lumière! Ayant dit, elles s'éteignirent.

—Quel charmant conte, dit la reine. Je croyais être à la cuisine avec les allumettes. Oui, tu auras notre fille.

—Bien sûr, dit le roi, tu auras notre fille lundi.

Ils le tutoyaient déjà puisqu'il devait entrer dans la famille.

Le mariage fut fixé. La veille au soir toute la ville fut illuminée, les petits pains mollets et les croquignoles volaient de tous côtés, les gamins des rues se tenaient sur la pointe des pieds, criaient «Bravo!» et sifflaient dans leurs doigts. Une belle soirée!

«Il faut aussi que je fasse quelque chose de bien», pensa le fils du marchand.

Il acheta des raquettes, des fusées, des pétards et tous les feux d'artifices imaginables. Il les mit dans sa malle et s'envola dans les airs.

Pfutt! Quelles gerbes et quels crépitements tombaient du ciel!

Tous les Turcs sautaient en l'air, leurs pantoufles volant par-dessus leurs oreilles. Ils n'avaient jamais rien vu de si beau. Ils étaient bien persuadés que c'était le dieu des Turcs lui-même qui allait épouser la princesse.

Aussitôt que le fils du marchand fut redescendu dans la forêt, il se dit:

«Je vais aller en ville pour savoir comment tout s'est passé en bas, et ce qu'on a pensé de mon feu d'artifice».

Et c'était assez naturel qu'il fût curieux de le savoir. Non ce que les gens pouvaient en dire! chacun avait vu la chose à sa façon, mais tous l'avaient vivement appréciée.

—J'ai vu le dieu des Turcs en personne, disait l'un, il avait des yeux brillants comme des étoiles et une barbe comme l'écume de la mer.

—Il portait un manteau de feu, disait l'autre, les anges les plus ravissants montraient leur tête dans ses plis. Tout cela était fort agréable!—et le lendemain, le mariage devait avoir lieu.

Il retourna dans la forêt pour remonter dans sa malle. Où était-elle donc? Elle avait brûlé; une étincelle du feu d'artifice y avait mis le feu et la malle était en cendres. Il ne pouvait plus voler, il ne pouvait plus se présenter devant sa fiancée.

Elle l'attendit toute la journée sur le toit de son palais. Elle l'y attend encore, tandis que lui court le monde en racontant des histoires, mais elles ne sont plus aussi amusantes que celle des allumettes.

Le montreur de marionnettes

Sur le paquebot il y avait un homme d'un autre temps, au visage si radieux qu'à le voir on pouvait croire qu'il s'agissait de l'homme le plus heureux de la Terre. C'est d'ailleurs lui-même qui me l'avait dit. C'était un compatriote, un Danois comme moi, et il était directeur de théâtre. Il promenait toute sa troupe avec lui, dans une petite caisse, car c'était un marionnettiste. Déjà de nature gaie, il était devenu un homme totalement heureux, disait-il, grâce à un jeune ingénieur. Je n'avais pas tout de suite compris ce qu'il disait, et il me raconta donc son histoire. Et la voici pour vous.

—Cela se passait dans la ville de Slagelse, commença-t-il, j'y donnais un spectacle à l'hôtel La Cour de la Poste. C'était une très belle salle et il y avait un excellent public, composé d'enfants et d'adolescents, à part quelques vieilles dames. Et tout à coup, entra un homme vêtu de noir, à l'allure d'étudiant, qui s'assit, rit aux bons moments, applaudit quand il le fallait, bref, un spectateur peu ordinaire! Il fallait que je sache qui c'était. J'appris qu'il s'agissait d'un jeune ingénieur et qu'il était envoyé par l'École centrale pour faire des conférences à la campagne. J'eus fini mon spectacle à huit heures. Vous le savez bien, les enfants doivent aller au lit de bonne heure et le théâtre doit veiller à satisfaire le public. À neuf heures, l'ingénieur commença sa conférence avec des expériences et, cette fois-ci, j'étais dans le rôle du spectateur. Quel régal de l'écouter et de l'observer! La plupart du temps cela me paraissait de l'hébreu et pourtant je me disais: nous, les hommes, sommes capables d'inventer beaucoup de choses, pourquoi alors ne trouvons-nous rien pour rallonger la durée de notre vie? Il ne présentait que de petits miracles mais il le faisait si vite et avec tant de dextérité, et en respectant les règles de la nature. Au temps de Moïse et des prophètes l'ingénieur aurait fait partie des sages du pays, et, au Moyen Age il aurait été brûlé sur le bûcher. J'ai pensé à lui pendant toute la nuit et lors de mon spectacle, le soir suivant, je n'ai été de bonne humeur que lorsque j'ai vu que l'ingénieur était à nouveau là, dans la salle. Un jour, un acteur m'avait dit que, lorsqu'il jouait le rôle d'un jeune premier, il pensait toujours à une seule femme dans la salle et il jouait pour elle en oubliant les autres. Pour moi, ce soir-là, l'ingénieur était «elle», la spectatrice pour laquelle je jouais. Lorsque le spectacle fut terminé et que toutes les marionnettes eurent bien remercié leur public, je fus invité par l'ingénieur chez lui pour boire un verre. Il me parla de ma comédie et je lui parlai de sa science, et je pense que nous nous amusâmes aussi bien l'un que l'autre. Mais moi, je posais tout de même plus de questions, car dans ses expériences il y avait beaucoup de choses qu'il ne savait expliquer. Par exemple, le fer qui passe à travers une sorte de spirale et se magnétise. Que devient-il? Le morceau de fer est-il visité par un esprit? Mais d'où ce dernier vient-il? C'est comme avec les hommes, me suis-je dit. Le bon Dieu les fait passer par la spirale du temps où ils rencontrent un esprit et tout à coup nous avons un Napoléon, un Luther et tant d'autres.» Le monde n'est qu'une longue suite de miracles, acquiesça le jeune ingénieur, et nous y sommes si habitués qu'ils ne nous étonnent même plus.» Et il parla et expliqua jusqu'à ce que j'eusse l'impression de tout comprendre. Je lui avouai que si je n'étais pas si vieux, je m'inscrirais immédiatement à l'École centrale pour comprendre le monde et cela bien que je fusse l'un des hommes les plus heureux. "Un des plus heureux.... dit-il, comme s'il se délectait de ces mots. Vous êtes heureux?" demanda-t-il.» Oui, répondis-je, je suis heureux et où que j'aille avec ma compagnie, je suis accueilli à bras ouverts. J'ai néanmoins un grand souhait. C'est parfois comme un cauchemar et il trouble ma bonne humeur. Je vais vous dire ce que c'est: je voudrais diriger une troupe d'acteurs vivants.» «Vous souhaiteriez que vos marionnettes s'animent d'elles-mêmes, qu'elles deviennent des acteurs en chair et en os, et vous voudriez être leur directeur? demanda l'ingénieur. Et pensez-vous que cela vous rendrait heureux?» Il ne le pensait pas, mais je le pensais, et on en discuta alors longtemps, sans jamais vraiment rapprocher nos idées, aucun de nous ne sachant convaincre l'autre. Nous buvions du bon vin, mais il devait y avoir de la magie en lui, autrement cette histoire ne raconterait que mon état d'ébriété. Non, je n'étais pas saoul, je voyais tout très clairement. La chambre était inondée de soleil, le visage de l'ingénieur s'y reflétait et je pensais aux dieux éternellement jeunes des temps anciens, lorsqu'il y en avait encore. Je le lui dis aussitôt et il sourit. Croyez-moi, à cet instant j'aurais juré qu'il était un dieu déguisé ou un de leurs proches. Et il dit aussi que mon plus grand souhait allait se réaliser: les marionnettes s'animeraient et je serais le directeur d'une vraie troupe d'acteurs vivants. Nous trinquâmes et il rangea toutes les marionnettes dans la petite caisse, me l'attacha sur le dos et me fit passer à travers une spirale. Je me vois encore tombant par terre. Et mon souhait se réalisa! Toute ma troupe sortit de la petite caisse. Toutes les marionnettes avaient été visitées par un esprit, toutes devinrent d'excellents artistes, c'est en tout cas ce qu'elles pensaient, et j'étais leur directeur. Tout fut immédiatement prêt pour le premier spectacle et tous les acteurs, et même les spectateurs, voulurent me parler sans tarder. La ballerine prétendit que le théâtre allait s'écrouler si elle n'arrivait pas à tenir sur une seule pointe. C'était une très grande artiste et voulait qu'on agisse avec elle en conséquence. La marionnette qui jouait l'impératrice exigea qu'on la considérât comme telle même en dehors de la scène pour mieux entrer dans la peau de son personnage. L'acteur dont le rôle consistait à porter une lettre sur la scène se sentit brusquement aussi important que le jeune premier car, selon lui, dans une création artistique les petits rôles étaient aussi importants que les grands. Là-dessus, le héros principal demanda que son rôle ne se compose que de répliques de sortie, car elles étaient toujours suivies d'applaudissements. La princesse voulut jouer uniquement à la lumière rouge et surtout pas la bleue, car la rouge lui allait mieux au teint et moi, j'étais au centre de tout cela puisque j'étais leur directeur. J'en eus le souffle coupé, je ne savais plus où donner de la tête, j'en étais anéanti. Je me suis retrouvé avec une nouvelle espèce humaine et je souhaitais les voir tous rentrer dans la boîte, et n'avoir jamais été leur directeur. Je leur dis qu'en fait ils étaient tous des marionnettes, et ils me battirent à mort. J'étais couché dans ma petite chambre, dans mon lit. Comment je m'y étais retrouvé? L'ingénieur devait le savoir; moi, je ne le savais pas. Le plancher était éclairé par la lune, la boîte des marionnettes était là, renversée, et toutes les marionnettes en étaient tombées et gisaient au sol, les unes sur les autres. Je repris immédiatement conscience, sortis de mon lit et jetai les marionnettes dans la boîte, n'importe comment, sans ordre, jusqu'à la dernière. Je refermai le couvercle et m'assis sur la boîte. Vous imaginez le tableau? Moi, oui.» Vous resterez où vous êtes», ai-je dit, «et je ne souhaiterai plus jamais que vous deveniez des acteurs en chair et en os!» «Cela m'avait soulagé, ma bonne humeur était revenue, j'étais l'homme le plus heureux de la terre. Si heureux que je m'endormis sur la boîte. Et le matin... en fait il était midi, je dormis plus longtemps que d'habitude... j'y étais encore assis, heureux, car j'avais compris que mon unique souhait d'autrefois était stupide. Je partis à la recherche de l'ingénieur, mais il avait disparu, ainsi que les dieux grecs et romains. Et depuis lors, je suis l'homme le plus heureux au monde. Je suis un directeur comblé, ma troupe ne me contredit pas, les spectateurs non plus, ils s'amusent de bon cœur et moi, je compose mes pièces librement et à ma guise. De toutes le comédies, je choisis la meilleure, selon mes goûts et personne n'y trouve à redire. Les pièces que les grands théâtres actuels méprisent, mais qui étaient, il y a trente ans, de grands succès et faisaient pleurer tout le monde, je les joue aujourd'hui aux petits et aux grands. Elles font pleurer les petits comme elles faisaient pleurer leurs pères et leurs mères il y a trente ans. J'ai au programme Jeanne Montfaucon et Dyveke dans sa version courte, parce que les petits n'aiment pas les grandes scènes d'amour. Ils veulent de la tragédie et bien vite, dès le début. J'ai sillonné le Danemark en long et en large, je connais tout le monde et tout le monde me connaît. Je suis en ce moment en route pour la Suède et si j'y ai du succès et gagne suffisamment d'argent, je deviendrai Scandinave, sinon, non. Je vous le dis comme à un compatriote.»Et moi, en tant que compatriote, je transmets le message.

Une semaine du petit elfe Ferme-l'œil

Dans le monde entier, il n'est personne qui sache autant d'histoires que Ole Ferme-l'œil. Lui, il sait raconter....

Vers le soir, quand les enfants sont assis sagement à table ou sur leur petit tabouret, Ole Ferme-l'œil arrive, il monte sans bruit l'escalier — il marche sur ses bas — il ouvre doucement la porte et pfutt! il jette du lait doux dans les yeux des enfants, un peu seulement, mais assez cependant pour qu'ils ne puissent plus tenir les yeux ouverts ni par conséquent le voir; il se glisse juste derrière eux et leur souffle dans la nuque, alors leur tête devient lourde, lourde — mais ça ne fait aucun mal, car Ole Ferme-l'œil ne veut que du bien aux enfants — il veut seulement qu'ils se tiennent tranquilles, et ils le sont surtout quand on les a mis au lit.

Quand les enfants dorment, Ole Ferme-l'œil s'assied sur leur lit. Il est bien habillé, son habit est de soie, mais il est impossible d'en dire la couleur, il semble vert, rouge ou bleu selon qu'il se tourne, il tient un parapluie sous chaque bras, l'un décoré d'images et celui-là il l'ouvre au-dessus des enfants sages qui rêvent alors toute la nuit des histoires ravissantes, et sur l'autre parapluie il n'y a rien. Il l'ouvre au-dessus des enfants méchants, alors ils dorment si lourdement que le matin en s'éveillant ils n'ont rien rêvé du tout.

Et maintenant nous allons vous dire comment Ole Ferme-l'œil, durant toute une semaine, vint tous les soirs chez un petit garçon qui s'appelait Hjalmar. Cela fait en tout sept histoires puisqu'il y a sept jours dans la semaine.

Lundi

—Écoute un peu, dit Ole Ferme-l'œil le soir lorsqu'il eut mis Hjalmar au lit, maintenant je vais décorer ta chambre. Et voilà que toutes les fleurs en pots devinrent de grands arbres étendant leurs branches jusqu'au plafond et le long des murs, de sorte que la pièce avait l'air d'une jolie tonnelle. Toutes les branches étaient couvertes de fleurs chacune plus belle qu'une rose embaumant délicieusement, et s'il vous prenait envie de la manger, elle était plus sucrée que de la confiture. Les fruits brillaient comme de l'or et il y avait aussi des petits pains mollets, bourrés de raisins, c'était merveilleux. Mais tout à coup, des gémissements lamentables se firent entendre dans le tiroir de la table où Hjalmar rangeait ses livres de classe.

—Qu'est-ce que c'est? dit Ole.

Il alla vers la table, ouvrit le tiroir. C'était l'ardoise qui se trouvait mal parce qu'un chiffre faux s'était introduit dans le calcul, le crayon d'ardoise sautait et s'agitait au bout de sa ficelle comme s'il était un petit chien, il aurait voulu corriger le calcul mais il n'y arrivait pas. Et puis il y avait le cahier d'écriture de Hjalmar, il se lamentait en dedans que ça faisait mal de l'entendre! Sur chaque page il y avait des lettres majuscules modèles, chacune avec une petite lettre à côté d'elle formant une rangée modèle du haut en bas, et à côté de celles-là, il y en avait qui croyaient être semblables aux modèles, c'étaient celles que Hjalmar avait écrites, celles-là allaient tout de travers comme si elles avaient trébuché sur le trait de crayon où elles auraient dû se poser.

—Regardez! Voilà comment il faut vous tenir, disait le modèle, comme ça, à côté de moi, d'un seul trait.

—Oh! nous voudrions bien, disaient les lettres de Hjalmar, mais nous n'y arrivons pas, nous sommes très malades.

—Alors, il faut vous purger, disait Ole Ferme-l'œil.

—Oh! non, non, criaient-elles.

Et les voilà debout toutes droites que c'en était un plaisir de les voir.

—Mais maintenant nous n'allons pas raconter d'histoire, dit Ole Ferme-l'œil. Il faut que je leur fasse faire l'exercice!

Un deux, un deux! il fit faire l'exercice aux lettres. Elles se tenaient aussi droites, étaient aussi bien constituées que n'importe quel modèle, mais une fois Ole Ferme-l'œil parti, quand Hjalmar alla les voir, elles étaient aussi lamentables qu'auparavant.

Mardi

Aussitôt que Hjalmar fut au lit, Ole Ferme-l'œil toucha de sa petite seringue magique tous les meubles de la chambre, aussitôt ils se mirent tous à bavarder, mais ils ne parlaient que d'eux-mêmes, sauf le crachoir qui restait muet mais s'irritait de les voir si vaniteux, ne s'occupant que d'eux mêmes, ne pensant qu'à eux-mêmes et n'ayant pas la plus petite pensée pour lui qui, modestement, restait dans son coin et tolérait qu'on lui crache dessus.

Au-dessus de la commode était suspendue une grande peinture dans un cadre doré, on y voyait un paysage avec de grands vieux arbres, des fleurs dans l'herbe, une pièce d'eau et une rivière qui coulait derrière le bois, passait devant de nombreux châteaux et se jetait au loin dans la mer libre.

Ole Ferme-l'œil toucha le tableau de sa seringue, alors les oiseaux peints commencèrent à chanter, les branches des arbres ondulèrent et les nuages coururent dans le ciel, on pouvait voir leur ombre se déplacer sur le paysage.

Ole Ferme-l'œil souleva Hjalmar jusqu'au cadre et le petit garçon posa ses jambes dans la peinture et le voilà debout dans l'herbe haute, le soleil brillait sur lui à travers la ramure.

Il courut jusqu'à l'eau, s'assit dans la barque peinte en rouge et blanc, les voiles brillaient comme de l'argent et six cygnes portant chacun un collier d'or autour du cou et une étoile bleue étincelante sur la tête, tiraient le bateau au long de la verte forêt où les arbres parlaient de brigands et de sorcières et les fleurs de ravissants petits elfes et de ce que les papillons leur avaient raconté.

De beaux poissons aux écailles d'or et d'argent nageaient derrière la barque, de temps en temps ils faisaient un saut et l'eau clapotait, les oiseaux rouges et blancs, grands et petits, volaient derrière en deux longues rangées, les moustiques dansaient, les hannetons bourdonnaient, ils voulaient tous accompagner Hjalmar et ils avaient tous une histoire à raconter.

Ah! ce fut une belle promenade en bateau! Par moments, les bois étaient épais et sombres, puis ils devenaient des jardins ensoleillés et fleuris, avec de grands châteaux de cristal et de marbre. Sur les balcons se tenaient des princesses qui étaient toutes des petites filles connues de Hjalmar avec lesquelles il avait déjà joué. Elles étendaient la main et tendaient chacune le petit cochon de sucre le plus exquis qu'aucun confiseur n'eût jamais vendu. Hjalmar au passage saisissait par un bout le petit cochon, la petite fille tenait ferme de l'autre, en sorte que chacun en avait un morceau, elle le plus petit, Hjalmar de beaucoup le plus gros.

Devant chaque château de petits princes montaient la garde, ils portaient armes avec des sabres d'or et faisaient pleuvoir des raisins secs et des soldats de plomb. C'étaient de véritables princes!

Hjalmar naviguait tantôt à travers des forêts, tantôt à travers d'immenses salles ou à travers une ville. Il lui arriva même de traverser la ville où habitait sa bonne d'enfant, celle qui le portait dans ses bras quand il était tout petit et qui l'aimait tant. Elle lui fit des signes et lui sourit et chanta cet air charmant qu'elle avait, elle-même, composé pour lui:

Je pense à toi à toute heure
Mon cher petit Hjalmar chéri.
C'est moi qui baisais ta petite bouche
Et aussi ton front, tes joues vermeilles.
Je t'ai entendu dire tes premiers mots
Et puis il a fallu te quitter.
Que Notre-Seigneur te bénisse ici-bas
Mon bel ange descendu des cieux.

Tous les oiseaux chantaient avec elle, les fleurs dansaient sur leur tige et les vieux arbres dodelinaient de la tête comme si Ole Ferme-l'œil eût aussi, pour eux, raconté cette histoire.

Mercredi

Oh! comme la pluie tombait au-dehors. Hjalmar l'entendait même dans son sommeil et quand Ole Ferme-l'œil entrouvrit une fenêtre, il vit que l'eau montait jusqu'au ras du chambranle. Un vrai lac. Mais un magnifique navire mouillait devant la maison.

—Viens-tu avec nous, petit Hjalmar? dit Ole Ferme-l'œil. Tu pourras voyager cette nuit dans les pays étrangers et être de retour demain matin.

Et voilà Hjalmar, dans son costume du dimanche, debout sur le magnifique navire.

Le temps devint aussitôt radieux. Ils naviguèrent de par les rues, croisèrent devant l'église et bientôt ils furent en pleine mer. On alla si loin qu'on ne voyait plus aucune terre, mais seulement une troupe de cigognes qui venaient aussi du Danemark et allaient vers les pays chauds. Elles se suivaient l'une derrière l'autre et avaient déjà volé si longtemps, si longtemps! L'une d'elles était très fatiguée, ses ailes ne pouvaient plus la porter, elle était la dernière de la file. Bientôt elle fut loin derrière les autres, elle volait de plus en plus bas, donna encore quelques faibles coups d'ailes, mais en vain, elle toucha de ses pieds le cordage du bateau, glissa le long de la voile et poum! la voilà sur le pont.

Le mousse la prit et l'enferma dans le poulailler avec les poules, les canards et les dindons; la pauvre cigogne était toute confuse de cette compagnie.

—En voilà un drôle d'oiseau, dirent les poules.

—Nous sommes bien tous d'accord, elle est stupide.

—Bien sûr, elle est stupide, gloussa le dindon.

Alors la cigogne se tut et rêva de son Afrique.

—Comme vous avez là de jolies longues jambes maigres, dit la dinde. Combien en vaut l'une?

—Coin, coin, coin, ricanaient les canards.

Mais la cigogne fit celle qui n'a rien entendu.

—Vous pourriez bien rire avec nous, dit le dindon, car c'était très spirituel ou bien peut-être n'était-ce pas d'un goût assez relevé pour vous, si haut perchée! Glouglou, madame n'aime pas la plaisanterie. Alors, soyons spirituels entre nous.

Et les poules de glousser et les canards de cancaner. Coin! Coin! Coin! C'était extraordinaire comme ils se trouvaient drôles.

Mais Hjalmar alla droit au poulailler, ouvrit la porte, appela la cigogne qui sautilla sur le pont jusqu'à lui; elle s'était reposée et saluait Hjalmar comme pour le remercier, puis elle étendit ses ailes et s'envola vers les pays chauds tandis que les poules gloussaient, que les canards faisaient coin, coin, et que la tête du dindon devenait toute rouge.

—Demain on fera une soupe de vous tous, disait Hjalmar et il s'éveilla, couché dans son petit lit.

C'était un voyage extraordinaire qu'Ole Ferme-l'œil lui avait fait faire....

Jeudi

—Attends! dit Ole Ferme-l'œil, n'aie pas peur, tu vas voir une petite souris.

Et il tendit vers lui sa main où était assise la jolie petite bête. Elle est venue t'inviter au mariage de deux petites souris qui vont entrer en ménage cette nuit. Elles habitent sous le garde-manger de ta mère, il paraît que c'est un appartement incomparable.

—Mais comment pourrai-je passer dans le petit trou de souris du parquet? demanda Hjalmar.

—Laisse-moi faire! dit Ole Ferme-l'œil, je vais te rendre tout petit.

De sa seringue magique il toucha Hjalmar qui aussitôt devint de plus en plus petit jusqu'à n'être pas plus grand qu'un doigt.

—Maintenant tu peux emprunter ses vêtements au soldat de plomb, je crois qu'ils t'iront bien.

—Allons-y, fit Hjalmar.

Et en un instant le voilà habillé comme le plus mignon petit soldat de plomb.

—Voulez-vous avoir la bonté de vous asseoir dans le dé à coudre de votre mère, dit la souris, j'aurai l'honneur de vous tirer.

—Mon Dieu, mademoiselle, allez-vous prendre cette peine? dit Hjalmar.

Et les voilà partis au mariage de souris.

D'abord, ils passèrent sous le parquet dans un long couloir, juste assez haut pour que l'attelage du dé à coudre pût y passer.

—Est-ce que ça ne sent pas bon ici? dit la souris, tout le couloir a été enduit de couenne, on ne peut pas faire mieux.

Puis ils arrivèrent dans la salle du mariage. À droite se tenaient toutes les souris femelles; elles susurraient et chuchotaient comme si elles se moquaient les unes des autres, à gauche se tenaient les mâles, ils se lissaient la moustache avec leur patte. Au milieu de la salle se tenaient les mariés, debout dans une croûte de fromage évidée, et ils s'embrassaient à bouche que veux-tu, devant tout le monde, puisqu'ils étaient fiancés et allaient se marier dans un instant.

Il arrivait de plus en plus d'invités et les souris étaient serrées à s'écraser, les mariés étaient placés au beau milieu de la porte, de sorte qu'on ne pouvait ni entrer ni sortir. La salle étant frottée à la couenne, on n'offrait rien d'autre à manger, mais comme dessert on apporta un pois dans lequel une souris de la famille avait, de ses petites dents, gravé le nom des mariés ou du moins leurs initiales. C'était tout à fait splendide.

Toutes les souris furent d'accord pour dire que c'était un beau mariage.

Vendredi

—C'est inouï combien de gens d'un certain âge voudraient m'avoir auprès d'eux, dit Ole Ferme-l'œil, surtout ceux qui ont quelque chose à se reprocher.» Mon bon petit Ole, me disent-ils, nous ne pouvons nous endormir et toute la nuit nous sommes là à voir défiler nos mauvaises actions qui comme d'affreux petits démons s'asseyent sur notre lit et nous aspergent d'eau bouillante. Ne voudrais-tu pas venir les chasser que nous puissions dormir d'un bon somme?» Ils soupirent et ajoutent tout bas: «Nous te paierons bien. Bonsoir Ole, l'argent est sur le bord de la fenêtre». Mais je ne fais pas ça pour de l'argent, terminait Ole Ferme-l'œil.

—Qu'est-ce qui va arriver cette nuit? demanda Hjalmar.

—Eh bien! je ne sais pas si tu as envie de venir encore ce soir à un mariage d'un tout autre genre que celui d'hier. La grande poupée de ta sœur, celle qui a l'air d'un homme et qu'on appelle Hermann va épouser la poupée Bertha, c'est d'ailleurs l'anniversaire de la poupée, il y aura donc beaucoup de cadeaux.

—Oui, je connais ça! dit Hjalmar, quand les poupées ont besoin de robes neuves, ma sœur décide que c'est leur anniversaire ou qu'elles se marient. C'est arrivé plus de cent fois.

—Oui, mais cette nuit, c'est le cent unième mariage et quand le cent unième est terminé, tout est fini. C'est pourquoi celui-ci sera splendide. Regarde un peu!

Hjalmar regarda vers la table, la petite maison de carton était là avec ses fenêtres éclairées et tous les soldats de plomb présentaient armes. Les couples de fiancés étaient assis par terre, le dos appuyé au pied de la table, très songeurs, et ils avaient sans doute pour cela de bonnes raisons. Ole Ferme-l'œil, vêtu de la jupe noire de grand-mère, les bénit. Après la bénédiction tous les meubles de la chambre entonnèrent la jolie chanson que voici, écrite par le crayon sur l'air de la retraite:

> *Notre chanson arrive comme le vent*
> *Sur le couple nuptial dans la chambre*
> *Tous deux raides comme des baguettes*
> *Ils sont faits de peau de gants*

Bravo, bravo pour la peau et les baguettes
Nous le chantons à tous les vents.

Puis on leur offrit tous les cadeaux, ils avaient demandé qu'il n'y eût rien de comestible car leur amour leur suffisait.

—Allons-nous rester dans le pays ou voyager à l'étranger? demanda le marié. Ils prirent conseil de l'hirondelle qui avait beaucoup voyagé et de la vieille poule de la basse-cour qui avait couvé cinq fois des poussins.

L'hirondelle parla des pays chauds où le raisin pend en grandes et lourdes grappes, où l'air est doux et où les montagnes ont des couleurs qu'on ne connaît pas du tout ici.

—Mais ils n'ont pas nos choux verts, dit la poule. J'ai passé un été à la campagne avec mes poussins, il y avait un coin de gravier où nous pouvions gratter, et puis il y avait une sortie vers un potager plein de choux verts. Oh! qu'ils étaient verts. Je ne peux rien m'imaginer de plus beau.

—Mais un chou est pareil à un autre, dit l'hirondelle, et puis il fait souvent si mauvais temps ici.

—Oui mais on y est bien habitué.

—Et puis il fait froid, on gèle ici.

—Cela fait beaucoup de bien au chou. D'ailleurs, il arrive que nous ayons chaud. Il y a quatre ans, nous avons eu un été qui a duré cinq semaines où il faisait si chaud qu'on suffoquait. Et puis, nous n'avons pas de ces bêtes venimeuses qu'ils ont là-bas et nous n'avons pas de brigands. C'est une honte de ne pas trouver notre pays le plus beau du monde. Vous ne mériteriez pas d'y vivre.

—Moi aussi, j'ai voyagé. J'ai fait plus de douze lieues en voiture, dans un panier, et je vous assure qu'un voyage n'a rien d'agréable.

—La poule est une femme raisonnable, dit la poupée Bertha. Moi non plus je n'aime pas voyager dans les montagnes pour monter et descendre tout le temps! Nous allons tout simplement nous installer là-bas sur le gravier et nous nous promènerons dans le jardin aux choux.

Et on en resta là.

Samedi

—Vas-tu me raconter des histoires maintenant? dit le petit Hjalmar.

—Nous n'avons pas le temps ce soir, dit Ole en ouvrant au-dessus du petit son plus beau parapluie. Regarde ces Chinois!

Et tout le parapluie ressemblait à une grande coupe chinoise ornée d'arbres bleus et de ponts arqués sur lesquels des petits Chinois hochaient la tête.

—Il faut que le monde entier soit astiqué pour demain, dit encore Ole, car c'est dimanche. Mon plus grand travail sera de descendre toutes les étoiles pour les astiquer aussi. Je les prends toutes dans mon tablier mais il faut d'abord les numéroter et mettre le même chiffre dans les trous où elles sont fixées là-haut afin de les remettre à leur bonne place.

—Non, écoutez Monsieur Ferme-l'œil, vous exagérez, s'écria un portrait accroché sur le mur contre lequel dormait le petit garçon. Je suis l'arrière grand-père de Hjalmar. Merci de lui raconter des histoires, mais vous ne devriez pas lui fausser ses notions. On ne peut pas décrocher les étoiles et les polir.

—Merci à toi, vieil arrière-grand-père, mais moi je suis encore plus ancien que toi, je suis un vieux païen, les Romains et les Grecs m'appelaient le dieu des Rêves. J'ai toujours fréquenté les plus nobles maisons et j'y vais encore; je sais parler aux petits et aux grands! Tu n'as qu'à raconter à ton idée maintenant.

Ole Ferme-l'œil partit là-dessus en emportant son parapluie.

Dimanche

—Bonsoir, dit Ole Ferme-l'œil, et Hjalmar le salua, puis il se leva et retourna contre le mur le portrait de l'arrière-grand-père afin qu'il ne prît pas part à la conversation comme la veille.

—Voilà! tu vas me raconter des histoires, celle des «Cinq pois verts qui habitaient la même cosse», celle de «l'Os de coq qui faisait la cour à l'os de poule», celle de «l'Aiguille à repriser si fière d'elle-même qu'elle se figurait être une aiguille à coudre».

—Il ne faut pas abuser des meilleures choses! dit Ole Ferme-l'œil, je vais plutôt te montrer quelqu'un; je vais te montrer mon frère, il s'appelle aussi Ole Ferme-l'œil mais ne vient jamais plus d'une fois chez quelqu'un et quand il vient, il le prend avec lui sur son cheval et il raconte: oh! quelles histoires! Il n'en sait que deux: une si merveilleusement belle que personne au monde ne pourrait l'imaginer, une si affreuse et si cruelle—impossible de la décrire.

Et puis il éleva dans ses bras le petit Hjalmar jusqu'à la fenêtre et lui dit:

—Regarde! voilà mon frère, l'autre Ole Ferme-l'œil qu'on appelle aussi la Mort. Tu vois, il n'a pas du tout l'air méchant comme dans les livres d'images où il n'est qu'un squelette, non, son costume est brodé d'argent et c'est un bel uniforme de hussard, une cape de velours noir flotte derrière lui sur le cheval et il va au galop!

Hjalmar vit comment Ole Ferme-l'œil galopait en entraînant des jeunes et des vieux sur son cheval, il en plaçait certains devant lui et d'autres derrière, mais toujours d'abord il demandait:

—Et comment est ton carnet de notes?

Tous répondaient: «Excellent.»

—Faites-moi voir ça! disait-il et il fallait lui montrer le carnet.

Ceux qui avaient «Très bien» ou «Excellent» venaient devant et ils entendaient une merveilleuse histoire, ceux qui n'avaient que «Passable» ou «Médiocre», allaient derrière et entendaient l'histoire horrible. Ils tremblaient et pleuraient, ils voulaient sauter à bas du cheval mais ils ne le pouvaient plus, ils étaient enchaînés à l'animal.

—Mais la Mort est un très gentil Ole Ferme-l'œil numéro deux, dit Hjalmar, je n'en ai pas peur du tout.

—Il ne faut pas en avoir peur, dit Ole, il faut seulement veiller à avoir un bon carnet de notes.

—Ça, c'est un bon enseignement! murmura le portrait de l'arrière-grand-père, il est toujours utile de donner son avis!

Et il était fort satisfait.

Et ceci est l'histoire d'Ole Ferme-l'oeil, il viendra sûrement ce soir vous en raconter lui-même bien davantage.

NOTES:

[1] Le mot qui désigne le fer à repasser en danois est féminin.

[2] Schilling: Unité monétaire principale de l'Autriche (code international: ATS), divisée en 100 groschen.

[3] Thaler: Ancienne monnaie d'argent, en usage dans les pays germaniques à partir du XVIe siècle.